致青春 052

難哄

〈中〉

竹已 著

高寶書版集團

目錄
CONTENTS

第三十二章　案件重演

四目相對。

在此刻，電視背景音樂彷彿聽得懂人話，極其配合地消了音。周圍靜謐到像是連針掉落的聲音都聽得見，陷入尷尬至極的局面。

溫以凡從容不迫地收回視線，內心的情緒卻如同驚濤駭浪般翻湧。

抱住我、親了我一下。

抱。

親。

這兩個字，幾乎要讓溫以凡燒起來了。

溫以凡能很清晰地感受到臉頰燒了起來，完全不受控制。她想平復一下心情，想努力靜下心來，鎮定分析這件事情的可能性，然後迅速給他一個合適的回答。

但桑延根本不給她這個時間。他的目光還放在她身上，吊兒郎當地道：「不是，妳怎麼還臉紅了？」

溫以凡淡定地說：「喔，紅了嗎？」

像發現了新大陸一樣，桑延打量著她：「是啊。」

「可能是我今晚吃的東西太辣了吧，」溫以凡面不改色地找理由，說話也不慌不忙，「剛剛我朋友也說我臉很紅。」

桑延扯了一下唇角，看上去明顯不信：「原來如此。」

溫以凡也不管他信不信，現在應付應付他就足夠了。衝擊一過，她再仔細一想，又覺得桑延說的這句話不太對勁。

如果他單說抱了一下，溫以凡還覺得可能是真的，畢竟這行為的難度不大。但加上親……溫以凡覺得自己夢遊起來把他打了一頓，都比他說的這句話有可能。

「這件事你是不是說得……」溫以凡聲線細細地，斟酌了一下用詞，「稍微誇張了一點？我可能只是夢遊時不小心撞到你，然後有了一些肢體上的接觸。」

「噢，妳的意思就是，」桑延語氣悠悠地，直接戳破她，「我故意抹黑妳。」

溫以凡立刻道：「我不是這個意思。」

「我也不是要指責妳。」桑延的碎髮散落額前，神色悠哉，「但我現在是被占便宜的那一方，妳總不能這樣反咬我一口吧？」

溫以凡完全沒有記憶，此時有種極強烈的啞巴吃黃蓮之感。她覺得這句話實在不合理，忍不住說：「既然有這種事情，你怎麼沒跟我說過？」

「怎麼沒有？」桑延說，「但妳不是都說是特殊情況嗎？」

「……」

「我也不是這麼小心眼的人。」

這句話讓溫以凡稍微愣了一下，回想起從趙媛冬那邊回來的第二天早上，醒來後收到桑延傳來莫名其妙的大拇指貼圖。

溫以凡沉默下來，也開始懷疑自我了。

桑延很踐地補刀：「不過這算什麼。」

溫以凡抬頭。

「日有所思，夜有所夢——」桑延拉長語尾，又吐出一個字，「遊？」

溫以凡忍了忍：「我可以問你一個問題嗎？」

桑延：「說。」

他剛說這個情況的時候，溫以凡就想問這個問題了，但又覺得這個問題很尷尬，會把現在的局面推到一個更尷尬的境界，所以溫以凡忍著不提，但現在還是被他的態度逼得忍不住了。

「我親你哪裡……」

桑延神色一頓。

曖昧似乎順著這句話融進空氣之中，再一絲絲地發酵，擴散開來。

話一出來，溫以凡也有點後悔了。但說出來的話就如同潑出去的水，無法收回。她的大腦中繃緊了一條線，視線卻平和地放在他身上，裝作在耐心等待的模樣。

桑延抬眸，隨意地指指自己右唇角的位置。

「怎麼了？」

「你指的這個位置，以我們的身高差，我應該是——」溫以凡停了兩秒，無法再說出那個詞，改口道，「碰不到的。」

桑延直勾勾地盯著她看了一會兒，然後寬宏大量地說：「好吧，妳不承認也沒關係。」

溫以凡突然站起來：「不然……」

桑延抬頭。

下一刻，溫以凡又冒出一句：「我們事件重演一下？」

桑延笑了：「妳想藉此占我第二次便宜？」

「我不會碰到你的。」溫以凡好脾氣地說，「我只是覺得你說的這個可能性有點低，想證實一下。這樣你接下來住在這裡的時候，才會覺得自己的人身安全是有保障的。」

「……」

溫以凡看他：「你可以站起來一下嗎？」

桑延靠在沙發背上，稍稍仰頭，自顧自地看了她半晌。他倒也沒多說什麼，把手機放到一邊，妥協般地站了起來。

兩人的處境在一瞬間顛倒。

桑延高她差不多一顆頭，她的腦袋恰好在他下顎的位置。順著他的舉動，溫以凡的目光從下往上，從低頭看他變成仰頭。這角度，感覺根本無法碰到他所說的地方。

「看吧。」溫以凡盯著他的唇角，立刻鬆了口氣，「我根本碰不到，所以是不是哪裡有誤會……除非是我踮腳，或者是你低頭——」

溫以凡邊說邊抬眼，撞入他的視線之中。

她表情微愣，這才發現兩人的距離在不知不覺間拉近。

場面靜滯。

彷彿下一秒，眼前的男人就要順著她所說的那樣低下頭。

溫以凡別開視線，心跳莫名加快。她抿抿唇，往後退了一步，不再糾結於此：「不過這也只是我的猜測。」

桑延的眸色烏黑，像是外頭漫長無垠的夜。

「你的確沒有騙我的理由。雖然這行為不是我可以控制的，但我還是要跟你說聲抱歉。」溫以凡想了想，認真地說：「以後如果還有這種事情，你直接揍我一拳就可以了。」

「……」

溫以凡想了半天，最後還提醒桑延：「你要保護好自己。」

說完一大串之後，溫以凡回到房間。她關上門，靠著門板站著，思考了一會兒自己剛剛說了什麼亂七八糟的。一一回想完，覺得沒什麼問題之後，溫以凡才回過神來。

她躺到床上盯著天花板，想著桑延剛剛指的位置，似乎是他臉上梨窩的位置。

唉，不會是真的吧。但她大學四年夢遊了那麼多次，也沒聽哪個室友說過，她夢遊會主動做出抱人親人的舉動啊……但她以前，的確非常喜歡桑延的那個梨窩。

溫以凡現在也不怎麼肯定了。

她覺得自己的腦子就像是漿糊一樣糊成一團又一團，什麼都無法思考。良久後，溫以凡猛地坐了起來，搬起梳妝臺前的椅子，放到房門前。

接下來幾天，溫以凡每天醒來的第一反應，就是看看椅子是否還在原來的地方。就這麼緊張了一段時間，確定沒什麼異常之後，她的精神才放鬆下來。

雖然無法證實桑延說的話是真是假，但溫以凡總覺得自己做了虧心事。見到他的時候，心裡總有幾絲不知名的心虛和尷尬在徘徊。

導致溫以凡覺得，比起從前，跟他相處起來好像多了點不自在的感覺。但桑延彷彿毫不在意，像是沒發生過任何事情一樣，情緒沒有絲毫異樣。也因此，溫以凡也不好表現得太過在意。

她只希望自己不會再夢遊，也不會再做出相同，甚至更誇張的行為。

◇

臨近清明節那週，溫以凡提前跟主任調假。前一天晚上，不知怎地，她怎麼都睡不著，乾脆找了好幾部恐怖片，一連看了一整晚。直到天快亮了才迷迷糊糊睡去，但睡了不到兩小時，又自然醒來。

溫以凡爬起來洗漱，翻出衣櫃裡的黑T恤穿上，走出房間。她比往常早起許多，桑延應該還在睡覺，此時客廳空無一人。

外頭是陰天，房子裡的光線顯得暗沉。

溫以凡沒什麼胃口，只從冰箱裡拿了盒牛奶，很快就出門。

查查路線，溫以凡坐上附近的公車，前往南蕪郊區的墓園。

前幾次，溫以凡都是跟著趙媛冬或是大伯和奶奶一起來的。那時都是直接被他們開車送過去，這還是她第一次自己坐車過來。位置離市區頗遠，坐公車往返要四五個小時。

下了車之後，還得走大約一公里的路程。這片區域周圍在施工，道路滿是坑洞；沒有專用的停車位，所以車也停得亂七八糟。

溫以凡順著手機地圖指示的方向走。到墓園後，她在櫃檯簡單地登記了一下便進去納骨塔中。走廊漫長到像是沒有盡頭，兩側看過去，是高而長排的櫃子，裝著數不清的逝者靈魂。溫以凡沉默地走著，直到其中一排前才停下。

她走了進去，緩慢地找到溫良哲三個字，距離上一次來見他，也忘了已經過去多少歲月。

溫以凡盯著名字，看了半天才輕聲喊道：「爸爸……霜降回來了。」

是得不到任何回應的呼喚。

那時候，溫以凡總覺得不敢相信。明明前陣子還活生生的人，為什麼突然就變成了冷冰冰的屍體？那個高高壯壯的父親，不知是被施了什麼魔法，被縮小了，裝進這個小小的盒子之中，從此再也不會說話。

她總覺得是一場夢，醒來就沒事了。可這場惡夢卻一直持續著，無論怎麼掙扎都無法醒來。

溫以凡站在原地，沉默了很長一段時間。她的視線一轉，突然察覺到靈牌上的灰塵，與隔壁的靈牌形成鮮明的對比。

看起來是很久沒有人來探望了。

趙媛冬有了新家庭，時間久了，也許就幾年才來一次。奶奶跟大伯一家都住在北榆，大概也不會特地過來。

溫良哲的笑容被刻在牌位上，永遠定格在那一刻，不會再有其他情緒。

溫以凡的眼眶漸漸發紅。她用力眨眨眼，伸手把灰塵一點一點地擦乾淨。

到家時比平時下班稍微早一些。

溫以凡習慣性地往客廳和次臥看了一眼，桑延似乎還沒回來。她收回視線，抬腳走進廚房。一整天下來，她都沒吃什麼東西，現在胃裡餓得有點難受。

溫以凡先煮了點粥。她翻翻冰箱，拿點食材出來，打算隨便弄個湯來配粥。

打開水龍頭，溫以凡將絲瓜去皮，清洗乾淨。她低頭拿起菜刀，動作俐落乾脆地切成整齊的小塊，然後又從冰箱裡拿出一盒魚餃，丟了一些下去。

煮得差不多時，桑延恰好從外頭回來。他邊脫下外套邊往廚房瞥了一眼，隨口問：「妳今天翹班？」

「沒什麼事，就早點回來了。」溫以凡說，「你晚飯吃了嗎？」

「還沒。」

「那一起吃吧，我煮了不少。」溫以凡關掉火，把湯端出去，「不過晚上吃粥，不知道你吃不吃得飽，不然你再煮點別的？」

桑延也走進廚房，捲起衣袖把粥端了出去：「我懶得煮。」

溫以凡點頭。

兩人沉默地吃起晚飯。

先吃完的依然是桑延，但他也沒起身回客廳，只坐在原位看手機。溫以凡龜速吃完粥，起身：「那桌子給你收拾嘍？」

以往都是桑延煮晚飯，煮多了叫她來吃。

雖然這聽起來是他有求於她，但出於吃人嘴短的心理，溫以凡每次都會幫忙收拾桌子。實際上也很輕鬆，家裡有洗碗機，把桌子收拾乾淨之後也沒什麼可做的。

桑延這人很公平：「好。」

溫以凡回去房間，洗漱完後趴回床上。

昨晚只睡了不到兩小時，但不知為何，溫以凡也不怎麼睏。在床上翻來覆去好一陣子後，她放棄掙扎，起身打開電腦開始寫新聞稿。直到淩晨兩點，溫以凡才打了呵欠，揉著快睜不開的眼睛。

正準備回床上睡覺，她又想起一件事，轉身把椅子挪到門口，堵住自己往外的唯一道路。

淩晨兩點四十。

桑延打完最後一局遊戲，走到廚房翻了瓶冰水出來。他轉開瓶蓋，連續灌了好幾口，打算回房間時，突然聽到外面有聲音。

他眼神一掃，抬腳往外走。恰好看到溫以凡從走廊出來，像是沒察覺到他的身影一般，腳步不受影響。她的動作遲緩，表情也呆滯異常，看上去就快要撞上旁邊的書櫃。桑延眉頭一皺，快步走到她面前，伸手抵在她的腦袋前。
同時，溫以凡的額頭撞到他的手心上，動作定住。過了幾秒，溫以凡轉換方向，往沙發的方向走去。
桑延收回手，繼續喝水，邊注意著她的舉動。
跟上次一樣，溫以凡走到沙發上坐下，盯著虛空之中發呆。
桑延沒坐回平時的位子，走到她面前，隨意把旁邊的板凳拖過來，大動作地坐下。
客廳的燈依然很暗，桑延沒特地去開燈。但窗外的月光照進來，再加上走廊上格外明亮的燈，現在室內也不顯黯淡，只是安靜得過分，只偶爾傳來桑延喝水的聲音。
不知過了多久，溫以凡眼眸垂下，像是現在才注意到旁邊的桑延。看起來似乎沒有任何思考能力，她的眼神又死板地盯著他，在這光線和夜裡還顯得有點恐怖。
但桑延倒是覺得好笑：「終於看到我了？」
溫以凡沒吭聲，眼神轉了轉，停在他右唇角的位置。
桑延饒富興致地問：「妳在看什麼呢？」
見她的視線一直沒有移動，桑延突然想起自己那裡有個女孩子氣的梨窩，正想斂起笑意，與此同時，原本乖乖坐在沙發上一動也不動的溫以凡忽然彎下腰。
對著他，動作依然緩慢，卻像是帶了目的性。
她的目光依然放在他的右唇角上，距離漸漸拉近。
像是預料到什麼，桑延直直盯著她，喉結緩慢地滑動了一下。他沒有主動做別的舉動，但也沒半點閃躲，只是定在原地。彷彿潛伏在暗處的侵略者，極度有耐心，等著她主動地、一點一點地，將自己送過來。

溫以凡抬手，虛撐在他的肩膀上。

那一刻，時間彷彿變慢了，一秒比一年還要漫長。

桑延垂眸，看到她那雙讓他魂牽夢縈的眉眼。睫毛濃密如同刷子，像是在他的心頭上搔著。面容素淨，膚色白到幾近透明，像是模糊過的場景。

下一瞬間，跟他料想的一樣，桑延清晰地感受到有什麼東西碰了一下自己的右唇角。

第三十三章　妳剛剛親我了

溫以凡的唇瓣溫熱而乾燥，彷彿烙印落下，在皮膚上灼燒。

呼吸輕輕淺淺，平緩而有規律，像羽毛一樣掠過。她的身上帶著很淡的玫瑰氣息，宛若下了蠱，且在四周蔓延，無孔不入地擾亂人的心智。

距離近到她眨眼時，睫毛還會掃過他的臉側。觸感似有若無，加劇了不真實的感受，一點又一點地，將他的理智撕碎。

桑延的手不受控地抬起，卻又馬上停在虛空之中。他閉上眼，用盡全力克制住欲念，掌心漸漸握起，往回收——他還想當個人，這不避讓的行為已經夠趁人之危的了。

在這期間，溫以凡的身子慢慢坐直，與他拉開距離。

她的臉上不帶任何表情，神色平靜到無波無瀾，彷彿剛剛垂頭親吻他唇角的人並不是她。眼前的場景又變回一分鐘前那般。

沒發生任何事情。

「喂，溫霜降。」桑延抬眼看她，聲音低啞，「妳剛剛親我了。」

像是時間到了。

溫以凡站了起來，開始走向房間。

怕她會像剛剛那樣差點撞上櫃子，桑延也站了起來。他的聲音很輕，像是怕會把她吵醒：「妳現在是親了人就跑？」

溫以凡緩慢地往前走，路過他房間時，又停了一會兒。

「但我這人最不能吃虧，」桑延靠著牆，盯著她的舉動，「所以妳欠我一次。」

「……」她又繼續往主臥走去。

確認她不會撞到任何東西，桑延才停下，沒繼續跟上去。他的眼神意味不明，慢條斯理地把話說完：「等妳清醒的時候，再還給我。」

因為嚴重缺乏睡眠，溫以凡睡到第二天早上十點才勉強被鬧鐘吵醒。她迷迷糊糊地關掉鬧鐘，又躺在床上恍神好一會兒後才艱難地坐了起來。

她表情呆滯，習慣性地看向門口，很快便若無其事地收回目光。過了幾秒，溫以凡又慢一拍地抬起眼，看向房門前的位置。她這才反應過來，那片區域空蕩蕩的，椅子不見蹤影。她瞬間清醒，大大地睜開眼，往四周看了一圈。

沒多久就發現椅子正好好地靠在梳妝臺旁，像是回到它該待的位置，看上去沒有絲毫不妥。

溫以凡茫然了。

難道是她昨天太睏了，精神上覺得自己把椅子挪過去了，但實際上身體並沒有做出這個行動？還是說，她就是夢遊了？

在這個瞬間，溫以凡甚至想在房間裡裝個監視器，記錄下自己夢遊時所做的事情，之後就不會有現在這種完全不知道發生什麼事的茫然無措感。如果真的發生了什麼事情，至少溫以凡還有時間可以提前想一些話來應付一下。

她爬了起來，邊努力地回憶著昨晚自己睡前到底有沒有挪椅子，邊進廁所裡洗漱，但她反而越想越不肯定了。

整理好自己，溫以凡走出房間。現在時間也不早了，她走進廚房，打算拿個三明治就出門，但恰好撞見在廚房煮麵的桑延。

她的腳步停住。桑延抬眸，掃了她一眼。

總覺得氛圍怪怪的。前幾天她所感覺到的不自在，此時好像轉移到了桑延身上。他的表情不帶任何情緒，也沒主動說什麼話，看起來又似乎只是她的錯覺。

溫以凡關上冰箱，猶豫地問：「我昨天……」

桑延用筷子攪拌著鍋裡的東西。

她小聲地把話說完：「夢遊了嗎？」

桑延淡淡地嗯了聲。

「那我應該沒做什麼吧？」還沒等他回答，溫以凡搶先一步重複一次先前的話，「你就按照我之前說的那樣，看到我夢遊時，直接把我當成空氣就好了。我如果靠近你，你就儘量躲開。」

聞言，桑延關了火：「我什麼都還沒說，妳怎麼就開始撇清關係了？」

溫以凡解釋：「不是撇清關係，就是提醒你一下。」

桑延拿起鍋，隨口道：「吃不吃？」

溫以凡正想說句「不吃」，畢竟時間有點來不及了，但看了一眼他鍋裡的麵，猶豫了一下，感覺也不差這點時間：「吃。」

桑延：「自己拿碗。」

溫以凡拿了兩個碗，跟在他屁股後面，繼續套話：「那我昨晚具體做了什麼行為，你當時還沒睡嗎？」

她記得自己昨晚淩晨兩點才睡覺。

他眼也不抬：「半夜起來上個廁所。」

溫以凡坐到餐桌旁，耐心地等著他接下來的話。但他只顧著裝麵，半天都沒再說話，便又主動道：「我昨天還有……就……做一些什麼不太合適的行為嗎？」

把剛裝好的麵放到她面前，桑延看著她，似笑非笑道：「妳昨晚？」

溫以凡：「嗯。」

桑延停頓了幾秒，似乎是在回憶，然後說：「沒做之前那樣的行為。」

溫以凡鬆了口氣。

他又補充：「不過呢。」

溫以凡立刻看向他。

桑延笑：「做了更過分的事情。」

溫以凡：「？」

注意到她的神色，桑延挑眉：「妳不要腦補那些不太純情的畫面喔。」
她才沒有往那個方面想！
溫以凡平復了一下心情，覺得自己快瘋了，卻還得表現得格外平靜，一副不覺得這是什麼大事的樣子。她抿抿唇，鍥而不捨地問：「所以是？」
「具體我就不說了，」桑延懶洋洋地說，「怕妳聽完之後覺得世界崩塌，不敢相信自己居然還有這樣的一面。」
他非常欠揍地說：「我呢，就是這麼貼心又寬容的人。」
「沒關係，你說吧。」溫以凡忍氣吞聲道，「我都能承受。」
桑延看著她，目光順著她的眼睛下滑，落在某處。他眸色深了些，輕抿了一下唇角。然後收回視線，語氣雲淡風輕，又像是受到了極大的侮辱：「算了，我說不出口。」
你這個性，會有說不出口的話？
「我這麼說好了。」桑延的指尖在桌上輕敲，咬字清晰地說，「我最近心情還不錯，所以暫時不跟妳計較這些事情。」
「……」
「但以後，我會一筆一筆地讓妳還回來。」
溫以凡實在不喜歡這種有債在身的感覺，誠懇地問：「可不可以現在就還？」
桑延身子往後靠在椅背上：「現在還不到時候。」
溫以凡：「那要怎麼還？」

桑延沒回答。

現在的處境，讓溫以凡想到她第一次去加班酒吧，因為口誤而叫出的那個稱呼——桑紅牌。當時還被桑延誤以為是去嫖他，現在她做的行為好像跟「嫖」有點像，但也不太算。她做了不好的事情，總得給他一點精神賠償。

大概是這個意思？

溫以凡實在想不到自己做出的行為可以怎麼還，只能想出一個她覺得最符合邏輯的解決方式，遲疑地問：「是要收錢嗎？」

桑延的表情僵住。

「那個，我先寫個借據可以嗎？」最近溫以凡窮得有點窘迫，等過一段時間轉正職了，大概就不會這麼卑微了，「然後你下次直接把我叫醒就好了。」

桑延面無表情地盯著她，沒再跟她繼續這個話題，過了半晌才不耐地說：「趕快吃吧。」

之後的局勢，似乎顛倒了過來。

溫以凡先前已經聽他說過自己夢遊時親了他一下的事情，加上已經過了好幾天，她再怎麼不敢相信也早已接受。雖說桑延說她這次做了更過分的事情，但他說話向來浮誇，溫以凡也不太相信自己會做出多離譜的事。

上次親他，還可以用他毫無防備來解釋，但現在桑延已經知道自己有夢遊的毛病，如果真的做了什麼過分的事情，他也不可能不阻止她。

溫以凡也沒太把這次的夢遊放在心上。

反倒是桑延那邊變得有點奇怪，像是重複了她之前的反應。

宛如只是反應遲鈍，此時才後知後覺地認為她親了他一下這件事格外難以接受。

◇

透過睡前她放在房門前的椅子，溫以凡大概判斷出，自己夢遊的頻率並不算高，偶爾才會出現一次。加上桑延也沒怎麼提起她夢遊的事情，她漸漸也就放下心來。

四月底的某個下午，溫以凡跟付壯外出採訪回來，發現辦公室裡多了兩個生面孔。

先前付壯跟溫以凡提過組內會找新人的事，遲遲沒有後續，溫以凡還以為他的消息有誤，早把這件事拋諸腦後，現在都快忘記這件事了。

新來的實習生分別是一男一女，兩人看起來年紀都不大，像是兩個大學生。因為剛來沒人帶，此時他們都沒什麼事情做，正坐在位子上翻閱資料。

付壯似乎認識其中一個人，見到便笑嘻嘻地喊：「穆承允。」

聽到這名字，溫以凡再仔細看看男生的臉，才發現這是之前幫她簽名的人。她轉頭看向付壯，隨口問道：「你認識？」

「認識啊，我同學，叫穆承允。」付壯熱情地介紹，「我先前跟妳說過的，就是那個來問我我們組還缺不缺人的。他在我們系上很有名，還拍過電影呢！超厲害的！」

聽到兩人的對話，穆承允站了起來，過來打招呼：「前輩好，我是新來的實習生穆承允。」

「你叫以凡姊或是溫姊就可以了，你叫前輩誰知道你在喊誰？這裡的人都是你的前輩。」付壯很驕傲地拍拍自己的胸膛，「我也是你的前輩。」

穆承允立刻看向溫以凡，似乎是在徵詢她的同意。

「怎麼叫都可以。」溫以凡說，「我們之前見過吧？」

「對。」穆承允靦腆地笑，「沒想到以凡姊還是我的粉絲。」

付壯驚訝：「姊，妳看過他的電影嗎？」

溫以凡沉默三秒，沒解釋：「嗯。」

另一個實習生在此刻也插話。她看起來是比較活潑的個性，笑起來還有顆小虎牙：「什麼電影啊？我聽聽我有沒有看過。」

沒等人回答，女生又道：「對了，我叫方梨。前輩，那我以後也叫妳以凡姊啦？」

溫以凡應了聲好，沒繼續跟他們說話，回到座位上。她打開電腦，看到方梨拿出手機，跟付壯和穆承允加了微信。

過了一會兒，溫以凡剛打開檔案，感覺自己旁邊光線一暗。她抬起眼，看到穆承允站在自己旁邊，禮貌地問：「以凡姊，我可以加一下妳的微信嗎？」

方梨也走過來，站在旁邊等著。

溫以凡頓了一下，拿起手機，點點頭：「好啊。」

通過他們的好友驗證後，溫以凡滑了一下微信。恰好看到不久前現任房東傳來的訊息，跟她催這個月的房租。

看到這句話，溫以凡才注意到已經到交租時間了。工作一忙起來她什麼都記不住。

溫以凡連忙道了歉，直接透過網路銀行轉錢過去。轉帳成功後，她找到桑延的微信，傳一句：這個月的房租該交了，你轉帳給我就好。

傳完，溫以凡把手機放到一旁，開始寫新聞稿。不到半分鐘，旁邊的手機螢幕亮起，溫以凡邊看電腦邊拿起手機。

螢幕上顯示了桑延的轉帳紀錄，她隨手點開，打算確認一下金額。

——桑延轉帳十二萬元人民幣給您。

溫以凡打開微信，正想回個「收到」時，莫名覺得不太對勁。她歪頭，再次看了一眼桑延的轉帳金額。

溫以凡無聲地數著後面的零。

一、二、三、四……四個零。他一個月的房租一萬二，要是想多住兩三個月，也不至於轉十二萬吧……

溫以凡直接截圖，傳訊息問他：你怎麼轉了這麼多？

桑延回得快：什麼？

又過了大約一分鐘。

桑延：喔。

桑延：多打了個零。

溫以凡想著有錢就是不一樣。

感覺要是她不主動提及，他根本就不會發現多轉帳的事情。

溫以凡：那我轉回去給你吧。

桑延：不用了。

桑延：留著下次扣吧。

溫以凡還以為他只多住一個月，看到這句話時有點傻住。她想想，還是問：你大概住到幾月？

桑延：？

文字看不出語氣，溫以凡又補充一句：我確認一下，這樣才好決定什麼時候開始找新室友。

這次桑延沒立刻回覆。過了好半天，他才傳了一封語音訊息過來。

溫以凡點開來聽。

桑延懶懶地拉長語尾：『住到妳把欠我的債還了。』

溫以凡不懂：什麼債？

桑延：『怎麼，還要我提醒妳？』

溫以凡還沒反應過來，桑延這回倒是傳來文字訊息。接連的一串文字，像是槌子一般，一句一句地往她腦子裡敲。

桑延：妳

桑延：深夜

桑延：理智被欲望打倒

桑延：企圖

桑延：占有我

第三十四章　這點小技倆

溫以凡盯著螢幕看了好一會兒，被「欲望」和「占有」兩個詞嚇得頭皮發麻。她的表情有點僵硬，指尖在螢幕上動了動，緩慢地敲出一個問號。

她還沒把訊息傳過去，剛從編輯室回來的蘇恬打斷她的注意力。

蘇恬的椅子一滑，湊過來跟她說起悄悄話：「天啊，我剛剛進來看到那個實習生，還以為我走錯了，嚇我一跳。」

下意識關掉手機螢幕，溫以凡抬眼：「嗯？」

「那新來的男實習生啊。」蘇恬裝作不經意地往那邊看，模樣像是墜入愛河，「我的天，我戀愛了。陽光小狼狗型帥哥，又高又帥又可愛。」

溫以凡好笑道：「妳怎麼不說大壯小狼狗？」

恰好付壯從旁邊經過。

蘇恬翻了個白眼，很直白地說：「他頂多算個小土狗。」

付壯立刻停住，雖然沒聽到前面的話，但還是很自覺地對號入座了，「恬姊，妳怎麼還人身攻擊啊！我哪裡土了！」

「不是說你。」蘇恬把他打發走，繼續跟溫以凡八卦，「我怎麼感覺這隻小狼狗一直往我們這邊看，他是看上妳還是看上我啊？」話畢，餘光瞥見溫以凡的側臉，她瞬間改口：「好吧，是我自取其辱。」

溫以凡也順著看去。

此時穆承允正坐在位子上，面容清冷地盯著電腦螢幕。可能是注意到她們的視線，沒過幾秒，他忽地抬眼，撞上她們的目光後，他頓了一下，不好意思地笑起來。看上去的確很可愛。

溫以凡也禮貌地笑了一下，收回眼。她沒感覺有什麼異樣，溫和地說：「妳想太多了。應該只是第一天來上班，想熟悉一下同事吧。」

「我只是隨便八卦一下嘛，倒是妳，怎麼對帥哥一點興趣都沒有？」說到這裡，蘇恬有點好奇，「噯，妳不喜歡這種類型的嗎？」

「啊？」

「我們是不是都沒聊過這方面的話題？那妳的理想型是哪一種啊？」蘇恬開始列舉一堆，「溫柔的？霸道的？開朗的……」

溫以凡愣住，腦海裡莫名閃過桑延那張不可一世的臉。

意識到自己這個念頭，溫以凡的呼吸一滯，恰好對上蘇恬等著她回答的臉。安靜片刻，她打消這個念頭，只笑了笑，沒回答，短暫的聊天結束。

溫以凡繼續寫了一會兒稿子，很快就想起她剛剛還來不及回覆桑延的訊息。她打開手機，又看了一眼那一串話，恍惚間還有種收到什麼垃圾訊息的感覺。但過了一段時間後，此時再看也不會太難以接受，反而有種麻木了的感覺。

溫以凡把輸入框裡的問號刪掉，猶豫地重新打字。

溫以凡：那你

溫以凡：還好嗎？

三秒後。

桑延：？

不知道自己夢遊時到底做了什麼事情，溫以凡也無從解釋。關心完「受害者」的狀態後，她直接問：這件事你希望怎麼解決？

桑延：再說吧。

溫以凡忍不住道：你好像已經想很久了。

像是真的很懶得打字，桑延又傳來一封語音訊息。

只有兩個字，又踐又理所當然：『對啊。』

再無其他的話。彷彿在說，我就算再想十年，妳也得等著。

溫以凡忍住，好脾氣地回：好，那你慢慢想。

雖然是這麼說，但這件事，溫以凡不主動提，桑延那邊也像是完全忘了一樣。

他的狀態就像是，他可以不提這件事情，但如果溫以凡表現出半點忘記這件事的反應，他就會面不改色地，用極其直白譴責的言語提醒她，讓她完全無法忘記自己的「惡行」。

無法忘記他是弱小的、卑微的、受到淩虐的那一方，而她是一個爽完就忘記的無情淫魔。

時間久了，溫以凡還真的開始覺得，自己夢遊時是被什麼東西附身了，變成一個嫖客。而房子裡唯一能給她嫖的，還極為倒楣的是聞名墮落街的桑紅牌。

身價高到讓人無法負擔。

她負債累累，也因這種山雨欲來前的平靜感到惶恐。

總有種桑延在這平靜之外，還在她看不見的地方準備什麼大絕招來對付她的感覺。

◇

過了一陣子，組內又找了兩個新記者。

隔幾天，主任特地挑了個大家都比較空閒的時間，辦了個小派對來歡迎新人。雖然中午就通知大家了，但地點還沒確定。

知道這個消息後，付壯特地跑來溫以凡面前，委屈巴巴地抱怨：「姊，主任說這派對也算是一起歡迎我。」

溫以凡還沒反應過來：「怎麼了嗎？」

「我來實習都四個月了！他說他這個人絕不厚此薄彼，」付壯神色委屈，「叫我不要覺得自己受到怠慢！」

「這樣不是很好嗎？」溫以凡安慰道，「要是這次不算你，只歡迎方梨他們，那你在團隊裡跟空氣有什麼兩樣？」

付壯沉默三秒，「也有幾分道理。」

穆承允在一旁聽到他們兩個的對話，也問了一句：「以凡姊，妳晚上會來嗎？」

這個派對不是強制性的，畢竟大部分的人第二天都要上班，主任也說了自由參加。但出於禮貌和尊重，大部分人都會參與。溫以凡晚上跟一個專家約好要做電話採訪，也不太確定幾點會結束。

「不一定，我看看情況吧。」

付壯啊了聲，有點失望：「姊，妳晚上有事嗎？」

穆承允也問：「要忙到很晚嗎？」

「嗯。」溫以凡隨口說，「我儘量趕過去吧。」

等溫以凡結束電話採訪，又依據採訪內容寫完初稿後，已經過了晚上九點。她收拾好東西，正準備離開，主任也恰好從辦公室裡出來。

溫以凡愣了一下：「主任，您沒去聚餐嗎？」

主任名甘鴻遠，年近五十，身材微胖，笑起來眼睛瞇成一道縫，和藹得像個彌勒佛。他的手上提著一個公事包，笑咪咪地道：「剛開完會。」

溫以凡點頭。

「妳也剛忙完吧，一起去派對吧，輕鬆一下。」甘鴻遠說，「他們聚餐已經結束了，現在續攤了。就在公司附近，我們一起過去。」

溫以凡原本不打算去，此時也不得不答應。

路上甘鴻遠跟她聊起各種往事，聲音和緩無起伏，聽起來像在催眠。說到最後，他還會補幾句心靈雞湯，希望能引起溫以凡內心上的共鳴。溫以凡心平靜無波，但臉上也只能表現出頗有共鳴的樣子。

趁甘鴻遠沉醉於回憶中，溫以凡抽空瞄了一眼手機。看到群組裡的訊息，才知道這下半場定在加班酒吧。一行人已經到那裡開了包廂，叫還沒到的人直接過去就行。

這地點，讓溫以凡想起桑延。

最近溫以凡在家裡看到桑延的次數不算多。他似乎忙碌了起來，不像之前一樣整天待在家——不是像癱瘓了一樣躺在床上玩手機，就是無所事事地在房間裡睡覺。

她也沒問桑延在忙什麼。想說他大概是找到了新工作，開始過上班族的生活。

到加班酒吧，溫以凡被服務生帶到了其他人所在的包廂。

遠遠地，溫以凡就聽見他們玩得極開心的聲音，模樣快樂又興奮；但一見到甘鴻遠，全部人都安靜下來，像是被什麼東西捆綁住天性，遠遠沒有原本那麼外放。

不過甘鴻遠也只是象徵性地過來露個面，沒待多久就離開了。

溫以凡晚來，也不知道他們在玩什麼，只能先安靜地看著。她原本坐在邊邊，旁邊的人恰好是蘇恬。這期間，總有人起身上廁所或是去幹嘛，人來人往，位子一直在變換。不知不覺，溫以凡旁邊的人就變成了穆承允。

穆承允似乎喝了不少酒，臉頰紅了幾分，看上去不太清醒。見到溫以凡，他彎起唇角，非常有禮貌地喊了她一聲：「以凡姊。」

溫以凡點頭，提醒他：「不要喝太多，明天還要上班。」

「沒喝很多，」穆承允看起來很乖，「只喝了這一罐。」

這句話剛結束，付壯剛好從廁所回來，坐到溫以凡旁邊。他又一副來說八卦的樣子，略顯興奮地道：「以凡姊，我剛剛看到妳那個同學了！」

溫以凡轉頭：「誰？」

付壯：「就那個——」他停住，明顯想不起來名字了。

溫以凡：「嗯？」

付壯抓抓頭，想半天，只能說出代稱：「那個！美踋慘！」

溫以凡往周圍掃了一眼。酒吧內光線太暗，溫以凡所在的位置視野也不算好，理所當然地沒看到桑延。她輕描淡寫地收回視線，又嗯了一聲。

倒是旁邊的穆承允主動問起：「什麼美踋慘？」

「我沒跟你說過嗎？」付壯拿出手機，飛速找到那支影片，「來，我們一起欣賞，我的偶像！我這輩子的夢想就是能像他一樣！有錢又帥又厲害！」

穆承允低頭看了好一會兒，忽地說：「這好像是桑延學長。」

付壯愣住：「你也認識？」

「學校論壇的那篇貼文你沒看過嗎？」穆承允把手機還給他，「就是選校草的那篇，現在還掛在論壇首頁，每天都有人推文。」

「我沒事關注誰是校草幹什麼，我又不是Gay。」付壯說，「所以你的意思是，這位美踋慘也是南大的啊？」

「應該。」影片有上馬賽克，穆承允也不知道自己有沒有認錯，「如果我沒認錯的話。」

「可以考上南大。」付壯內心更不平衡了，「那他不是連成績都很好嗎？」

「對，我還見過他一次。」穆承允說，「我之前社團的學長跟他同班，他們畢業典禮結束後，我跟著一起去參加他們的聚餐了。」

付壯：「然後呢，有發生什麼勁爆的事情嗎？」

「也沒什麼，就印象滿深的。」穆承允笑了笑，「因為畢業了，當時每個人都會象徵性地喝點酒，但都沒喝多，因為第二天還要上班。」

穆承允：「但資訊系那兩個風雲人物，就段學長跟桑學長兩個人，一個滴酒不沾，一個面不改色地灌了十幾瓶。」

付壯好奇：「誰灌了十幾瓶？」

穆承允：「桑學長。」

聞言，溫以凡喝酒的動作停住，看了過去。

付壯合理分析：「那他是不是因為喜歡喝酒，現在才開了個酒吧啊？」

「也不至於吧。」穆承允回憶了一下，「他那天心情好像很差，一直沒說話，只是在那裡喝酒。有人勸他不要喝了，他也當作沒聽見。」

「噢。」付壯對這些不太感興趣，隨口說，「那大概是發生了什麼事情吧，畢業分手季嘛。他可能被甩了，或者是告白失敗，又或者是喜歡的人要去別的城市，跟他分隔兩地了。」

「可能吧。」穆承允說，「當時一整個晚上，我只聽到他說了一句話。」

付壯又來了興致：「什麼話？」

穆承允想了想，模樣暈乎乎地：「太久了，我也想不起來。」

付壯被他吊了胃口，氣得很：「那你就不要說啊！」

話題就這樣被帶過了。

從別人口裡聽到桑延的過往，溫以凡雖沒任何參與感，但心情總是有點奇怪。她低頭，盯著杯中冒著泡的酒，過了半晌才回過神來。

第二天還要上班，加上溫以凡忙了一整天，此時實在覺得睏倦。她沒待多久，把杯中的酒飲盡便找了個理由離開。

穆承允也跟著起身：「我也得回去了。」

其他人都玩得正起勁，也沒強留他們，只是叫他們路上小心。

兩人往外走。溫以凡路過吧檯時，不自覺往那邊掃了一眼，很快就收回視線。

走出酒吧，溫以凡想往地鐵站的方向走，又想到旁邊的穆承允，問道：「你是要回南大嗎？」

穆承允的酒量似乎不太好，現在眼神有點迷糊，像是醉了。「唔，對的。」

溫以凡：「那我們一起去地鐵站吧。」

穆承允：「好。」

沒走幾步，穆承允就一副走不動，即將要摔到的模樣。溫以凡下意識抓住他的手臂，扶住他：

「你沒事吧？」

穆承允喃喃道：「有點站不穩。」

溫以凡猶豫了一下，思考著該怎麼處理時，後面突然走來一個人。男人伸手扯住穆承允T恤的帽子，面無表情地說：「站不穩是吧？」

聽到這聲音，溫以凡看了過去，對上桑延的側臉。

桑延今天反常地穿了身黑西裝。現在領帶鬆鬆垮垮地繫著，外套也敞開，露出裡頭的白襯衫。這身莊重的穿著並未讓他多幾分規矩，狂妄也沒被壓住半分，反而更勝。

說完，桑延抬眼，目光定在溫以凡放在穆承允手臂上的手，然後又與她對上視線。

溫以凡正想說話。

桑延先出聲：「放手。」

她立刻把手放開。

與此同時，桑延毫不客氣地拖著穆承允往前走，像是在做好事一樣。兩人長得高，又走得快，漸漸地跟後面的溫以凡拉開距離。

半晌，穆承允掙開他的手。就這麼一會兒功夫，他的神色就沒了剛剛的迷離：「桑學長？」

桑延也收回手，上下打量著他：「你是誰？」

「我也是南大的學生。」穆承允笑道，「之前見過你。」

「噢。」桑延扯了一下嘴角，「清醒了？」

穆承允的表情沒半點心虛，又揉揉腦袋，看上去還沒回過神來：「什麼？」

桑延盯著他看，忽地笑了：「喂，別裝了。」

穆承允動作停住。

「沒別招了？就你這點爛技倆，」像是完全沒把他的行為放在眼裡，桑延歪了一下頭，神色散漫，「我八百年前就用過了，要是有用，還輪得到你？」

第三十五章　站不穩

聞言，穆承允表情略顯詫異，看了一眼後面的溫以凡。彷彿沒料到這個情況，他的眉尾一揚，問道：「學長，你認識以凡姊嗎？」

桑延眼裡不帶情緒，冷淡地看著他。

「不過認不認識也沒什麼關係。」穆承允眉眼青澀，看起來初生之犢不怕虎，話裡的勢在必得極為明顯。他仍然一副站不穩的姿態，語氣卻清明，「你可能經驗比我多，但這種事情，我覺得主要是看人，而不是看招。」

「光看人？」桑延懶洋洋地道，「那你現在就可以回家洗洗睡了。」

「……」

桑延懶得多跟他廢話，回頭：「溫以凡。」

正巧，溫以凡跟了上來：「怎麼了？」

也不知道他們剛剛說了些什麼。

回想起穆承允剛剛在酒吧說的話，溫以凡猜測這兩人應該是認識的，再加上桑延像拖麻布袋似的拽著穆承允向前走，另一方沒有絲毫不悅的狀況來看——他們大概也滿熟的。

現在溫以凡還有種自己打擾了他們敘舊的感覺。

桑延盯著她的臉看：「有沒有喝酒？」

溫以凡點頭，誠實道：「喝了一點。」

桑延：「站得穩嗎？」

不知道他為什麼問這句話，但溫以凡還是認真回了：「站得穩。」

「那幫個忙，」桑延從口袋裡拿出車鑰匙，扔給她，「去前面先開個車門。」

溫以凡立刻接住。

還沒說話，桑延就抬起手，再次拽住穆承允的帽子，要笑不笑地道：「我這學弟呢，喝得實在是太醉了，走都走不動了。」

溫以凡看向穆承允，猶豫道：「要幫忙嗎？」

「不必了。」桑延拉著穆承允往前走，力道看起來毫不溫柔，穆承允的臉都被勒紅了，「妳這個人笨手笨腳又粗心大意，怎麼照顧我這個纖細的學弟？」

看著他的行為，溫以凡沉默了一會兒：「你的車停在哪裡？」

桑延抬抬下巴：「那邊。」

穆承允被衣領勒得有點難受。

但戲都演一半了，也不能就這麼中斷。他看著離自己好幾公尺遠的溫以凡，同時還要承受桑延陰陽怪氣地諷刺他細皮嫩肉、嬌滴滴的言論，也開始後悔今晚裝醉的舉動。

走到停車的地方，溫以凡快步走過去，把後座的門打開。桑延跟在她後面，直接把穆承允塞進車裡，動作俐落而乾脆。

見狀，溫以凡把車鑰匙還給他。她停在原地，也不知道桑延願不願意順便載她一程，想了片刻還是不打算自取其辱。

反倒是穆承允先出了聲：「以凡姊，妳怎麼不上車？」

溫以凡遲疑地看向桑延。

此時此刻，桑延也站在後座旁邊，低頭看著她。他的瞳色深如墨，眉梢微微一挑，似是在挑釁。然後，不發一語地把後座的門關上，拒絕的意味格外明顯。

溫以凡看了一眼時間，還不到十點。

這時間還算早，她也沒太在意，正打算說句再見就離開時，桑延已經抬腳往駕駛座方向走，邊拋出一句：「坐副駕。」

這意外的話讓溫以凡一時反應不過來：「你在跟我說話嗎？」

桑延打開車門，動作停住：「不然呢？」

溫以凡：「喔，好的。」

「學弟喝醉了不舒服，讓他在後座躺躺，」桑延閒閒地道，「妳過去湊什麼熱鬧。」

溫以凡順著車窗往裡面看，注意到穆承允略微發白的表情，莫名覺得今天的桑延考慮得格外周到，「也是。」

語畢，她跟穆承允說：「那你在後面好好休息，以後不要喝這麼多酒了。」

穆承允：「……」

上了車，桑延隨口問：「他住哪裡？」

具體的溫以凡也不太清楚，只挑了自己知道的部分來回答：「他是南大的大四生，現在好像還住在學校。」

桑延：「哪個校區？」

溫以凡回想了一下上次去採訪時的地方，不太肯定地說，「應該是主校區。」

「對。」後面的穆承允含糊地補了句。

之後車內沒有人說話，沉默到有點詭異。

溫以凡沒察覺到這氛圍有什麼不對，只有種酒勁後知後覺上來的感覺。此時胃裡翻湧著，喉間有什麼東西上湧，不太舒服。

加上車內封閉，酒氣蔓延，這味道不太好聞，讓她想吐的感覺更洶湧了。

溫以凡忍不住說：「我可以開個車窗嗎？」

桑延抽空看了她一眼，什麼話都沒說。他空出手，向左側一挪，往旁邊控制車窗的按鍵上按了一下。下一刻，溫以凡那側的車窗就降了下來。

外頭清涼的風吹了進來，帶著不知名的花香味。

溫以凡瞬間覺得舒服了不少，道了聲謝。她虛靠在車窗上，有點後悔空腹喝了那杯酒，想著到家之後煮個湯來喝應該會好一點。

吹著風，溫以凡思緒漸漸放空。

想起了剛剛聚會上，穆承允說桑延在聚餐時面不改色地灌了十幾瓶酒的事情。她不知他喝酒是出於什麼原因，但也因此回想起高中時，他第一次在她面前「喝酒」的樣子。

記得那天好像是蘇浩安生日。

為此，蘇浩安請了班裡的很多人，其中也包括溫以凡。

對這種集體活動和聚會，溫以凡的參與度其實都不高，這次還是因為蘇浩安邀請了她很多次，她也不好意思再拒絕。

地點是上安的一家ＫＴＶ。

蘇浩安提前跟她說了包廂號碼。一推門，溫以凡就看到坐在邊邊的桑延。他穿著黑色的Ｔ恤，靠著椅背，手裡拎著一瓶飲料。

見到她，桑延側頭，唇角彎起淺淺的弧度。

還沒說到半句話，溫以凡就被另一邊的女生拉過去，參與她們的話題。

之後的幾個小時，兩人都沒什麼交集。

溫以凡沒打算待太久。快到九點時，她就起身去跟蘇浩安打聲招呼，順便說了句生日快樂。她沒打擾其他同學的興致，默默地走出去，穿過ＫＴＶ後側的小門。順著樓梯下去，下面是個小廣場，旁邊有一排店鋪，還有個麥當勞。

溫以凡摸摸口袋，正考慮著要不要去買個冰炫風，忽然見到眼前的影子被一個更高大的黑影覆蓋。她下意識仰頭，瞬間撞上桑延吊兒郎當的眉眼。

她一頓：「你也要回去了嗎？」

桑延語調懶懶地：「嗯。」

兩人住的方向不一樣，溫以凡只點點頭：「那星期一見，你路上注意安全。」

說完，溫以凡抬腳往麥當勞走。但沒走幾步，旁邊的桑延身子晃了一下，忽地抓住她的手臂，像是試圖讓自己站穩。

溫以凡轉頭：「怎麼了？」

桑延手未鬆，慢悠悠地吐出一個字：「暈。」

聽到這句話，溫以凡看向他的臉。跟平時沒什麼區別，眼眸漆黑卻亮，像是染上路燈的光。她還沒反應到他是怎麼了，問道：「你怎麼了？」

「站不穩。」桑延看向溫以凡，咬字重了些，「需要人扶著。」

溫以凡猶豫地走回他面前，恰好聞到他身上淡淡的酒味：「你喝酒了？」

桑延又嗯了聲。

溫以凡覺得這樣不好：「你一個高中生喝什麼酒？」

「拿錯了，都一樣是紅色罐子。」桑延說，「以為是可樂。」

「喔。」溫以凡也不知道該怎麼處理，想了想，「那我打個電話給蘇浩安，叫他下來接你？或是你打個電話給你爸媽……」

桑延打斷她的話：「我不喜歡麻煩人。」

不喜歡麻煩人，那應該也包括她？

「那你，」溫以凡思考了一下，指指旁邊的階梯，「先坐著清醒清醒？」

她溫吞地把話說完：「我就先回去了？」

不知是好氣還是好笑，桑延直勾勾地盯著她，像是有點委屈，半晌後才朝她擺擺手。

「好，妳走吧。」

得到這句話，溫以凡又走向麥當勞。但她迅速回過頭，看到桑延真的在階梯上坐下了。他坐姿鬆散，黑髮落於額前，此時低著頭，看不清眉眼，看上去像個無家可歸的可憐人。

溫以凡收回眼，繼續往前走。沒多久，她又停下，嘆了口氣，走回他面前。

「桑延。」

桑延眼也沒抬，漫不經心地啊了聲，算是回應。

沒遇過這種情況，溫以凡也有些無從下手。她連自己都照顧不來，更別提照顧人了，只能說：「你可以走嗎？我送你到公車站？」

下一刻，桑延抬頭，頓了幾秒後，朝她伸出手。

「站不起來。」

溫以凡舔舔唇，握住他的手腕，使勁想把他拉起來。

沒動彈半分。

她又加了點力氣，依然文風不動。

溫以凡有點鬱悶，半蹲下來：「我上去叫蘇浩安下來吧。」

桑延氣定神閒地看著她，不置可否：「妳不能用點力嗎？」

「我拖不動你，你太重了。」說著，溫以凡又用力拉了他一下，「你看——」

還沒說完，這回桑延極為輕鬆地站了起來，溫以凡傻住了。

桑延站在原地，繼續命令：「走，去車站。」

溫以凡覺得有點怪怪地，但具體也說不上來，只能乾巴巴地說：「我要怎麼扶你？」

桑延思考了一下：「借我搭個肩。」

想到剛剛拉了半天才把他拉起來，溫以凡有點不願意，唯恐他會把全部的重量放在自己身上，把她整個人壓垮：「我不能只扶著你的手臂嗎？」

桑延笑：「那妳可以兩邊都扶著嗎？」

溫以凡不懂：「怎樣兩邊都扶著？」

她想像了一下那個姿勢，感覺跟擁抱沒什麼不同。

「只扶一邊，」桑延扯開唇角，「我另一邊站不穩。」

溫以凡考慮了好一會兒，才硬著頭皮接受。想著距離也不算太遠，咬咬牙就過去了，而且放他這麼一個爛醉的人在這裡，好像也不太好。

她靠了過去：「那你搭著我。」

說的時候，桑延都一副理所當然地，厚顏無恥到了極點。但一到實戰，他反倒拖拉了起來，手臂半天也抬不起來。最後還是溫以凡等到無奈了，直接抬起他的右手臂搭在自己的肩膀上。

也不知是不是溫以凡的錯覺，桑延的身子似乎有些僵硬。接下來，也沒有想像中那樣，有像巨石一樣的重量壓到自己的身上。

她不自覺地往他臉上掃了幾眼。

走了一小段路，溫以凡突然感受到，桑延身體輕顫，像忍不住一樣，發出低低的笑聲。她抬起頭，目光定在他唇邊的梨窩，繼續往上，對上他的眉眼。

桑延自顧自地笑，帶著淺淺的氣息，似有若無地噴到她的脖頸。

他這模樣像是在發酒瘋，溫以凡茫然地道：「你笑什麼？」

桑延還在笑：「沒什麼。」

她目光詭異，繼續扶著他往前。

快到車站時，桑延忽地喊她：「溫霜降。」

溫以凡：「嗯？」

「跟妳說一件事。」

「什麼？」

「剛剛記錯了。」桑延扯了一下唇角，拖著尾音，又恢復以往那副欠揍的模樣，「我今晚喝的是可樂。」

不知不覺間，車已經開到南大門口。

可能是在車上休息了一會兒，穆承允看起來清醒了不少。他下了車，露出笑容，沒提出讓桑延送他進去的話，只跟他們道了聲謝。

溫以凡跟他擺擺手，然後往南蕪大學的校門口掃了幾眼。

側頭，恰好與桑延的目光撞上，她立刻收回視線。

又是沉默的一路。

期間，桑延只開口問了一句：「剛剛那是妳同事？」

「新來的實習生，」溫以凡說，「好像是你認識的學弟？」

桑延淡淡道：「算吧。」

車子開到社區的地下停車場。

直到溫以凡的腳落了地，她才極為真切地感受到，她喝的酒後勁有點強。此時有種虛浮的感覺，感覺世界都在晃。

桑延比她晚幾秒下車，正拿著車鑰匙鎖車。注意到溫以凡的狀態，他隨口道：「怎麼了？」

聽到他的聲音，溫以凡莫名想到了剛剛穆承允被勒得脖子發紅的模樣，下意識抬手，壓著自己衛衣的帽子：「沒什麼……」

桑延覺得她的舉動怪異，但也沒從她的表情察覺出什麼不妥。盯著她看了幾秒便收回眼，往電梯的方向走。溫以凡跟在他後面，走得慢吞吞的。

他進電梯好一會兒，她才跟著進去，走到裡頭靠著電梯的牆。

到十六樓後，見電梯門打開了，溫以凡準備往外走。但站久了，腳底莫名無力，有點發軟。

與此同時，桑延回過頭，似乎是想跟她說些什麼。他的聲音還沒發出來，溫以凡的身子便前傾，感覺完全不受控，一隻手扶在他的手臂上，另一隻手扯住他的領帶。

臉也撞進他的胸膛。一瞬間，所有感官都被他身上鋪天蓋地的檀木香占據。

桑延的身子順勢下傾，她下意識仰頭，鼻尖撞到他的下顎，又順著後退一步。

電梯門在此刻也闔上，畫面像是靜止了。

先反應過來的人是桑延。

桑延站直起來，伸手拉拉被她扯歪的領帶，不慌不忙地按下開門鍵。他偏頭，意味深長地看著她：「這次又是什麼理由？」

溫以凡解釋：「抱歉，我有點站不穩。」

「剛剛問妳時，」桑延若有所思地道，「不是還站得穩嗎？」

沉默三秒。

靜謐的電梯內，桑延彷彿在這種狀況中得出了什麼結論，忽然叫她：「溫以凡。」

溫以凡慢一拍地抬頭：「啊？」

桑延上下打量她，挑了下眉：「妳想追我？」

溫以凡的腦子一片混沌，一時之間還沒回過神，「什麼？」

「有這個意思，妳就直白點。說不定——」桑延稍稍彎下腰，對上她的視線。他拉長尾音，停頓兩秒後，慢條斯理地補了一句，「我可以考慮考慮。」

第三十六章　就這一次

兩人的距離在頃刻間拉近。

男人熟悉的氣息壓了下來，眉眼也近在咫尺。他的眼睛是薄薄的內雙，眼角微挑，帶著與生俱來的鋒芒。盯著人看的時候總像是在審視，高高在上，薄情而又冷淡。

此時俯下身與她平視，倒是少了幾分距離感。

溫以凡又靠回電梯牆上，回望著他，視線沒有躲閃。她的思緒像是一坨漿糊，有點轉不過來，只覺得他這句話不會是什麼好提議，僵硬地回：「暫時還沒有這個打算。」

桑延直起身，唇邊弧度未斂，也不知是信還是不信。

思考了一下，溫以凡又無法控制般，官方地補充：「等以後有了，我再通知你。」

說完，溫以凡也不等他的反應，鎮定抬腳往外走。她覺得自己走得很穩定，但腳步又覺得有點沉重，得用力才能抬起來，還有種在踩棉花的感覺。

桑延也終於察覺到她的不對勁：「妳今晚喝了多少？」

溫以凡停住：「一杯。」

桑延：「一杯什麼？」

溫以凡搖頭：「不知道。」

桑延皺眉，語氣不太好：「不知道妳就亂喝？」

溫以凡：「小恬拿給我的。」

她像個機器人一樣，問什麼回答什麼，看起來和平時沒什麼差異。要不是剛剛那句話，桑延完全看不出來她是喝醉了。

怕她跌倒，桑延走上前，伸手想扶住她：「站好。」

看見他的舉動，溫以凡下意識地往後退，順帶抬手重新壓住T恤的帽子：「桑延。」

盯著他的雙眼，溫以凡唇線抿直，莫名冒出一句十分誠懇的話，像是要跟他拉近距離：「我覺得我這段時間對你還滿好的。」

桑延的動作微微頓住。

又聽她繼續說：「你說什麼我都沒反駁，還言聽計從。」

桑延收回手，淡淡地問：「妳想說什麼。」

「所以我想跟你，打個商量。」溫以凡又有點想吐，往他的方向靠近，聞到他身上的味道才舒服了些，「你可不可以不要勸我？」

桑延：「？」

「我想，」溫以凡一字一字地說，「好好喘氣。」

這句話落下的同時，桑延才注意到她一直壓著帽子的舉動，也因此想起他先前對穆承允做出的行為。他嘴角抽了一下，有點無言，抓住她的手臂。

溫以凡的手依然僵著未動，肢體語言裡帶著警惕的意味。

「好了，」桑延嘖了一聲，動作卻很輕，「不會碰妳的帽子。」

聽到這句話，溫以凡的表情半信半疑，漸漸放下手。

桑延虛扶著她往家的方向走。看著她的側臉，他又低下眼，盯著她那軟得像是沒骨頭的手臂，低不可聞地說：「妳不是那種待遇。」

◇

進家門後，溫以凡換了室內拖，直覺地往房間走。但沒走幾步就被桑延抓回去，拉到沙發上：「坐著。」

溫以凡喔了聲，看起來桑延燒了壺水，然後轉身往廚房走。很快，他又回頭補了一句：「不要碰水。」

不知道他要幹什麼，溫以凡只能點頭。現在她胃裡難受，眼皮也不受控地垂了下來。她想喝點熱的東西，又想去睡覺。

等了一會兒，恰好看見旁邊燒開的水，溫以凡精神放鬆，想裝杯熱水來喝，不自覺伸出手。

下一瞬間，桑延的聲音就響了起來：「幹什麼？」

溫以凡立刻收回手，有種不經人同意，就碰了別人東西的心虛感。

桑延走了回來，坐到她旁邊。他的手上拿著一罐蜂蜜，往杯裡倒了幾勺，隨後倒了一點冷水進去，又摻了熱水。

他身上的西裝還沒脫，肩寬而腿長，讓他身上的氣質多了點正經，壓了幾分玩世不恭。

溫以凡再度注意到他的穿著：「你今天為什麼穿這個？」

桑延沒回答，把杯子放到她面前：「喝了。」

溫以凡接過，慢吞吞地喝了幾口，繼續問：「你找到工作了嗎？」

他格外冷漠，依然沒答。

但氛圍也沒冷卻下來，因為溫以凡喝多了之後，話倒是比平時多了點：「什麼時候找的？」

雖然基本上都是問題，她似乎也不在意他回不回答，自顧自地問：「這份工作還得穿正式服裝嗎？」

桑延笑：「妳問題還滿多的。」

溫以凡眨眨眼。

「但我現在呢，」看她喝了半杯，桑延才起身，「沒興趣跟妳這個酒鬼說話。」

感覺自己被誣陷了，溫以凡立刻說：「我只喝了一杯。」

桑延沒理她，繼續往廚房走。

後面的溫以凡又道：「你畢業典禮的時候，喝了十幾瓶酒，那才叫酒鬼。」

他瞬間定住，回頭：「妳怎麼知道？」

溫以凡老實說：「穆承允說的。」

「……」

「你為什麼喝那麼多？」

沉默了好一陣子，桑延收回視線：「多久以前的事情了，早忘了。」

「喔。」半杯蜂蜜水下去，溫以凡感覺自己的腦子似乎清醒了些，胃裡也沒那麼不舒服了，「那你以後少喝一點。」

桑延沒再應話，直接走進廚房。

沒多久，桑延端了碗粥出來，放到溫以凡面前。他躺回沙發上，似乎是總算把事情做完了，話裡多了幾分隨意：「吃完就去睡覺。」

此時，溫以凡是真切地感受到有室友的幸福感。她暗想著桑延人還是很好的，等他以後要是不舒服了，她一定也會禮尚往來地照顧他。

桑延躺著玩了一會兒手機。溫以凡慢慢地吃著粥，正想跟他說句謝謝的時候，桑延的手機響了起來。

桑延直接接起：「說。」

他似乎一直都是這樣，跟認識的人打電話，就連一句寒暄的話都沒有。像是極其沒耐心，一開口的語氣就是要對方有屁趕快放。

溫以凡的話也順勢咽回嘴裡。

那頭的人不知說了句什麼，桑延問：「誰生日？」

「噢，妳倒也不用特地打個電話來提醒我。」桑延語調散漫，聽起來毫不在意，「妳直接轉告段嘉許，他這個年紀，過生日有什麼好昭告天下的。」

「要是想過生日，自己私底下偷偷摸摸過就好了。」停了幾秒，桑延嗤笑一聲，「什麼叫我也老？妳叫他那個八年級的不要來干擾我這個九年級的。」

「好了，趕快去念書，」桑延說，「下個月要大考了還管這種事情做什麼。」

「掛了。」

電話掛斷，室內也隨之安靜。

溫以凡的大腦遲鈍地運轉著，想起一件事情：「你的生日不是九〇年一月嗎？」

桑延瞥她：「怎麼了？」

「好像是元旦後一天，」溫以凡說，「那跟八九年也只差了兩天。」

桑延把玩著手機，像是沒聽出她的言下之意，說話的語調不太正經：「妳對我的事情倒是記得很清楚。」

溫以凡動作停頓了半拍，輕聲說：「因為這個日期滿好記的。」

「噢。」桑延看起來也不太在意，表情風輕雲淡的，「是很好記。」

把粥吃完，溫以凡跟桑延道了聲謝，回到房間。洗澡時被熱氣蒸空了一番，她的思緒也漸漸清晰，回想起自己今晚做的蠢事和說的蠢話。

她後知後覺地懊惱起來，再度後悔起今晚喝了酒的事情，而殘餘的醉意也讓溫以凡的睏倦升到了一個頂端。

走出浴室，她趴到床上，眼皮已經沉到睜不開的程度，也沒什麼精力再去糾結今晚的事情。迷迷糊糊之際，她想起桑延塞進她手裡的那杯蜂蜜水。溫熱至極，溫度像是可以順著指尖蔓延到全身。

在徹底失去意識前，溫以凡的腦子裡不受控地冒出一個念頭——

希望桑延可以在這裡，住久一點。

◇

也許是因為今晚穆承允的話，溫以凡這一覺，非常應景地夢到自己畢業典禮的那一天。但畫面有點模糊，看起來真切，卻又不太真實，讓夢裡的她也分辨不出是現實還是幻境。

印象裡，畢業典禮好像下午就結束了。

溫以凡穿著學士服，手裡拿著畢業證書，跟室友隨著人潮從禮堂裡走出來。外面人很多，基本上都是穿著學士服的畢業生在跟親朋好友拍照。校內人來人往，一路走過去會碰到不少認識的人，溫以凡也時不時被拉過去拍幾張照片。

因為大四實習，幾個小女生各自忙各自的事情，也好一段時間沒見了。此時她們的話都不少，七嘴八舌地說著實習的各種經歷。

一個話題結束後，溫以凡聽到其中一個室友說：「對了，我剛剛拿完畢業證書下來，看到後排有一個超級超級超級帥的帥哥，也不知道是哪個系的。」

另一個室友說：「真的假的，妳怎麼沒有叫我看！」

「這哪能怪我，妳們當時在等著上臺拿畢業證書，等妳們下來，我想跟妳們說的時候都找不到那個帥哥了，我還有種我眼花了的感覺。」

「好，我就當作是妳眼花吧。」

溫以凡聽著她們的對話，忍不住笑了。

沒多久，四人被一個認識的同學叫過去拍照。

溫以凡被室友牽著走過去。她被安排在靠中間的位置，看著鏡頭，唇角彎起的弧度很淺。拍攝者捧著相機，嘴裡大聲倒數著：「三、二……」

剩下一個數字還沒喊出來。

此時，在混雜的人群中，溫以凡突然聽到有人喊她的名字。聲音不輕不重，卻格外熟悉。她的呼吸停住，不自覺轉頭往四周掃了眼。

拍攝者喊了一聲：「學姊，妳怎麼突然動了啊？」

旁邊的室友也問：「怎麼了？」

溫以凡還看著周圍，心情有點怪怪地：「我好像聽到有人叫我。」

「啊？」聽到這句話，室友也看看四周，「妳是不是聽錯了？我沒聽到有人叫妳啊。可能是有人的名字跟妳差不多吧，這裡那麼多人……」

室友接下來的話，溫以凡都沒聽清楚，她的目光定在某個方向。男人背影瘦高，像是特地來參加誰的畢業典禮，穿著乾淨的白襯衫和西裝褲。此時他可能是在看手機，正低著頭，往人群稀少的方向走。

緩慢遠離這裡的熱鬧喧囂。

一瞬間，溫以凡想起四年前那個細雨滿天飛的雨夜。

儘管下著雨，空氣依然是燥熱的。

少年沉默地將她送到樓下，眉眼間的驕傲盡數崩塌。那個初次見面就意氣風發的少年，像是被人在骨子裡強硬地種下卑微，再也無法掩蓋。

在那條漫長到像是沒有盡頭的巷子，他沉默地轉過身，一步一步地走出她的世界。

恍惚間，這兩個身影重疊在一起。

溫以凡的大腦一片空白，不受控地往那邊走了一步，下一瞬間就被室友拉了回去。

「小凡，妳要去哪裡？」

拍攝者也在此刻說：「學姊，再拍一張！」

溫以凡茫然地收回視線。

她覺得他現在一定在南蕪，不可能出現在距離幾千公里外的宜荷，他沒有理由出現在這裡。

溫以凡心不在焉地拍完照，再度往那個方向看。前一分鐘看到的畫面像是只是個幻覺，那個熟悉的身影早已消散在人群之中，再不見蹤影。

溫以凡從夢中醒來。

她口乾得難受，起身打開床邊的檯燈。明亮的光線刺得她眼睛痛，溫以凡皺起眉，感覺神智還有點恍惚。

夢裡的記憶還格外清晰。可在此刻，溫以凡也搞不清楚畢業典禮那一天，她是真切地看到那個背影，亦或者只是夢境為她的記憶多添加了一筆色彩。

溫以凡發了一會兒呆，良久後，閉了閉眼。也許是受到夢境的影響，也可能是夜晚會將情緒放大。

溫以凡此時的心情差到極點。她沒了半點睡意，乾脆起身，打算去倒杯溫水喝。

怕吵到桑延，溫以凡沒穿拖鞋，打開房門，躡手躡腳地往客廳走。正打算走到茶几旁坐下時，身後響起門打開的聲音。

溫以凡的腳步停住，她回頭看去。

只見桑延也走出房間。他穿著休閒的短袖短褲，神色略帶睏倦，像是要起來上個廁所。餘光瞥見她的存在，他偏頭隨口道：「又夢遊了？」

「妳夢遊的觸發點是什麼？」可能是剛醒，桑延的聲音又低又啞，「喝多了也會夢遊？」

溫以凡沒吭聲。

看見他的這一瞬間，剛剛的夢境再度湧起，溫以凡的腦子全數被那個離人群越來越遠的背影占據。

極為安靜的空間，低暗的視野像是一種蠱惑，她的內心湧起一股衝動。

聯想起先前桑延說的話。

——『妳突然跑出來抱住我。』

反正他也不知道，他覺得她是在夢遊，他不知道她是清醒的。

溫以凡緩慢朝他的方向走去。

桑延讓出空間給她，還很欠揍地說：「這次不占我便宜了？」

就這一次，她只衝動這麼一次。

彷彿回到大考後的那個盛夏。

年少時的她，盯著那個少年漸行漸遠的背影，克制著自己上前抱住他的衝動。她強硬地收回視線，慢慢地後退，也選擇了退出他的世界。

此時此刻，就在這一瞬間，像是時光倒流，她想實行那時候很想做的一個舉動。

溫以凡的內心全被那時候的渴望和殘存的醉意占據，不剩半點理智。她停在他身旁，心臟在此刻跳得極快，幾乎要衝出自己的身體。

桑延跟她之間的距離，只有一步之遙。

男人身上的味道跟少年時沒有任何區別，極淡的檀木香在空氣中擴散。

因為第一次做這種事情，溫以凡屏住呼吸，動作稍微停滯了一下。

桑延繼續道：「趕快回……」

還沒等他說完，溫以凡低下眼，往前一靠，抬手抱住他。

第三十七章　渣男

隨著這個舉動，溫以凡碰觸到他裸露在空氣中的手臂，像是帶了電流，讓她想收回手，卻又情不自禁地往前。

這個角度，她什麼都看不見。只能察覺到桑延似乎低下頭，胸膛微微起伏著，寬厚而溫熱。她的鼻息間，也全數被他身上的氣息所占據。

與周遭的世界隔絕開來。

這一瞬間，溫以凡覺得自己心中缺了一塊的地方，好像漸漸被什麼東西填補了。安全感像是成為實體，絲絲縷縷地將她包裹在內。像是只有他能傳遞的溫度，只要一點點就足夠。

溫以凡強行控制著情緒，讓自己的呼吸平緩而規律。

她也不敢抱太久。畢竟假裝自己不清醒，對別人做出這樣的舉動，本就不是什麼光彩的事情。

溫以凡正想鬆手，這個時候，她用餘光察覺到桑延動作遲緩地抬起了手。溫以凡的情緒在頃刻間收斂，大腦閃過先前她對他說過的話。

——『以後如果還有這種事情，你直接揍我一拳就可以了。』

心虛感也隨之升到頂點。

在他的「拳頭」落下來之前，溫以凡故作自然地收回手。她沒看他的臉，緩慢轉過身，往主臥的方向走。

後面傳來桑延的聲音。

他似乎是習慣了，語氣聽起來並未當作一回事，語氣慵懶：「今天就抱這樣一下下？」

溫以凡的腳步沒有停下，恰好走到主臥門口。

溫以凡按照先前大學室友的描述，儘量讓自己的舉動看起來機械而生硬。她緩慢地拉動門把，走進房間裡。

直到關門聲響起，溫以凡的精神才稍稍放鬆下來。

溫以凡走回床邊坐下，神色呆滯。過了好一會兒，她往後一倒，陷入軟軟的床墊中，失神地盯著天花板看。

三秒後，她像是終於反應過來了，抓起旁邊的枕頭捂住臉。

溫以凡滾了一圈，又猛地坐了起來，整張臉以肉眼可見的速度變紅。

她剛剛，做了什麼？

她剛剛真的假裝夢遊，抱了桑延？她真的占了桑延的便宜？她怎麼會抱他？

不敢相信自己會做出這種事情，溫以凡的心情有點崩潰。她盯著空中，忽地開始自言自語：

「我喝醉了。」

「對。」

「我喝醉了。」
「喝酒誤事。」
「我以後不會再喝酒了。」
「有機會的話，我希望那杯酒可以去跟桑延道個歉。」溫以凡喃喃低語，「而不是把這個罪名推卸到我的身上。」
「不能讓我背這個黑鍋。」
殘存的酒精讓她的精神格外亢奮，加上又做了虧心事，溫以凡更加睡不著。她自顧自地找著理由，努力地說服自己。
良久，溫以凡的心情平復了些，拿起旁邊的手機看起微博。
滑了一下就看到一篇寫自己祕密的樹洞發文。
『追了很久的男生昨晚喝醉親我了，還說同意跟我在一起，我高興了一整個晚上。結果今天我開開心心地去找他，他卻跟我說他喝醉了，什麼都不記得。TAT』
溫以凡心頭一跳，點進去看下面的留言。
『大概下次醉酒就跟妳上床了，醒醒吧。』
『真好，喝醉真是個萬能的理由。』
『渣男，嘔。』
砰一聲，「渣男」兩個字像是兩塊磚頭，用力地砸到溫以凡的臉上。
她立刻退出微博，沒再看下去。

溫以凡把手機扔到一旁，剛剛自我催眠的話在此刻又沒了半點功效。她極為艱難地繼續扯著理由——

以前是喜歡的。過了那麼多年，早就不喜歡了。但對他愧疚，再加上酒精作祟……

這些理由很快就中斷，被那個無法控制的念頭一一推翻。

溫以凡將整個人埋進被子裡頭，強行把所有思緒拋諸腦後。

夜晚總容易想太多，醒來就好了。

想是這麼想，但這件事情帶給溫以凡太大的震撼，導致她翻來覆去都睡不著。再加上剛剛去客廳還來不及喝水，桑延就出來了。

溫以凡現在極其口渴，但她也沒膽子再走去客廳，唯恐會讓桑延察覺到什麼不對勁。

隔天早上，溫以凡調整好心態，當作一切如常。她按照平時的時間走出房間，一走到客廳，就看到桑延坐在餐桌旁，已經開始吃早餐了。

桌上是很簡單的白粥和雞蛋。

兩人對視了一秒。

溫以凡收回眼，平靜地走進廚房，從冰箱裡拿了瓶牛奶。她在冰箱前停了幾秒，猜測幾個桑延接下來會問的問題。

做好充足的準備後，溫以凡回到餐桌旁。

桑延隨口說：「吃點粥。」

溫以凡順勢看了一眼鍋裡大半的粥，安靜三秒：「好的。」

一片靜默。

出乎溫以凡意料，桑延的神色淡淡的，看起來並沒有打算問她問題。彷彿昨晚她「夢遊」抱他的事情，對他沒有太大的影響。

他這個表情，溫以凡也看不出他有沒有猜出什麼，內心忐忑又不安。她溫吞地吃了口粥，還是主動套點話：「我昨天好像又夢遊了？」

桑延頭也沒抬：「嗯。」

「那我這次，」溫以凡故作淡定，「有沒有做什麼事情？」

「有。」

溫以凡盯著他，耐心等著接下來的答覆。

「就，」桑延的話一停，抬眼，若有所思地道，「抱了我一下。」

桑延懶洋洋地繼續說：「昨天很節制呢。」

他的回答跟昨晚真實發生過的事情沒半點出入，讓溫以凡聯想起之前幾次夢遊後，桑延描述給她聽的那些情況。她之前不太相信，但此時因為桑延的實話實說，想法也有點遊移不定了。

不過現在溫以凡也沒時間考慮那些。他這個模樣和語氣，看起來的確是絲毫沒察覺到不對勁。

溫以凡總算放下心來，但取而代之浮上來的是罪惡感。

總有種桑延被她占盡便宜，受盡委屈的感覺。

猶豫著，溫以凡小聲地說：「抱歉。」

桑延：「怎麼了？」

雖然怕多說多錯，但出於內心的自我譴責，溫以凡還是硬著頭皮說完：「雖然我不清楚情況，但對你做出這樣的行為，實在很抱歉。」

「都幾次了，」恰好吃完早餐，桑延往後一靠，上下掃視著她，「妳怎麼現在突然覺得對不起我了？」

「……」

「之前不是還很囂張嗎？」

「我，」這個詞竟然出現在自己身上，溫以凡傻眼，「很囂張……嗎？」

「不是嗎？」桑延挑眉，慢條斯理地說，「之前跟妳說這件事情時，妳只會諸多狡辯。仗著自己不清醒，我說一句妳頂一句，最後還想花錢了事。」

溫以凡沒想到從他的視角看來，自己是這樣的形象。

光是自己不清醒的狀況下，他的怨氣就這麼重了，溫以凡更不敢想如果桑延知道昨晚她根本不是夢遊，他會氣成什麼樣子。

「那你以後，」溫以凡訥訥地說，「晚上的時候就儘量待在房間裡不要出來，門上鎖了，我就不會進你房間了。」

桑延沒回應她這句話，反倒問：「妳的夢遊還真特別，還有占人便宜的毛病。」

溫以凡下意識地解釋：「我以前好像不……」說到這裡，她又覺得這句話很有問題，及時改了口：「我不太清楚。」

「噢。」桑延卻聽出來了，眉尾微揚，「只占過我的？」的確是這樣，但直接說出來，總覺得哪裡不太對勁。

溫以凡一時之間不知道怎麼回答，沒有吭聲。

「不是，」桑延笑了，「妳這是什麼新型的追人手法？」

「……」

「還有這種事？妳讓我有點懷疑了，」桑延坐起身來，手臂搭在餐桌上，往她的方向靠近了一點，「妳真的是夢遊？」

要是平時，溫以凡肯定會耐心地跟他解釋一下。但現在她實在是太心虛，只能低頭吃粥，含糊道：「是啊。」

「妳今天話很少。」桑延直勾勾地盯著她，像是想看出什麼來，「之前跟妳說這件事的時候，不是很會東扯西扯？」

溫以凡面不改色地用他的話回應：「不是都發生好幾次了嗎？」

桑延收回視線：「也是。」

話題中止於此。桑延起身，走去廚房。

確定自己沒露出什麼破綻，溫以凡的後背很明顯地放鬆下來。在這一刻，她還有種被老師點名起來回答問題，應付完後的輕鬆感。

兩人差不多同時出門。

進了電梯，溫以凡習慣性靠著最裡面的電梯內壁。瞥見桑延又穿回平時的穿著，她有點想問問他找到什麼工作了。但因為昨晚的事情，溫以凡總覺得不自在，連主動跟他說話的勇氣都沒有。

電梯緩慢地往下。下到七樓時，溫以凡突然注意到桑延只按了地下一樓。她頓住，走上前兩步，打算自己去按一樓。

走到桑延身側，溫以凡的手剛抬起，手腕就被他握住。他的視線從手機上挪開，抬眼看她，像是個剛開始受到侵害的受害者，習慣性地做出抵抗的動作。

「想做什麼？」

溫以凡說，「按一下一樓。」

桑延放開她的手：「噢，往後退幾步。」

溫以凡忍住：「好的。」

「我今天心情不錯，正好要去上安那邊。」桑延大發慈悲般地說，「順便載妳一程。」

雖沒骨氣，但有免費的順風車，溫以凡也不太想去擠地鐵。她露出一個微笑，假意感恩戴德地回：「那就謝謝你了。」

到地下一樓，兩人走出電梯，走到停車場。

溫以凡坐上副駕駛座，繫上安全帶，沒主動說話。

跟桑延靠近的每一個瞬間，大腦都在提醒她昨晚那個擁抱，以至於她現在完全不知道該如何跟他相處。

車子發動，一路沉默。

過了一會兒，可能是覺得她今天一整天都不太對勁，桑延往她的方向瞥了好幾眼，然後出聲問：「不舒服？」

溫以凡趴在窗上，溫吞道：「沒有。」

這看起來像是心情不好，又像是不太舒服。

又安靜了一會兒。

桑延：「妳是在夢遊的時候把精力全花完了？」

溫以凡：「嗯？」

桑延語氣吊兒郎當地說：「昨晚掀我衣服的時候不是頗熱情嗎？」

眼睛還看著窗外的景色，溫以凡思緒放空，下意識地回：「我昨晚哪有掀你的衣服。」

說完這句話，過了半晌，溫以凡才後知後覺地察覺車內的氛圍變得有點詭異。她忽地回過神，反應到自己剛剛說了什麼，生硬地轉頭。

恰好是紅燈。桑延停下車子，側過頭，緩緩地對上她的視線。他意味深長地看了她幾秒才道：「妳怎麼知道沒有？」

第三十八章　妳怎麼像個變態一樣

溫以凡沒迴避視線，神色淡定：「嗯？」

桑延沒重複，仍然高高在上地看著她，眼裡審視的意味十足。溫以凡還能用餘光注意到，他的指尖在方向盤上輕敲著，一下又一下，遲緩又規律，像是在思考著什麼。從她的角度來看，也像是無聲的淩遲。

溫以凡在腦子裡尋找著對應的話，臉上神色稍愣，像是才反應過來。她彎起唇角，語氣溫和地解釋：「不是你剛剛說的嗎？我昨晚只抱了你一下。」

敲方向盤的動作停住，桑延的眼神轉了轉。看起來是認同她這個解釋，他只淡淡地「啊」了一聲，然後便收回視線，沒再追問下去。

冷場……

儘管溫以凡現在並不是特別想說話，但秉著演戲演全套的原則，她還是反問了一句：「所以我昨晚掀你衣服了？」

桑延看著前方：「記錯了。」

「……」

「大概是上次吧。」可能是不想讓自己的話前後矛盾，桑延悠悠地解釋，「畢竟也不是一次兩次的事情了，我不可能每次都記得一清二楚。」

溫以凡想說自己應該不會做出掀他衣服這種事情。但想到昨晚抱他時，桑延那認命到懶得反抗的姿態，又覺得在她先前的幾次夢遊裡，可能真的是發生了不少讓她無法想像的事情。

溫以凡不敢腦補那些畫面，只能點頭：「委屈你了。」

見他不說話，溫以凡思考了一下，想讓他覺得這種苦難的日子是有盡頭的，又安撫般地補充一句：「等有時間了，我去醫院看看吧。」

到南蕪電視台樓下。

溫以凡垂眸解開安全帶。她也不清楚桑延這個時間來上安是要去「加班」酒吧，還是有別的什麼事情，但她也沒問，只說：「謝謝你了，那我先上去了。」

桑延懶散地嗯了聲。

溫以凡正想打開車門：「你路上小心。」

「溫以凡。」桑延突然叫住她。

聞聲，溫以凡的動作頓住，回頭看：「怎麼了？」

他隨口道：「頭髮沾到東西了。」

溫以凡立刻抬手摸摸頭髮，順帶問：「哪裡？」

「左一點。」

溫以凡的手往左挪。
「上面一點。」
手又往上。
「右一點。」
她全數照做，卻依然碰不到他所說的那個「東西」。
下一刻，溫以凡聽見桑延沒耐心般地嘖了聲。她頭皮發緊，正想拿出化妝鏡來看看時，就感覺到腦袋一沉，被什麼東西碰觸著。
她側眼望去。
桑延抬起手臂，此時手正放在她腦袋上，像是要幫她把頭髮上的東西弄掉。然後還很不客氣地揉搓了幾下，把她的頭髮弄亂，像是在報復她的拖拖拉拉。
他收回手，開始趕人：「不要慢吞吞的，我趕時間。」
因為他的舉動，溫以凡猶豫地問：「沾到什麼東西？」
「不知道。」
溫以凡沒再追問，只能道了聲謝。她下了車，抬手把頭髮順齊，往門口的方向走。
恰好跟不知何時到公司的穆承允撞上，他主動打了聲招呼：「以凡姊，早安。」
她朝他點頭：「早安。」
走進大樓裡，溫以凡又回想起剛剛桑延的舉動，後知後覺地揉揉腦袋。她的思緒有點飄忽，像是沉浸在自己的世界裡，也沒聽旁邊的穆承允在說什麼。

過了好一陣子，穆承允叫她：「以凡姊？」
溫以凡回神，「嗯？怎麼了？」
穆承允的長相秀氣，笑起來有點撒嬌的感覺。他也不在意溫以凡剛剛的忽視，好脾氣地重複一次：「妳跟桑學長在交往嗎？」
溫以凡愣住：「不是。」
穆承允幾不可察地鬆了口氣：「我剛剛看到他送妳來上班，還看到他揉妳的頭，我還以為……」他沒說完，不好意思地笑笑：「是我太八卦了。」
揉？溫以凡愣了一下。她收回手，回想著桑延的力道，感覺用「攪拌」來形容會更貼切一點。
但溫以凡跟穆承允不太熟，覺得否認了就足夠了，其他問題她也懶得再解釋。她沒有多言，只是笑了笑。
兩人一起進了辦公室。回到位子上，溫以凡打開電腦，隨手翻翻桌上的資料，隔壁桌的蘇恬喝著咖啡，湊過來跟她說話：「妳今天怎麼跟小狼狗一起來了？」
溫以凡：「剛好在門口碰到。」
「這樣啊。」蘇恬舔舔唇，神色帶了些抱歉，「對了小凡，我昨天給妳喝的那杯酒，酒精濃度好像有點高，我本來以為是水果酒才給妳的。」
提起這件事，溫以凡又想到昨晚的情景。她的表情僵了一下，但很快就恢復如常：「沒關係，回家我就睡了，沒什麼影響。」
蘇恬：「沒有頭痛吧？」

溫以凡倒是不覺得有什麼不適，笑道：「沒有。」

蘇恬打了個呵欠：「我看今天好多人都萎靡不振的，昨天都玩過頭了。我現在睏死了，極其後悔昨天沒跟妳一起走。」

「難得出去輕鬆一下，」溫以凡說，「玩得開心就好。」

這話題也沒持續多久，蘇恬跟她提起另外一件事：「我之前不是想跟妳介紹我那個朋友，讓妳們一起合租嗎？然後妳室友不搬了，她就自己在網路上找了一個，是個男大學生。」

「大學生嗎？」溫以凡想了想，「怎麼不住學校？」

「好像是個遊戲直播主還是什麼的，說是不想影響室友的作息。」蘇恬說，「我朋友前段時間天天跟我抱怨，說這個大學生生活習慣太差了。」

「衛生習慣不好嗎？」

「對，妳室友會這樣嗎？」蘇恬有點好奇，掰著手指一件一件地複述，「就是碗筷用完了都不洗，就堆著，搞得流理臺裡全都是乾掉的油汙。髒衣服兩週洗一次，內褲襪子都丟洗衣機。從不幫忙打掃，有時候連廁所都忘了沖……」

溫以凡搖頭：「沒有。」

這麼一想，桑延算是非常愛乾淨。她內心有點慶幸，補充了一句：「我室友還滿好的。」

「那妳運氣很好。」蘇恬笑了起來，繼續說，「不過妳一定想不到，前幾天，我這個朋友來跟我說，她覺得自己好像喜歡上這個大學生了。」

這個轉折讓溫以凡傻住了：「啊？」

「說是這個大學生只是被家裡寵壞了，什麼家務事都不會做，但只要她提出來的事情，他都會聽，之後都不會再犯了。」蘇恬說，「反正就全是好話，讓我完全無法想像她之前還跟我吐槽過同一個人。」

「……」

「不過我覺得主要還是這大學生長得滿帥的。要是能找到這麼帥的，我也去合租了。」蘇恬嘆息，發表感言，「所以異性合租，相處久了，是不是都會產生一點愛的火花啊？」

溫以凡脫口而出：「也不一定。」

蘇恬看她：「妳怎麼否定得這麼快？」

「……」

「我好像也沒問過妳，」說著說著，蘇恬突然想起一件事，「妳新找的合租室友是男的還是女的啊？我記得是王琳琳幫妳找的？」

溫以凡沉默幾秒，還是沒撒謊：「男的。」

「哇，」蘇恬嚇了一跳，「可靠嗎？」

「嗯。」

可能是因為剛剛溫以凡果斷的反應，蘇恬下意識地覺得她這個室友一定長得很醜：「雖然不能以貌取人，但妳確定他沒有對妳心懷不軌嗎？」

溫以凡沒吭聲。

盯著溫以凡的臉看，蘇恬很不放心：「我覺得異性合租是滿正常的，不過妳自己也要注意一點，什麼事情都得有點防備。」

想到被她占盡便宜的桑延，溫以凡的心虛感又瘋狂湧起，覺得自己可能才是「心懷不軌」的那一方。她不敢說出來，面不改色地說：「我知道啦。」

溫以凡本以為桑延只住三個月。

想說在這短暫的時間裡，他們之間也不會有太多的交談，等時間一到，他自然會離開。對雙方來說，彼此都只是一個連朋友都稱不上的過客。

就只是一段不值得一談的小插曲，如同先前的王琳琳。

但現在這個趨勢明顯不太對勁。

溫以凡也能透過蘇恬的話分析出，大約是她這段時間跟桑延一直朝夕相對，相處的時間太多才會因此沖昏頭，產生不該有的想法。

昨晚的擁抱像是個警示，時時刻刻都在溫以凡的眼前亮著。

在這件事情上，溫以凡非常有自知之明。她沒有自作多情到認為桑延會對她還有那樣的想法，也沒無恥到能把從前的事情當作沒發生過那樣接近他。

並且，溫以凡很不喜歡這種習慣，也非常恐懼自己會適應另一個人的存在。

她的潛意識裡，這無非就兩個結果——對方可能會像父親那樣，會在毫無徵兆的某一天，永遠離開她的身邊；也可能會像母親那樣，為了自己能擁有更好的生活，選擇捨棄她。

◇

因為這種想法，外加在清醒的情況下對桑延做了虧心事，在這之後，溫以凡明確感覺到跟桑延相處時，她的情緒已經無法像之前那樣了。

溫以凡開始不甚明顯地與桑延拉開距離，試圖將關係變回剛開始合租時那樣，就這麼熬到他搬走的時候。這態度轉變並不大，桑延那邊似乎也毫無察覺。

他這段時間開始上班，工作量似乎很大，再加上偶爾晚上還要去「加班」，有時候會直接一整晚都沒有回來。

一個月下來，兩個人也沒有多少相處的時間。

溫以凡的工作也忙，常常早出晚歸，也沒什麼時間去考慮這些事情。

秉著不套室友交情的原則，溫以凡一直沒問桑延找到什麼工作了。到最後，還是鐘思喬那邊跟她談起這件事。

鐘思喬：我昨天聽向朗說。

鐘思喬：桑延好像去他們公司上班了。

鐘思喬：不過他們不同部門，他之前沒注意，好像最近才發現的。

溫以凡：向朗現在在哪裡上班？

鐘思喬：優聖科技。

鐘思喬：他在市場開發部，桑延在軟體部。

鐘思喬：不過桑延的職位比向朗高，人家是經理。

鐘思喬：向朗真是個垃圾。

鐘思喬：他還跟我說，桑延一定有靠山。

看到這句話，溫以凡突然想起桑延先前的話，這才意識到他不是在吹牛。她隨意回覆了幾句，退出聊天視窗。

正想把手機放到一旁，卻不經意點到另外一個聊天視窗，是趙媛冬。

因為溫以凡一直沒回覆訊息，趙媛冬傳訊息的頻率也少了，只是偶爾會傳幾句叫她注意換季、別生病之類的話。

溫以凡隨手滑了滑，看到清明前幾天的聊天紀錄。

趙媛冬：妳大伯母今天回北榆了。

趙媛冬：那天是媽媽忘了考慮妳的情緒，以後我不會讓她來了，好嗎？

趙媛冬：不要生媽媽的氣了。

清明那天。

趙媛冬：阿降，今天要不要跟媽媽一起去看妳爸？

中途基本上都是些雜七雜八的話。

三分鐘前，趙媛冬又傳訊息來，是一大段一大段的文字。

趙媛冬：阿降，媽媽這段時間跟妳大伯母聊了聊。之前的事情，當時我沒在妳身邊，我不了解情況，所以沒站在妳這邊，是媽媽對不起妳。

趙媛冬：我一直以為他們把妳照顧得很好，我這邊也很放心。那個時候，我也一直很想把妳接回來，但又怕頻繁換環境會影響妳大考。想著再過一段時間就好了，等妳大學考來南蕪，就回來跟媽媽一起住，媽媽也好照顧妳，我也沒想到妳後來會跑到那麼遠的宜荷去。

趙媛冬：媽媽以後多多補償妳，好嗎？

溫以凡盯著看了好一會兒，直接退出微信。她重新看向電腦，腦子卻有點亂，眼前的文字像是變成一串亂碼，讓她完全無法看進去。

她閉閉眼，再度拿起手機，把跟趙媛冬的聊天紀錄清空。

◇

接近十一點，溫以凡才完成工作回到家。她脫掉鞋子，看到桑延正抱著筆記型電腦躺在沙發上，手指在鍵盤上飛快敲打著，也不知道在做什麼。

溫以凡沒影響他，習慣性地過去喝了一杯水，喝完之後，又裝滿一杯，打算回房間。

桑延在這個時候叫住她：「喂。」

溫以凡回頭：「怎麼了？」

「規定都忘了？」桑延看她一眼，很快收回視線，邊敲鍵盤邊說，「十點沒回來得跟我說一聲。」

溫以凡愣了一下，慢一拍地說：「喔，我忘記了，抱歉。」

她也沒再說別的，繼續抬腳往房間走。

「我怎麼覺得，妳最近對我的態度有點……」桑延停頓，像是在斟酌用詞，然後才慢慢吐出兩個字，「敷衍。」

溫以凡又停住，「沒有，我只是很睏。」

桑延抬眼。

溫以凡低聲說：「我想睡覺了。」

桑延手上的動作停下，定定地看著她，很快便說：「去睡吧。」

聽到溫以凡關門的聲音，桑延分出一點精力回想她剛剛的模樣。沉默了一會兒，他收回思緒，又敲起鍵盤。

接近淩晨兩點，桑延拿換洗衣物去洗澡。等他出來，想回客廳拿電腦，就見到不知從什麼時候開始，溫以凡又出現在客廳。

她已經換上睡覺穿的短袖短褲，露出白嫩纖細的四肢。此時溫以凡正坐在沙發上，呆滯地盯著時鐘。

桑延頭髮還濕漉漉的，走到她面前。他用毛巾擦著頭髮，盯著她看了好一會兒。然後，他拉過旁邊的板凳坐下，慢慢地說：「所以妳是心情不好，還有喝醉的時候會夢遊？」

溫以凡安靜地沒動。

桑延問：「今天怎麼了？」

溫以凡一動也不動地，像是只活在自己的世界裡，感受不到四周的東西。要不是偶爾會眨一下眼，桑延都覺得她已經成為一個雕塑。

他也沒再說話，只是坐在旁邊，什麼都沒做。

過了十幾分鐘，溫以凡站了起來，慢吞吞地走向房間。

坐在原地，桑延轉身盯著她的背影。他歪頭往前看，看見她接下來要走的地方都沒有會絆倒她的東西，便也沒跟上去。

他神色悠哉，懶懶地看著她的舉動。

溫以凡像個幽靈似的，直直地往裡面走，步伐緩慢又平穩。這次走到他房間時，她依然像先前幾次那樣停了下來，看著房間裡面。

剛剛桑延回房拿了衣服就去洗澡了，現在房門大大敞開。

溫以凡盯著看了半天，神色愣愣地。

「妳在看什麼？」桑延覺得好笑，「妳怎麼像個變態一樣？」

話音剛落，溫以凡像是受到什麼指示一般，重新抬腳走進他的房間。

第三十九章　走錯房間了

像是覺得自己眼花了，桑延擦頭髮的動作停住。僵了好幾秒，他把毛巾放在一旁，起身跟在溫以凡身後。

這房間之前是溫以凡在住，但桑延搬進來之後，稍微改了格局，多加了一個電腦桌。床的位置被他從窗邊挪到中間，左側是床頭櫃，右側放著立式檯燈。

此時溫以凡已經走到中間的位置。

不知道她想做什麼，桑延走過去擋在她面前。

「想去哪裡？」

溫以凡的腦袋撞到他的下顎，隨之停下。她稍稍仰頭，呆滯地看著他，然後慢吞吞地繞過他，想繼續往前走。

桑延也挪了一步，繼續擋著：「妳走錯房間了。」

溫以凡又看他，像是在琢磨他的話，又像是在等待他主動讓開。

像跟小孩溝通一樣，桑延耐著性子說：「這不是妳的房間。」

溫以凡沒動。桑延也沒碰她，只抬抬下巴。

「門在那裡。」

溫以凡發了好一會兒的呆，才像是聽懂他的話。她轉身，十分聽話地往門口的方向走，像個得到指令的機器人。

怕她又走錯地方，桑延這次沒停在原地，跟了上去。

直到主臥的門徹底關上，桑延才回客廳拿電腦。然後他回到房間，躺在床上睏倦地看了一眼手機，很快便放下，把手機放到一旁。

桑延的眼睛睏到發痛，剛闔上眼，又想起溫以凡剛剛走進他房間的事情。她就像隻無頭蒼蠅。是說先前不是都好好的，怎麼這次路線還有了變化？還是說，是因為之前幾次他房間的門都關著，她才無法進去。這次門是敞開的狀態，她就沒了阻礙？

這是不是意味著，她夢遊會做的事情沒有規律性，只會在沒有封閉的空間裡隨意亂竄？

桑延身體裡的每個細胞似乎都在跟他抗議著疲憊，但想到這裡，他又睜開眼，起身走出房間，把陽臺的落地窗和廚房的門都關上。

第二天。

溫以凡睜開惺忪睡眼，坐起來醒醒神。她的目光一動，注意到在放在梳妝臺前的椅子，過了好一會兒才想起昨晚自己好像忘記用椅子抵住門了。

不過這段時間都沒夢遊，她也沒太在意這件事情。

溫以凡賴了一會兒床，打開微信，看到正在群組裡聊天的向朗，她想起昨天鍾思喬說的話。她打開網頁，搜尋一下「優聖科技」這間公司。還沒點進去，溫以凡又突然想到，她沒事查這個幹什麼？

溫以凡收回思緒，立刻退出。

她很晚醒來，走出房間時桑延已經出門了。

桌上放著簡單的豆漿油條，這東西不能放過夜，不吃大概就得直接扔掉了。「溫垃圾桶」不想浪費，加上這件事算是有來有往——她買早餐時也會幫桑延買一份。她很自覺地把豆漿拿去加熱，順便打開手機看了一眼。

桑延沒跟她說任何事情。

溫以凡鬆了一口氣。那昨晚的確就是沒發生什麼事情吧？不過也是，就算真的夢遊了，這三更半夜的，也不可能每次都會碰見桑延。

◇

工作一忙起來，溫以凡就算想去醫院也擠不出時間。一到假日她也拖拖拉拉地，實在是懶得出門，只想在家裡躺上一天養精神，加上溫以凡的夢遊說實話也不太嚴重，久而久之她也就把這件事情拋諸腦後。

氣溫漸升，空氣變得悶熱而乾燥。七月中旬，南蕪迎來一年中最熱的時候。夜晚漸漸縮短，陽光猛烈而毒辣，毫不吝嗇。在外頭稍微待久一點，身體就會滲出一層細細的汗。

溫以凡剛從編輯室回到辦公室，甘鴻遠突然丟了個素材給她，叫她這幾天去做後續調查，是幾天前剛發生的交通事故。

就在墮落街附近的馬路上，一個男子酒後駕車，直接闖紅燈，撞傷一名正在過馬路的國中生，導致其右腿粉碎性骨折。

回到位子上，溫以凡打開電腦，開始查資料看報導，寫採訪提綱。

寫到一半，放在旁邊的手機響了一聲，是桑延的訊息。

桑延：今晚我妹會來家裡吃飯。

桑延：可以嗎？

溫以凡迅速回：可以。

想了想，她又補充：以後你妹妹要過來就直接過來吧。

溫以凡：可以不用再問我。

過了一會兒，桑延傳了個「ＯＫ」的表情。

溫以凡也沒加班多久，七點一過便走出公司。

一進家門，溫以凡就見到桑稚正坐在沙發上看電視。比起上一次見面，她似乎又瘦了一點，臉小了一圈，下巴也越發地尖。

見到溫以凡，桑稚乖乖喊了一聲：「以凡姊。」

溫以凡笑了笑，不動聲色地往房子裡看了一圈。現在桑延正待在廚房裡，看起來還在做晚飯。

瞥了一眼時間，她有點驚訝：「還沒吃嗎？」

「嗯。」桑稚小聲地抱怨，「我哥動作好慢，剛剛才去做。」

溫以凡走到她旁邊坐下，也覺得有點晚了。她指了指電視櫃，提議道：「要不然先吃點零食墊墊肚子？都快八點了，不要餓壞了。」

桑稚彎唇：「不用，我也沒有很餓。」

溫以凡倒了一杯水，往她臉上看了幾眼：「怎麼瘦這麼多，大考壓力很大嗎？」

桑稚：「還好，我吃滿多的，也不知道為什麼瘦了。」

「之後再多吃一點補回來。考完了就多出去玩，放鬆一下心情。」溫以凡隨口問，「對了，只只，妳錄取結果出來了嗎？之前不是說在猶豫南大還是宜大嗎？」

桑稚點頭：「嗯。」

溫以凡：「那妳最後選了哪個？」

桑稚老實道：「宜大。」

「嗯？」溫以凡倒是很意外，「考慮好了嗎？宜荷還滿遠的。」

「想好了，我考慮了很久。」桑稚小聲說，「比起南大，我想讀的科系在宜大比較強。而且我不想一直在南蕪，也想去別的城市看看。」

溫以凡笑：「這樣也滿好的。」

桑稚心情有點委屈：「但我哥還滿生氣的。」

溫以凡：「怎麼了？」

「因為我填志願的事情沒怎麼跟他說過，都是跟我爸媽商量，他就一直以為我報了南大。」桑稚說，「他剛剛知道我的錄取結果之後，把我罵了一頓。」

「但我錄取結果上週就出來了，他也沒問啊。」桑稚覺得桑延很不講道理，越說越不爽，「都過多久了，還是今天我要過來，他才隨口問一句。知道是宜大之後，才開始跟我算帳，還說我翅膀硬了，現在做事情只憑衝動，什麼都不考慮。」

溫以凡安撫：「妳哥應該也是不放心妳一個人去那麼遠。」

「他那個態度就好像是我一開始填了南大，」桑稚說，「最後瞞著所有人改了志願一樣。」

聽到這句話，溫以凡的動作一僵。

桑稚不敢說太大聲，怕被桑延聽見：「我問他意見的時候，他就懶得理我，說這點小事也要考慮。現在我選好了，他又要念我。」

溫以凡只是笑笑，沒吭聲。

可能是覺得自己抱怨得太多了，桑稚很快就收斂，換了話題。她重新八卦起之前被桑延打斷的事情，問道：「以凡姊，妳知道我哥高中談戀愛的對象是誰嗎？」

溫以凡喝了一口水，平靜地說謊：「我也不太清楚。」

「我就是很好奇他這種目中無人的狗脾氣會看上誰——」說到這裡，桑稚覺得不太對勁，改口道，「喔，不對，是被誰看上。」

「不過，他好像很喜歡他那個對象。」等飯等得百無聊賴，桑稚扯起以前的事情，「我記得我哥之前成績很差，高二突然就開始念書了。」

溫以凡沉默地聽著。

「他一直是不怎麼念書的那種，還只挑自己喜歡的科目念，但那段時間也不知道是被什麼附身了，除了念書之外什麼都不做。」桑稚托著腮，慢吞吞地說，「當時我爸媽都很高興，覺得他終於懂事了。我爸還問他想考哪間大學，但他也沒答，就說只是想多點選擇。」

溫以凡垂下眼，安靜地喝著水。

「反正後來他報了南大，錄取結果出來那天他很高興。一直在那邊吹牛，說自己隨便考考就考上南大了，沒多久後出門，那天很晚才回來。」桑稚想了想，猜測道，「我覺得他那天是被甩了。」

溫以凡抬眼：「為什麼？」

「因為他出門前後的狀態完全不一樣。」桑稚說，「他沒再提被南大錄取的事情，我也從來沒見過他那個戀愛對象。」

「到現在，我都沒見過他談戀愛。」像是想到什麼，桑稚很無語，「他就整天說自己條件好，有很多人追，連室友都搶著要把他。」

恰好在這個時候，桑延從廚房出來。瞥見她們在竊竊私語，他眉頭稍稍一挑，隨口問：「妳們在說什麼？」

說了一堆桑延的事情，桑稚有點心虛，反問道：「好了沒？」

「嗯。」桑延走到茶几旁，倒了杯水喝，「吃吧。」

桑稚拉住溫以凡的手，主動說：「以凡姊，妳吃了嗎？一起吃吧。」

溫以凡搖頭：「你們吃吧。我吃過了，在公司吃完才回來的。」

她沒看桑延的表情，起身道：「我先回房間了。」

但沒走幾步，桑稚又拉住她：「以凡姊，妳就隨便吃一點，吃不下也沒關係，我們聊聊天。」說著，她看了一眼桑延，小聲說：「要是只有我和我哥，他一定又會罵我。」

溫以凡只好同意。

她只裝了碗湯，全程安安靜靜地。整個晚飯，大多數時間都是桑稚在說話。說久了還被桑延不耐地打斷：「可不可以趕快吃？」

桑稚覺得自己忍他忍了一整個晚上，這次忍不住跟他爭，「你幹嘛一直這樣？這件事情我明明就有跟你說，你自己聽完當作沒聽見，現在反倒怪到我身上來了。」

「我睏死了。」桑延懶得跟她吵，神色倦怠，眼睛下方的青灰色明顯，「不然妳等一下自己坐計程車回去，我要去睡覺了。」

他這模樣看起來的確是好一段時間沒好好睡覺了。

桑稚只好繼續忍氣吞聲：「知道了，馬上就吃完。」

等他們出門後，溫以凡把桌子收拾乾淨便回去房間。洗完澡出來，她恰好聽到玄關的動靜聲，但也沒出去外面。

溫以凡躺回床上，抱著被子，呆呆地回想著桑稚的話。

——『錄取結果出來那天他很高興。』

——『因為他出門前後的狀態完全不一樣。』

胸口像是被大石重重壓著，讓溫以凡有點喘不過氣來。她翻了個身，不想去回想以前的事情。溫以凡乾脆拿起手機，找了一部恐怖片來看。她將注意力集中在電影上，直到看到結束字幕才闔上眼。在百般清醒中，她猛地揪到一絲絲的睏意。

漸漸陷入沉睡之中。

不知過了多久。溫以凡坐起身，下了床。她慢慢地把抵在房門口的椅子推回梳妝臺前，轉身走出房間。一路往前，走到客廳，坐到沙發上。

在這昏暗的光線下，溫以凡抬頭，盯著轉動著的秒針，眼睛一眨也不眨。

客廳靜謐至極，除了她輕到可以忽略的呼吸聲，再無其他。

也許是比起前幾次少了點什麼，這次溫以凡只坐了幾分鐘便起身。她往走廊的方向走，路過次臥時，再度停了下來。

看到緊閉著的房門，她盯著看了好一會兒。隨後，溫以凡的行為像是被什麼東西所驅使，她遲疑地抬起手，握住門把往下壓。

門沒鎖。

溫以凡輕而易舉地打開門，往前推。她光著腳，走路無聲無息，就猶如踩在棉花上。她頓了幾秒，輕輕地關上門，往床的方向走。

她機械地爬了上去，找了個空位躺下。

狹小的房間裡，空調的聲音不輕不重。

男人呼吸的速度規律勻速，身上的氣息很淡，檀木味中夾雜著菸草的味道。他穿著深色的T恤側躺著，胸膛輕輕起伏，被子只蓋住身體的一半。

溫以凡愣愣地盯著他，忽地伸手拉住他身上的被子，蓋到自己身上。

隔天一早。

溫以凡從夢境中醒來，遲鈍地睜開眼。她盯著前方發了一會兒呆，很快就察覺到不對勁。看著四周莫名又有點熟悉的環境，她的表情有些茫然。

下一刻，像是感受到什麼，溫以凡垂眼，看到搭在自己腰上的手臂。

她瞬間清醒，表情有了幾絲裂痕。

溫以凡遲鈍地轉過頭，對上桑延近在咫尺的臉，清晰到能看清眼皮上的那顆痣。像是還在沉睡當中，他的眼睛閉著，對周圍的異常毫無察覺。

啊啊啊啊啊啊！

溫以凡腦子裡的弦好像要斷掉了，只差一絲就要崩潰。她完全不知道發生了什麼事，大腦一片空白，第一個反應就是檢查自己的衣服。沒有任何不妥，精神才稍稍一鬆。

溫以凡努力平復自己的情緒，試圖讓自己冷靜下來。

這是桑延的房間，所以似乎也不需要多想。她一大早醒來，沒在自己的房間待著，而是出現在桑延的床上。這除了她半夜夢遊走錯地方，睡錯床之外，沒有別的可能。

此時此刻，溫以凡唯一想得到的解決方式，就是先離開這個地方，在桑延清醒之前。

溫以凡屏著呼吸，像做賊一樣，輕手輕腳地抬起桑延的手臂。她動作極為緩慢，把他的手臂往旁邊一挪，想搭回他自己身上。

與此同時，可能是被這陣動靜吵到，桑延的眼睫動了動。

這極為細微的變化像是炸彈一樣，在溫以凡的腦子裡炸開。她有種下一刻就要被抓進牢裡的感覺，動作隨之停了下來。

溫以凡祈禱著他不要醒來，哪知事與願違。下一刻，她看到桑延慢慢地睜開眼，與她的視線對上。

定格兩秒。

也許是還未從睡意掙脫，桑延的神色看起來不太清醒。他似乎沒察覺到任何不妥，又重新閉上眼，伸手將她往懷裡拉。

溫以凡的背撞到他的胸膛，全身都僵住，完全不知道該如何反應，她的身體被他鋪天蓋地的氣息籠罩。

怦通、怦通——溫以凡的心跳停了半拍，又飛快地加速起來。

在這一瞬間，周圍的一切都消失不見。

溫以凡的所有感官都被身後的男人強硬地侵占，帶著極為濃烈的存在感，全數放大。

男人的呼吸溫熱，舉動還帶著在夢境中的繾綣。他的鼻尖在她後頸上輕輕蹭了一下，手臂再度搭在她的腰上，將她摟進懷裡。

第四十章　妳把話說完

空氣停滯。

桑延的半張臉還埋在她的髮絲裡，右手抓住她的手腕，放在身前。動作親暱而自然，彷彿視若珍寶，卻又像是禁錮，讓她動彈不得。

抽絲剝繭地，將她僅存的思緒撕扯開來。

溫以凡的身體僵硬，虛握著拳頭，這次連呼吸都不敢。她沒跟異性這麼親密接觸過，清晰地感覺到自己的臉燒了起來，完全不受控制。

直到自己快憋不住氣了，她才遲緩地回神，淺淺地吐出一口氣。

溫以凡不敢再輕舉妄動，也不敢回頭看他此時的模樣。生怕他已經醒了，自己會撞上他等候已久、意味深長的目光。

無法再持續這個安定的局面，就像是自我欺騙，只要她不回頭，他就永遠不會醒。

溫以凡把全副身心的注意力都放在身後的桑延身上。她的腦子裡塞不下別的東西，試圖透過他呼吸的頻率，推算出他現在熟睡的程度，就這麼過了好幾分鐘。

隨著時間拉長，她的心情漸漸焦灼，覺得也不能一直這樣坐以待斃。溫以凡鼓起勇氣，決定嘗試第二次。

盯著被桑延握著的手腕，溫以凡抬起另一隻手，小心翼翼地把他的手指一根一根地掰開。直到把他的手歸回原位，她的精神才放鬆了一點。

她猶豫著，又往後看了一眼。

桑延額前髮絲細碎，亂糟糟的，看起來比平時少了幾分鋒芒。他的眼睛仍然閉著，細密的睫毛覆於其上，沒有任何動靜。

溫以凡瞬間有種曙光在即的感覺。

她收回視線，屏著氣息坐了起來，一點一點地往床邊挪。

十公分、五公分……就差一點。

腳落地的同時，溫以凡聽到桑延略帶沙啞的聲音。

「溫以凡？」

溫以凡的腦子瞬間卡住，停了好幾秒才僵硬地回頭，撞上桑延的視線。

世界在這一刻安靜下來。

不知何時醒來的，桑延的神色比剛才清醒了不少，帶著玩味地探究。他也坐了起來，往四周看了一圈，又望向她：「妳為什麼在這裡？」

沒等她回答，桑延又出了聲。他像是睡不夠一樣，眼皮略微垂下，聲音低啞，話裡還帶了點起床氣：「解釋一下。」

溫以凡閉了閉眼，她都快下床了，只差幾步路就走出這個房間了，桑延偏偏就醒了。

溫以凡覺得自己先前的膽戰心驚都像是笑話，還不如一開始就自暴自棄地把他叫醒。

「你作夢了。」這次溫以凡決定用緩兵之計，在他還沒徹底清醒前暫時敷衍他一下。她壓著情緒，面不改色地補充：「醒來就正常了。」

桑延盯著她，「我長得像傻子？」

「嗯。」溫以凡邊說邊往外走，心不在焉地安慰，「繼續睡吧，醒來就不像了。」

◇

鎮定自若地走出桑延的房間後，溫以凡快步回到主臥。她鎖上門，立刻精疲力竭般地癱坐在地上。她貼著門板，警惕地聽著外頭的聲音。

沒聽到桑延跟出來的動靜聲，溫以凡緩緩地鬆了一口氣。

沒多久，溫以凡又爬起來，走進廁所裡。

短時間內，她覺得自己無法跟桑延待在同一個空間裡。她必須要在桑延走出房間前，搶先一步出門，等晚上回來再解決這件事。等她調整好情緒，再來平和地解決。

用最快的速度把自己簡單整理好，溫以凡拿好包包便走出房間。此時桑延房間的門緊閉，另一側的廁所門倒是開著，隱隱能看到桑延站在洗手台前，還傳來水流動的聲音。

她腳步一停，硬著頭皮往外走。

與此同時，水聲停了下來，溫以凡剛好走到廁所門口。

桑延側頭往她的方向看。他剛洗完臉，臉上還沾著水珠，順著滑落。見狀，他毫無預兆地伸手，揪住溫以凡的手臂，往自己的方向拉。

溫以凡被迫停下，順勢朝他的方向走了好幾步。

她仰頭，撞上桑延吊兒郎當的眉眼。

「跑得還真快。」

溫以凡臉上不顯情緒，平靜地道，「什麼？」

桑延沒出聲。

這個情況也不能再裝模作樣，溫以凡只能扯出合理的理由：「我不是要當作沒事情發生，只是我現在有點趕時間。早上有個採訪，我快遲到了。」

桑延模樣氣定神閒，像是在等著看她還能說出什麼話。

溫以凡溫和地道：「等我晚上回來，我們再來處理這件事情，可以嗎？」

「嗯？」桑延笑，一字一字地說，「不可以。」

溫以凡愣住。

桑延鬆開她的手臂，微微彎腰與她平視。他的眼睫還沾著水珠，「先說說，妳今天早上是什麼情況？」

「夢遊。」溫以凡解釋，「這行為我也無法控制。」

「之前不是還說不會進我房間？」

「這次我真的不清楚是什麼情況。」注意到他的表情，溫以凡誠懇地說，「抱歉，這的確是我的問題，不會有第二次了。」

桑延懶洋洋地道：「妳這樣還讓我滿害怕的呢。」

溫以凡：「啊？」

「畢竟我也不知道妳會做到什麼程度，說不定哪天醒來，」桑延說著，語氣欠揍又無恥，「我的貞潔已經被妳無情地奪走了。」

「……」溫以凡眉頭一皺。

「妳也不需要這麼地，」桑延很刻意地停頓了一下，「覬覦我。」

你可不可以講講道理！

溫以凡忍住，耐著性子平和地說：「我們就事論事，我只是在你的床上找了個位置睡覺。實際上，我完全沒有碰到你。」

桑延：「妳怎麼知道？」

「我比你早醒來。」這件事情本來就讓她很崩潰了，再加上桑延還這麼胡攪蠻纏，溫以凡乾脆自暴自棄，「反倒是你睡相不好，我要起來的時候你還把我拉回去……」

說到這裡，溫以凡的理智也瞬間回來，把剩下的話咽了回去。

「怎樣？拉回去，然後呢？」桑延玩味地看著她，像是不知道之後發生了什麼似的，語氣痞痞地說，「妳說完啊。」

「總之，你在不清醒的情況下，也對我有了身體上的接觸。」溫以凡抿抿唇，很公正地說，「所以我們就算是扯平了。」

桑延挑眉：「扯平什麼？」
溫以凡淡定道：「之前我夢遊抱你的那一次。」
「噢。」桑延悠悠道，「原來是這種還法。」
他這麼一說，溫以凡也瞬間意識到自己這句話說得不太對。
「但吃虧的不也還是我嗎？」桑延唇角一鬆，格外傲慢地說，「我們誰對誰有想法，這不是一目了然的事情嗎？」
溫以凡現在腦子亂七八糟的，實在不知道該怎麼應付這個人。
再加上，她之前聽到他這樣的話，只覺得無言，現在反倒多了幾絲被戳破心思的心虛感，乾脆再次藉著要趕去採訪的理由，提出晚上回來再解決這個事情。
她的表情故作坦蕩。桑延上下打量著她，神色若有所思，似乎是想抓出不對勁的地方。過了片刻，他爽快地同意了。
這句話像是赦免，溫以凡沒再多說，立刻出門。離開那個跟桑延單獨相處的空間後，溫以凡也完全沒有放鬆的感覺，她只覺得頭痛，畢竟晚上回來之後還要正式商量解決這件事。
主要是，溫以凡也不知道有什麼要解決的。又不是一夜情，也不是酒後亂性，就只是因為她夢遊走錯地方了，所以兩人在同一張床上互不干涉地睡了一個晚上。這充其量，也只能說是跟他租了半張床。
唉，這還能怎樣解決？難不成還要她也租半張床給他嗎？
惆悵了一整路，回到電視台，溫以凡把精力放回工作上，暫時把這件事情拋諸腦後。她申請了設備和採訪車，帶著辦公室裡唯一有空的穆承允一起外出採訪。

兩人往停車場的方向走，溫以凡低頭看了一眼手機。

旁邊的穆承允跟她聊起天：「以凡姊，妳明天下班之後有空嗎？」

「明天嗎？」溫以凡想了一下明天的事情，「我也不確定，怎麼了？」

「我有一個認識的學長剛生了個女兒。」穆承允抓抓頭，有點不好意思，「我想去幫她挑個禮物，但我也不太懂這些。」

「女兒嗎？」溫以凡說，「那你可以找甄玉姊問問，她也有個女兒。」

穆承允沉默三秒：「……好的。」

就快走到車子旁，穆承允忽地盯著她的臉，像是才察覺到：「以凡姊，妳臉上沾到東西了。」

他指指自己臉上同樣的位置：「這裡，好像是灰塵。」

「啊。」溫以凡從口袋裡拿出紙巾，往他說的位置擦了擦，「這裡嗎？」

「再往下一點……不是，左邊。」見她半天都擦不乾淨，穆承允乾脆接過她手裡的紙巾，表情非常單純，「我幫妳擦掉吧。」

溫以凡還沒反應過來，他就已經抬起手。這近距離的靠近讓溫以凡有點不自在和抗拒，她下意識後退一步，有禮貌地笑了笑：「不用了，我等一下再處理吧。」

穆承允表情一滯，有點尷尬地摸摸鼻子：「好。」

兩人上了車。溫以凡坐在駕駛座上，對著後視鏡把臉上的汙漬擦掉，然後發動車子。她看著前方，隨口提了一句：「承允，你先檢查一下設備。」

穆承允回過神，乖順地道：「好的。」

車內沒人說話，只有廣播放著新聞，顯得安靜，卻又不太安靜。

很快，穆承允打破沉默，笑著說：「說起來，我這個學長就是桑學長的同班同學。他剛畢業就結婚了，現在孩子都有了。」

溫以凡點頭：「滿好的。」

穆承允：「以凡姊，妳跟桑學長是怎麼認識的？我記得妳的母校是宜荷大學。」

溫以凡言簡意賅：「高中同學。」

穆承允啊了聲：「認識那麼久了嗎？我看你們關係還滿好的樣子。」

「嗯。」

「我先前還以為你們是情侶關係，因為我看桑學長對妳很特別。」穆承允有點羨慕，「看來你們是關係很好的朋友啊。」

溫以凡懶得解釋，只是笑。

「那以凡姊，妳知道桑學長高中時有一個很喜歡的人嗎？他好像追那個人很久都沒追到。」穆承允笑道，「我學長跟我說了好幾次，但他沒見過，也很好奇是什麼樣的人能讓桑學長這麼優秀的人喜歡那麼久。」

溫以凡覺得這個男生似乎比付壯還八卦，心不在焉地道：「我也不太清楚。」

「我記得畢業典禮聚餐的時候，有人還說了句，是不是因為得不到的總是最好。」說到這裡，穆承允頓住，「啊，對。我想起來桑學長當時說的話了。」

溫以凡看了他一眼。

「他說，」穆承允眼眸清澈，笑容乾淨明朗，「『不然呢？你覺得我是這麼專情的人嗎？』」

第四十一章　做人要有點擔當

溫以凡收回視線，沒對這句話發表評論，只嗯了聲。

她也無從考據這句話的真實性，唯一覺得疑惑的點就是，不知道他們為什麼會在大學畢業典禮結束後的聚餐上，提起桑延高中時的事情。畢竟他們的事，似乎連蘇浩安都毫不知情。

再加上，按照桑延那麼驕傲的個性，他絕不會把自己的弱態隨意展現在別人的面前，也懶得去跟別人談心訴苦，所以溫以凡也想不到這件事是以什麼為源頭提起的。不過也有可能是當成玩笑話，很坦然地說出來的？畢竟也過了這麼久。

這麼一想，似乎也滿合理的。溫以凡沒再多想，只覺得這件事很神奇。她倒也沒想過，自己會以這種方式成為「最好」的那一個。

「後來桑學長還說，」穆承允側頭看她，適當補充，「再遇到的話，他可能會重新追那個人，但心態一定跟以前不一樣了。」

溫以凡轉著方向盤，沒吭聲。

說完，穆承允安靜幾秒，像是在猜測她的想法。他淡淡笑著，語氣雲淡風輕地：「不過應該也只是醉話，不一定是真實想法。」

這句話落下，車內又陷入沉默之中。

溫以凡沉吟片刻，忽地冒出一句：「你之前不是說……」

「嗯？」

溫以凡指出他話裡的漏洞：「他一整晚只說了一句話嗎？」

穆承允的笑容一僵，很快就恢復如常，「我之前是這麼說的嗎？我沒什麼印象了，那可能是我喝醉，就說錯了。」

「那你以後注意一點，出去玩也不要喝太醉。我們做這一行的，隨時都會有突發事件。」說到這裡，溫以凡認真地提醒，「還有，平時八卦隨便說一下可以，但你做新聞不可以用這種態度。」

「……」

「看到的、聽到的是什麼，出來的報導就該是什麼樣子。」就像是在跟付壯說話一般，溫以凡平和地說，「不能靠猜測，也不能用聽錯了、記錯了、說錯了當理由，全部都得實事求是。」

穆承允的笑容完全收斂。他的表情嚴肅起來，連忙回應：「我知道了。」

◇

把車子開到南蕪市立醫院。

溫以凡找好停車位，兩人拿好設備下車，按照指示牌，往醫院的骨科科室走。趁著這個空檔，溫以凡低頭看了一眼手機，回覆了幾封訊息。

來之前，溫以凡聯繫了醫院和傷者的母親，經過對方同意才前來採訪。她提前了解情況，傷者是個剛上國一的小女生，名叫張雨。

張雨天生聲帶損壞，不能說話。當天的情況是，張雨跟同學一起去附近吃東西，回家的時間比平常晚。過馬路時，肇事者將她撞倒後來不及刹車，從她的右腿輾了過去。幸好肇事者立刻清醒，下車叫了救護車。

兩人走進張雨所在的病房。

這是個三人病房，現在住滿人。張雨正躺在中間的病床，已經做完手術，腿上打著石膏。她的模樣稚嫩，眼眶紅腫，明顯剛剛哭過，張雨的媽媽則坐在旁邊輕聲哄著她。

溫以凡走過去主動打了聲招呼，然後自我介紹了一番。

張雨的媽媽名陳麗真，看起來一點都不像有那麼大的孩子的母親，模樣保養得當，氣質溫婉至極。她很配合溫以凡的採訪，全程沒有擺臉色，也沒有任何不耐。

怕又影響到張雨的心情，採訪在病房外進行。溫以凡邊問問題邊做筆記，旁邊的穆承允架著攝影機拍攝。

「最傷心的還是孩子，」陳麗真揉揉眉心，說著說著，眼眶也泛紅了，「她才剛轉進南蕪藝術學校，現在也不知道怎麼辦，不知道這件事會不會影響她跳舞。」

溫以凡頓了一下，問道：「小雨會跳舞嗎？」

陳麗真別過頭，抹掉眼淚：「嗯，芭蕾舞，七歲就開始跳了。」

聽到這句話，溫以凡往病房的方向看了一眼。

小女生低著頭，雙手放在身前交纏著。她的眼睫輕顫，眼淚不知不覺又掉了出來，卻沒有任何發洩的途徑，連哭都是無聲的。

「因為不能說話，小雨一直很內向，也沒什麼朋友。」陳麗真邊說邊拿出手機，給她看照片，「之前發現她有跳舞的天賦，就幫她找了個培訓班。開始跳舞之後，她才漸漸開朗了起來。」

「醫生說還要看小雨之後的恢復狀況，現在也無法確定會不會影響。」陳麗真的眉眼帶了幾分疲倦，「最近還在跟小雨爸爸商量，要不要讓她轉回普通國中。」

溫以凡的目光未移，神色有點恍惚，想起了她高中的時候。

那時，溫以凡也是因為類似的事情，從舞蹈生轉回普通生。

高一的那個暑假，溫以凡參加學校舉辦的校外集訓。在那之前，她的膝關節一直隱隱作痛，在這段時間的練習裡也到了難以忍受的地步。

在趙媛冬的陪同之下，溫以凡去了趟醫院，檢查出是膝關節半月板二度損傷。醫生開了藥，要她靜養三個月，期間不能劇烈運動。

雖然並不算嚴重，但對於溫以凡一個舞蹈生來說，影響也不算小。她覺得焦慮，卻也沒有別的辦法，只能配合醫囑，希望能早點好起來，等恢復之後再努力補回進度就好了。

但在新學期來臨前，讓溫以凡猝不及防的是，趙媛冬在某個夜裡來到她的房間，期期艾艾地問她願不願意轉回普通生。

她覺得荒唐至極，這種小病痛根本不至於讓她直接放棄她跳了近十年的舞，溫以凡想都沒想就拒絕。

但在趙媛冬接二連三地提出這個想法後，溫以凡才漸漸察覺到，趙媛冬似乎並不是因為擔心她的腳傷才說出這樣的提議。後來，溫以凡無意間聽到繼父和趙媛冬的對話，才知道，原來是因為她假期集訓的開銷太大了。

不光是這次，接下來的每個假期都要集訓，每次都要花錢，會讓他們難以承擔。趙媛冬沒有工作，手裡的積蓄都是溫良哲留下的，現在也變成新家庭的共同財產。繼父那邊不太願意出這筆錢，便藉著這個機會，提出讓溫以凡轉回普通生。他的態度強硬，說出無數個理由，加上趙媛冬沒什麼主見，聽他多說幾次也就同意了。

接下來，溫以凡的反對完全沒有任何用處。大人已經決定的事情，小孩再怎麼不願意、再怎麼反抗，都只是徒勞無功。那微小的言語，就相當於透明看不見的東西。

高二新學期開始後，溫以凡轉回普通生。因為這個消息，班上的其他同學都非常震驚，覺得莫名其妙。這件事情就相當於高三臨近大考時，一個成績名列前茅的理組學生，突然說自己要轉去文組一般。

幾個感情好的同學都輪流來問了她一次，溫以凡根本說不出是因為家裡覺得開銷大，他們不想再承擔這筆費用。也因此，她對所有人都撒了謊，說重了自己的病情——因為腳受傷了，以後都無法再跳舞了。

桑延是最後一個來問她的。

那個時候，溫以凡正坐在位子上，安靜地垂著眼。她沒有看他，繼續看著手裡的課本，神色平靜地複述先前的話。

桑延沉默了好一陣子才問：「真的無法跳了？」

溫以凡：「嗯。」

桑延：「妳到底是受了什麼傷？」

溫以凡失笑：「反正就是這個結果。」

眼前的少年又沉默了下來。

溫以凡翻了一頁，輕聲道：「沒關係的，反正我也沒多喜歡跳舞。」

沒多久，溫以凡用餘光看到桑延抬起手，輕碰了一下她的鼻尖。

她抬眼。

桑延對上她的眼神，扯了一下唇角：「鼻子變長了。」

撒謊鼻子會變長。

所有人都被她平靜至極的態度敷衍了過去，唯有桑延戳破她的偽裝。

「沒關係，我們再等等。」桑延半趴在她的桌上，也抬眸看她，「要是好轉了，再轉回舞蹈生也不遲。妳看妳現在成績一塌糊塗的，趁這個機會念點書也好。」

溫以凡看著他，沒說話。

「如果真的好不了，那偶爾跳一下應該也行？」

「……」

「這樣也不行的話，」桑延笑著，語氣像是在哄小孩，「那我學了之後跳給妳看吧。」

溫以凡的思緒被陳麗真的話打斷。

陳麗真笑了笑，又振作起來：「不過還是要看小雨自己怎麼想，不管她做出怎樣的選擇，我和她爸爸都會支持她，尊重她的。」

溫以凡又看向陳麗真，用力眨眨眼，也笑了。

「嗯，一定會好起來的。」

採訪結束後，溫以凡又跟穆承允跑了幾個地方。

兩人趕在四點前回到電視台。進了編輯室，穆承允把素材導入系統裡，偶爾問溫以凡幾個問題。她一一回答，聽著錄音檔寫稿。

等把剪好的新聞交去審核時，已經到吃飯時間了。

溫以凡收拾好東西，起身走出編輯室。

穆承允跟著她一起出來，隨意地問了一句：「以凡姊，妳今晚還要加班嗎？我們一起去吃個晚飯？」

「嗯，還有一點工作。」溫以凡其實沒什麼事情要做了，照理來說她現在就該下班回家，但現在回去她怕會碰到桑延，「我不吃了，你去吃吧。」

穆承允抓抓頭，小聲說：「我看妳好像一直不怎麼吃晚餐，對身體不好。」

溫以凡笑：「我知道，餓了會吃的。」

「那我幫妳打包個吃的？」

「不用。」

「那好吧。」穆承允也沒強人所難，跟她一起回辦公室，「我等一下去公司餐廳隨便吃一點，晚上也得留下來加班寫稿。」

溫以凡拿出手機，隨意滑了滑：「嗯。」

一整天溫以凡都忙著工作，沒時間去想其他事情。但現在閒下來了，早上發生的場景又歷歷在目，不斷地在她的腦子播放著。

溫以凡依然沒想好回去之後應該怎麼處理這件事。但有了一天緩衝的時間，溫以凡的心態也沒一開始那麼崩潰了。溫以凡的思緒清晰了一點，漸漸回想起今早起來之後，桑延睜眼看了她一秒，然後把她拉回床上抱著的舉動。

她一頓，忽然覺得這裡有點奇怪。這個念頭一產生，溫以凡越想越覺得不可思議。一早起來看到異性躺在自己床上，怎麼還能這麼平靜地繼續睡覺？不像她那樣瞬間清醒就算了，甚至還做出那樣的舉動。

溫以凡有點懷疑人生。也不知道是她這邊出現了問題，還是桑延那邊的問題比較大。

她想找個人來問問，但這件事也不好提。就算她是以「我有一個朋友」的名義來問，對方也會直接當作是她，那這個世界上就會有第三個人知道，她夢遊爬上桑延的床。

她做出了這麼無恥的事情。

倏忽間，溫以凡突然想起之前看到的那篇樹洞貼文。

溫以凡猶豫地打開微博，找到那個博主，慢吞吞地在對話框裡打字。她不敢完全按照真實情況來說，唯恐就是這麼巧，桑延也恰好關注了這個博主。

思考了半天，溫以凡乾脆改了個起因。

『我前陣子跟一群朋友出去聚會。我們去唱歌，開了個包廂，大部分的人都喝醉了，所以直接在包廂裡過夜。醒來之後，我發現我跟一個男性朋友躺在一起，他還抱著我。我想坐起來時他就醒了，看了我一眼，看起來不太清醒的樣子，然後又抱著我繼續睡了。想問問，正常人醒來之後看到旁邊有個異性，正常反應會是這樣嗎？』

敲完前因後果後，溫以凡又看了一遍，看到那兩個「抱」字總有些不自在。她遲疑著，過了半天才傳出去。

與此同時，她收到一封訊息。

溫以凡點開，是桑延傳來的：什麼時候回來？

這語氣看起來是終於有空了，要開始跟她追究後果了。溫以凡想到這裡件事就頭痛，她看了一眼休息室的沙發，下定決心：我今天還有點工作。

溫以凡：不一定能回去。

溫以凡：要不然你直接鎖門吧？

過了半分鐘。

桑延：溫以凡。

然後停住。這個只喊全名，別的什麼都不說的做法，讓人有種未知的恐懼。

溫以凡忐忑不安地等了五六分鐘，那頭才非常遲緩地來了一句。

桑延：做人要有點擔當。

◇

桑延都這麼說了，溫以凡也覺得自己這行為格外卑劣無恥。而且她仔細一想，她也不可能一直這樣住在公司裡不回去，遲早得面對。

逃避沒有任何用處，乾脆儘早解決。

看到這封訊息後，溫以凡淡定地回了一句：那我儘量早點完成工作回去。

為了讓自己的話可信度高一些，這句話傳送過去後，溫以凡過了一小時才起身走出公司。一路上，她都在思考著等一下回去該說什麼，打算先想好措辭。在腦海裡想完還不夠，溫以凡決定做好充足的準備，唯恐自己會忘詞。她拿出手機，打開備忘錄，像寫稿子一樣，一一往上敲打著。等溫以凡到家時，她已經想好一套非常有誠意的說辭。

溫以凡換上室內拖，往客廳看了一眼，沒看到桑延的身影。

溫以凡稍稍鬆了一口氣，抬腳走到沙發前坐下。她往杯子裡倒水，順便注意一下周圍的動靜，聽到廁所裡傳來淅淅瀝瀝的水聲。

喔，在洗澡。

溫以凡喝了一口水，鎮定一下心情。她再度點亮手機，盯著自己剛剛在備忘錄字斟句酌的話，默默地在內心讀了幾次。

聽到廁所門打開的聲音，溫以凡才放下手機，耳邊就傳來桑延拖鞋與地面的拍打聲。

下一刻，桑延就出現在溫以凡眼前。

桑延頭上蓋了一條毛巾，上半身赤裸著，只套著一件短褲。他的身材健壯，露出塊狀分明的腹肌，見到溫以凡時，他也不慌不忙地，只挑了一下眉：「還知道回來？」

這個場景，讓溫以凡的腦袋立刻充血，她趕緊別開眼。

感覺剛剛堆起來的鎮定都被他這個行為弄得絲毫不剩，她提醒道：「桑延，我們先前說好的。在公共區域，穿著不能暴露。」

「噢。」桑延拿起旁邊的短袖套上，「我現在不是認命了嗎？」

餘光見到他穿好了，溫以凡才抬眼：「什麼？」

這次桑延沒坐在他以往坐的位子，而是在她旁邊坐下。他也倒了杯水，慢吞吞地說：「親也親過了，摸也摸過了，現在穿上衣服，在妳面前也跟沒穿差不多吧。」

距離拉近，溫以凡瞬間聞到他身上的檀木香，以及混雜著的淡淡酒氣。

她抿唇，強行扯開話題：「你喝酒了？」

桑延側頭，懶懶地應道：「嗯。」

「那我也不打擾你太久，我們儘快說完這件事，讓你能儘早休息。」這個距離讓溫以凡莫名有點緊張，她對上他的眼睛，泰然自若道，「是這樣的，今天早上發生這件事情之後，我才發現我夢遊是沒什麼方向感的。」

桑延眼眸漆黑，直勾勾地看著她。

「我用椅子擋著門也沒什麼用，這段時間，你記得鎖門睡覺就好了。」不想讓他覺得自己心虛，溫以凡沒躲開視線，「我也會趕快去醫院——」

還沒等她說完，桑延忽地抬起手。盯著他的舉動，溫以凡剩下的話卡在喉嚨裡。

桑延的動作像是放慢無數倍，神色漫不經心又閒散。他慢條斯理地碰了一下她的臉頰，指尖的溫度冰冰涼涼的，只一下就收回。

「妳臉紅了。」

第四十二章　試探一下

溫以凡的呼吸停住。

她的腦子在頃刻間斷了線，一片空白，耳邊嗡嗡地響著。她覺得被他觸碰到的地方，似乎加倍地再次燒起來，極為強烈。

「喔。」溫以凡裝作沒把這當成一回事，直接忽略，把話題拉回去，「我也會趕快去醫院治療的。」

桑延的目光仍放在她身上，若有所思地又嗯了一聲，卻像是完全沒聽到她說的話，跟她壓根不在同一條線上：「為什麼臉紅？」

「天氣太熱了。」溫以凡收回視線，掰了個理由，「最近都快四十度了。」

「噢。」桑延往後靠，朝空調的方向瞥了眼，「現在不是開著空調？」

「……」

「剛才回來沒看到妳臉紅。」桑延笑，沒給她臺階下，語氣帶了幾絲玩味，「現在吹了一會兒空調，反倒紅起來了。」

他這麼咄咄逼人，溫以凡很無奈，乾脆實話實說，「桑延，我沒看過男人的裸體。」

桑延揚起眉。

溫以凡試圖讓他明白，這件事完全是他的責任。她臉紅是非常合理的，絕對沒有別的心思：「我們合租之前，我提過穿著不能暴露的要求。你當時同意了，給我的回答是『妳想得美』。」

「我的確說了這句話。」桑延吊兒郎當道，「不過呢，我今天心情好。」

「？」

「想給妳點甜頭吃。」

溫以凡差點噎到，她真的沒見過這麼不要臉的人。

盯著他那囂張至極的眉眼，溫以凡沒跟他計較，忍氣吞聲道：「那大概就是這樣，我儘量避免這樣的事情再次發生，也麻煩你那邊多多防備。」

桑延指出：「妳的處理方式，每次說辭都一模一樣。」

「……」

「這不就是換了個說法和順序，」桑延閒閒地說，「說完不是依然照犯嗎？」

溫以凡沉默幾秒，耐著性子說，「那你提一下你的想法，我能配合的話都會配合的。」

「我只有一個要求。」桑延靠在椅背上，無所謂似的看她，「在妳給出真正解決這件事的方式之前，麻煩妳跟其他男人保持距離。」

溫以凡愣住。

「不要一邊在那邊瀟灑，一邊讓我成為被妳上下其手的，」桑延很刻意地停了兩秒才吐出三個字，「小、可、憐。」

總算應付完，溫以凡回到房間。

先是到梳妝臺前照照鏡子，看見自己的確紅了幾分的臉，溫以凡下意識抬手碰了一下桑延剛剛觸碰過的地方。她抿抿唇，忽地吐了一口氣。

聯想到今天穆承允要幫她擦臉的舉動，溫以凡對此格外清楚，如果她覺得不自在不喜歡，想要避讓的話，是有足夠時間的。可這次，溫以凡沒有避讓。

她似乎一點都不介意桑延的碰觸，跟對其他人完全不同。

也不知道桑延會不會察覺出什麼來。

溫以凡拿起遙控打開空調，試圖讓自己臉上的溫度降下來一點。她坐到床邊的地毯上，拿出手機隨便滑著。

心不在焉地回想剛剛的對話，想到桑延那句「跟其他男人保持距離」。

總覺得這句話怪怪的，似乎帶了點暗示的意味，又可能只是她多想。

溫以凡打開微博，百無聊賴地看了一下，恰好看那個樹洞帳號。她回家前私訊過去的那段文字，現在已經被博主截圖，發了出來，此時已經有幾百個留言。

見狀，溫以凡做好心理準備點了進去。

第一個留言就嚇得溫以凡的表情出現了裂痕。

『好奇，對方晨勃了嗎？』

她直接退出微博。

溫以凡的臉再度燒了起來，自顧自地打開別的ＡＰＰ，看了一點正直純潔能淨化人心的東西。

過了好一陣子，她平復心情，才重新打開微博。

所幸，其他留言都很正常。

『可能把妳認成女朋友 or 前女友了。』

『想撩妳吧。』

『是不是暗戀妳啊，可能這種事情他夢到過幾百次了，以為自己在作夢吧。』

『說真的，再怎麼不清醒，看到自己旁邊多了個活人一定會被嚇到吧。要嘛就是他有對象，早就習慣睡覺的時候旁邊有個人，要嘛就是他故意的，想占妳便宜。』

『妳確定他喝醉了？』

『別人都沒有抱在一起，你們兩個裡一定有一個人是裝的。』

其他留言大概都是類似的話。

溫以凡又往下滑了滑，沒再繼續看下去。

放下手機，溫以凡發了一會兒呆，把這段時間發生的事情都串了起來。

她突然覺得，桑延對她的態度，好像也是有點不同的。就算她的那些舉動是無法控制的，但以桑延的性格，要是真的覺得厭惡，覺得無法接受，應該也不會繼續忍耐，大概早就搬走了。而且都這麼久了，他的房子應該也早就裝修好了吧。

聯想到今天穆承允的話，以及桑稚說的，錄取結果下來之後桑延的前後態度轉變。

溫以凡也不知道，自己算不算是桑延眼中的一根刺，讓他耿耿於懷多年，所以再遇見時，會想要嘗試將之拔除。

只有先捏住，再往外扯，之後才能夠捨棄。

想到這裡，溫以凡突然想起很久以前，聽同班一個女生吐槽桑延的一句話。過了那麼久，她也不太記得原話了，只記得意思差不多是，看到桑延那副驕傲狂妄的樣子就不順眼，希望他會有做不到的事情，會遇到得不到的東西，挫挫他的這股銳氣。

那個時候，溫以凡只是聽著，什麼都沒說。可她內心卻莫名冒出一個完全相反的想法——那麼驕傲耀眼的一個少年，他就應該什麼都如願以償。想要什麼就給他什麼，就算是想要天上的星星，都應該幫他摘下來，讓他永遠保持現在這般的意氣風發。

◇

接下來的時間，兩人接連出差加班，在家裡遇到的時間也不算多。期間，溫以凡只夢遊過一次，醒來後發現自己在桑延的房間裡。

但那天桑延回來得晚，溫以凡走到客廳時，就發現他在沙發上睡了一晚。

那一瞬間，溫以凡非常明確地覺得，自己這種狀態完全不適合一起合租。她應該儘早搬走，找個一房一廳，獨自一人居住。

前幾個月溫以凡就已經轉正，工資按稿件來算。她計算過，只要她努力點工作，自己住應該也不是什麼大問題。可就算找到覺得合適的房子了，溫以凡還是無法下定決心。

溫以凡不是很想搬走。要是她搬走了，兩人不再合租，沒有硬性條件逼迫他們每天都要見面的話，之後她跟桑延大概也不會有任何交集，儘管這是遲早會發生，並且理所當然的事情。但溫以凡不自覺地拖延著，也沒再跟桑延提過他什麼時候搬走的事情。

只是格外希望，那一天的到來，會晚一點。

九月中旬，某次去醫院採訪結束後，溫以凡順帶去精神內科掛號。在醫生的要求下，她做了一系列檢查。

溫以凡的夢遊是遺傳性的，在宜荷時就看過好幾次醫生，但也沒多大的效果。再加上她夢遊的次數並不頻繁，久而久之她就懶得管了。

這次的情況也差不多。醫生開了一點安定養神的藥，要她注意飲食，多多休息。

溫以凡道了聲謝，到一樓取藥，很快便離開醫院。

路上，溫以凡思考著，好像是跟桑延一起住之後，夢遊就頻繁了起來。但具體算算，次數也不算太多，以她的觀察來看，這麼長一段時間，加起來似乎也不到五次。

只是每次都很碰巧地，在夢遊時跟桑延有接觸。

唉，溫以凡有點無奈和疲憊。她為什麼有這種討厭的毛病？想想的確也頗嚇人，但溫以凡不想搬走，只能把自己該做的都做好，其他的，她也沒辦法了。

◇

漸漸地，氣溫又轉涼，入了秋。

因為國慶調休，溫以凡一連休息了三天。她抽出一天跟鍾思喬外出，兩人也沒做什麼，只是出來見面，順帶聊聊最近發生的事情。

找了個甜點店待了一下午。

聊了一陣子，鍾思喬突然問：「妳最近跟桑延怎樣？」

溫以凡沒反應過來：「嗯？」

鍾思喬：「你們真的不可能了嗎？」

「什麼？」不知道她為什麼會扯到這個，溫以凡好笑地道，「我們就是一起合租，但工作都很忙，在家見面的次數很少。」

「我只是隨便問問。」鍾思喬說，「最近向朗跟蘇浩安感情很好，我聽他說，桑延最近好像一直被家裡安排相親。」

第一次聽到這件事，溫以凡愣住，唇角的弧度也不自覺斂了幾分。

「相親？」

「是啊，好像去了幾次。還頗神奇的，他這條件相什麼親。不過我之前還想說你們男未婚女未嫁，以前還情投意合，朝夕相處這麼久應該會擦出什麼火花。」鍾思喬嘆息道，「結果這麼久了，什麼都沒有。」

溫以凡低眼喝了一口奶茶。

「不過桑延的脾氣臭成那樣，妳也算是逃過一劫了。」這話題只短暫持續了一下，鍾思喬便扯到另一個話題上，「對了，我前陣子去聯誼認識了一個男生，有夠帥的，我要換目標了。」

不知道在想什麼，溫以凡沒回話。

鐘思喬喊了她一聲：「點點。」

溫以凡立刻抬頭：「啊？」

鐘思喬奇怪：「妳在想什麼，怎麼不理我，我說我換男神了！」

「喔。」溫以凡笑，「之前那個呢？」

「之前那個太渣了，他是中央空調那一種，跟我聊天的同時還在跟三四個女生聊天。」鐘思喬癟癟嘴，「我這次要擦亮眼睛看人。」

溫以凡點頭。

鐘思喬托著下巴，又有點惆悵：「不過我也不知道他對我感不感興趣，我先試探一下吧，我可懶得追人。」

溫以凡：「怎麼試探？」

聽到這句話，鐘思喬問：「妳沒撩過人嗎？」

「……」

「妳說妳長了這張臉有什麼用，這不是暴殄天物嗎？」鐘思喬說，「就言語曖昧一點，他說話的時候，妳可以接一點妳覺得可以表現出妳對他有意思的話，但不能太明顯。」

感覺說了跟沒說一樣，溫以凡問：「妳可不可以舉個例子啊？」

「例子？」鐘思喬想了想，一本正經地說，「就先隨便聊天，等話題深入了，問他是什麼星座的，然後說點類似妳只喜歡這個星座的男生這樣的話。」

溫以凡茫然：「這不是還滿明顯的嗎？」

鐘思喬也沉默：「也是，我也不是很會。」

「……」

「唉，我也沒怎麼撩過人。」鐘思喬拿起手機，滑滑相簿，給她看照片，「我聯誼認識的就是這個，比我大一歲，然後性格什麼的我都很喜歡。」

溫以凡往她手機螢幕掃了一眼。

男人模樣英氣，笑容卻顯得斯文溫和。

鐘思喬把手機收回來，也看了一眼，咕噥道：「算了，要是他對我沒意思，我也追追看吧，要不然我覺得我會後悔。」

聽到這句話，溫以凡攪拌飲料的手停了半拍。

「感覺他大概很受歡迎。」鐘思喬非常有自信，「但我一定是追他的女孩子裡長得最好看的，要是我不追，他被別人追走了，我豈不是很吃虧。」

聚會結束，溫以凡到家時，天已經徹底黑了。

恰好是假日，現在桑延也在家。此時他正打著電話，模樣看起來有點頭痛，像是強忍著不耐：「又來？」

見她回來了，桑延只瞥了她一眼。

溫以凡換了室內拖，往廚房的方向走，還能聽到後面的桑延敷衍地說著：「不是，媽，妳怎麼就發脾氣了？什麼叫等我半天？我什麼時候同意了？好好好，有空再說。」

「不知道，我看看吧。掛了。」

很快，客廳便徹底安靜下來。

溫以凡從冰箱裡拿出一瓶優酪乳，用吸管戳開，喝了一口。她站在廚房裡，思緒有點飄忽，沒走到客廳，也沒立刻回房間。

這通電話，應該就是在提他相親的事吧。腦補了一下桑延跟另一個女生坐在一起聊天的畫面，溫以凡垂眼，唇線漸漸拉直，心情莫名有點悶。

溫以凡慢吞吞地喝完優酪乳，又站了一會兒才回到客廳。

桑延正玩著手機，眼睛輕輕抬了一下，隨口道：「跟妳的青梅竹馬約會回來了？」

「嗯？」溫以凡解釋，「我不是跟向朗出去。」

「噢。」

冷場。

溫以凡有點想問問他是不是去相親了，卻又覺得自己也沒什麼立場問。她坐到沙發上，想到他周圍會出現另外一個異性，思緒在頃刻間被鐘思喬說的「後悔」包圍，伴隨著淡淡的不安。

隨後，溫以凡的腦海裡浮現剛才跟鐘思喬的聊天內容。

——『先試探一下。』

——『就先隨便聊天。』

溫以凡思考著，又看向桑延。

桑延半躺在沙發上，穿著寬鬆的短袖，鬆鬆垮垮地，露出大半邊的鎖骨。她遲疑幾秒，主動叫他：「桑延。」

「嗯。」

「你最近在公共區域穿得有點……」溫以凡隨便扯了個話題，「暴露。」

「怎樣？妳意見很多。」桑延抬眼，懶洋洋地道，「怕自己把持不住？」

「……」

「就不能控制一點嗎？我知道我這張臉很引人犯罪，」桑延氣定神閒地收回視線，語氣格外欠揍，「但都是成年人了，總得有點定力吧？」

溫以凡沉默兩秒，輕聲道：「還真的沒有。」

這回應讓人有點意外。

桑延挑眉，又看了過去。

「你儘量穿得整齊點，不然，」溫以凡的腦子全數被「言語曖昧」四字占據，想出一句最合適的話，誠懇地說，「我怕我會犯罪。」

第四十三章　敢就過來

語畢，桑延的眉頭一皺，把玩手機的動作也停住。

氣氛凝滯。

溫以凡突然意識到自己這句話，似乎比鐘思喬舉的那個例子還要直白。盯著他漆黑的眼眸，停了兩秒後，她淡定地收回視線。

上次有類似的事情，還是他們第一次在「加班」酒吧見面的時候。不過那時溫以凡以為桑延認不得她，再加上覺得局面也難以解釋清楚，乾脆自暴自棄，抱著再也不會見面的心情冒出了那句「那真是遺憾」。

但這次，兩人都是清醒且知根知底的，毫無掩飾。

不知道自己這試探算成功還是失敗，溫以凡覺得必須就此點到為止。她站了起來，面色如常地說：「那你以後多注意一下，我先去休息了。」

走了幾步，身後的桑延冒出一句：「等一下。」

溫以凡抿唇，調整好心情才回頭。

「說來聽聽。」桑延看著她的雙眼，坐起身來，語氣不太正經，「妳怕妳會犯什麼罪？」

溫以凡硬著頭皮說，「我只是接你的話。」

言下之意就是，我也不清楚你所說的引人犯罪是犯什麼罪。

「噢。」桑延了然，「妳想親——」

親？

溫以凡的眼裡閃過一瞬間的不自然。她沒想到這裡麼長遠的方面，只是想借著桑延的話，看看他現在對她大概是抱著怎樣的心態。

她正想反駁，又聽到桑延接著說完：「——犯我。」

喔。不是親，是侵。

妳想侵犯我。

突然像是有個巨石般的大黑鍋壓在溫以凡的身上。她傻了，在腦子裡瘋狂尋找搪塞應付的話，試圖讓他明白她所說的這個犯罪，並沒有到這麼嚴重的地步。

還沒等她想到說辭，桑延忽地把手機扔到一旁，又靠回椅背上。他揚起頭，直直地盯著她。細碎黑髮散落在額前，瞳眸倒映著客廳的光，模樣像是挑釁，又像是明目張膽的勾引。

「敢就過來。」

回到房間。

關上門，溫以凡靠在門板上，緩緩地鬆了一口氣。她平復了一下呼吸，到廁所洗了把臉，感覺耳邊只剩下心臟跳動的聲音，半天都緩不過來。

溫以凡關掉水龍頭，抽了張衛生紙擦臉。她盯著鏡子裡的自己，莫名又神遊了起來。桑延那最後四個字像是在腦子裡沾了膠水似的，怎樣都揮之不去。

——『敢就過來。』

她哪敢！她哪有這種熊心豹子膽！

想到這裡，溫以凡又洗把臉，努力讓自己的理智回來一點。

溫以凡記得自己只勉強說了一句「我不是這個意思」，然後轉頭回房間，步伐沒半點停留。但只是幾分鐘前的事情，她卻已經完全想不起自己這次情緒控制得如何。

是依然鎮定自若，還是像在落荒而逃？溫以凡嘆了一聲，也不知道自己剛剛的行為算不算是一時衝動。

自從跟鐘思喬分開，在回家的路上，溫以凡的腦子裡就一直想著桑延相親的事情。儘管這跟她並沒有任何關係，都只是桑延的事情。

他家人覺得他年紀到了，幫他安排對象認識，這都是非常合情合理的事情。她應該像以前那樣，聽聽就好，不用詢問，也不用太過干涉。

但因為今晚的事，溫以凡突然意識到，原來很多事情是無法控制的。

就算一直覺得這樣不好，不可以這樣，卻還是會因為一些事情將那層安全距離打破。原來她的一言一行，所展現出來的情緒，不可能全部都理智。

她也有情緒，也有意想不到的占有欲，她也有點想往他的方向靠近一點，可又怕這距離遙不可及。

桑延家境好，又生得極好。年紀輕輕就開了間酒吧，現在的工作也比同齡人更勝。只要是他想做的事情，他都能輕而易舉地做到，從未遇到過任何挫敗。生來的條件就格外優越，傲氣的資本也十足。

而她卻完全不同。

溫以凡雖對長相沒有太大的概念，但透過旁人的話來看，也知道自己的確是長得很漂亮。可她並不覺得這是什麼優勢條件，畢竟長得好看的人那麼多。

除了個正經的工作，溫以凡什麼都沒有，日子都是省吃儉用地過。曾經唯一能說嘴的舞蹈也早已放棄，就連個性都平平淡淡，無趣得乏善可陳。

溫以凡從不覺得自己這樣，會值得旁人念念不忘多年。她不知道桑延現在對她的些許不同，是因為重逢後的相處，亦或者只是因為她是一道還沒跨過去的坎。

光從今晚的試探，溫以凡也看不出桑延的想法。但他似乎沒有太抗拒，也沒有刻意岔開話題，反倒還有些「迎戰」的意思，她也不知道他明不明白自己表現出來的想法。

溫以凡實在分不清楚，他現在是覺得自己在學他說話，還是真切地察覺到了異樣之處。

難道還得多試探幾次嗎？在這方面，溫以凡也只是個菜鳥，完全沒經驗。

她嘆了一口氣，走出廁所，又想起桑延說最後一句話的表情和語氣。

唉，不愧是紅牌。

◇

每年的霜降在十月二十三或二十四日，不一定是同一天。
今年溫以凡的生日在霜降後一天。往年她不是在家裡躺一天，就是下班之後跟同事吃頓飯，簡單慶祝一下。
恰好在這天結束休假，溫以凡早早出門上班。等她加班結束，坐上地鐵回家時，已經接近晚上十一點了。
她提前跟桑延說了會晚歸。
桑延只回了個：嗯。
除此之外，她還有不少未讀訊息，都是生日祝福。
溫以凡一一道謝，只剩下趙媛冬的沒點進去。她拉著吊環，看著車窗倒影中，自己不太清晰的面容。過了好一會兒，她才意識到自己又老了一歲，不知不覺就二十四了。
桑延跟她同年，二十四歲的年紀應該也不算大吧，他怎麼就開始相親了？也不知道有沒有遇到覺得合適的女生。
溫以凡胡思亂想了一整路，直到回到家，才稍稍回過神。時間已晚，怕吵到桑延，她躡手躡腳地關上玄關的門，順便把門鎖上。
她轉頭往沙發看，才發現桑延此時還在客廳，正垂著眼看手機。溫以凡沒打擾他，打算直接回房間。
下一刻，桑延叫住她：「溫以凡。」
溫以凡：「嗯？」

「幫個忙。」桑延慢條斯理地道，「拿一下冰箱裡的盒子。」

「好。」溫以凡把包包掛在一旁，轉頭走進廚房。她打開冰箱，往裡頭掃了一圈，看到最上面有個蛋糕盒。她愣了一下，伸手拿出來。

紙盒的包裝看不到裡面的東西，像是個生日蛋糕。

溫以凡看了一會兒，抱著蛋糕盒走回客廳。她把盒子放到茶几上，也不太確定這蛋糕是不是買給她的，遲疑了幾秒：「那我去休息了？」

桑延抬眼，定定地看著她：「一起吃。」

溫以凡喔了聲，坐在沙發上。她有點不自然地抓抓頭，往他的方向看了一眼，故作平靜地問：「這是你買給我的嗎？」

桑延傾身把蛋糕盒拆開，散漫地說：「隨便買的。」

這好像是默認了的意思。

溫以凡眨眼：「謝謝。」

裡頭是個草莓蛋糕，約六吋大。

蛋糕很漂亮，白色奶油上綴著一圈草莓，還有像玫瑰一樣的碎花散落其上。旁邊有個小牌子，上面寫著生日快樂。

桑延抽出蠟燭，安安靜靜地，沒說什麼話。

好幾年沒收到生日蛋糕了。溫以凡盯著蛋糕，又抬眸小聲問道：「我可以拍張照嗎？」

桑延盯著她：「拍。」

從口袋裡拿出手機，溫以凡認真對著蛋糕拍了幾張照片。

旁邊的桑延看著她的舉動，等她拍完，在蛋糕上插了一根蠟燭。他從口袋裡拿出打火機，點燃蠟燭，說話的語氣很淡：「許願。」

溫以凡把思緒拉回來，歪頭思考了一下，很快就吹熄蠟燭。

桑延隨口問：「許了什麼願？」

溫以凡：「不是說出來就不靈驗了嗎？」

「妳不說，」桑延笑，「我怎麼幫妳實現？」

看著他此時的模樣，溫以凡的心跳有點快。她舔舔唇角，自顧自地收回視線，拿起蛋糕刀隨便說了一句：「是跟我工作有關的。」

「噢。」桑延從袋子裡抽出蛋糕盤，語調很欠揍，「我還以為是想叫我當妳的男朋友呢。」

聽到這句話，溫以凡的動作停下，沒看他。像是沒聽見似的，她也沒接這句話，只是在盤子上放了塊蛋糕，放在他面前：「那我就切這些給你了？這麼晚吃太多蛋糕不好。」

盯著她的表情，桑延神色若有所思。良久，他只嗯了一聲，也沒再繼續說話。

時間逼近十二點。

溫以凡把手上的蛋糕吃完，然後將桌子收拾乾淨。她把剩餘的蛋糕塞回盒子裡，抱著起身：「快十二點了，你早點休息。」

桑延：「好。」

又回到廚房，溫以凡把蛋糕盒歸位，唇角微彎。她出到客廳，恰好撞上打算回房間的桑延。

桑延停下腳步，擋住她的去路。溫以凡也順勢停下。

桑延又叫她：「溫以凡。」

溫以凡：「怎麼了？」

沉默三秒，桑延往掛鐘的方向看了一眼。

「禮物在茶几下面。」桑延抬抬下巴，懶懶地拋來一句，「自己去拿。」

溫以凡還沒反應過來，下一秒，桑延忽地彎腰，與她平視。兩人的目光對上，定格兩秒後，他漫不經心地抬起手，用力揉了一下她的腦袋。

「生日快樂。」

說完，桑延收回手，轉身回去房間。

剛關上門，口袋裡的電話就響了起來。他拿出來，大步走到床邊坐下，然後才隨意看了一眼來電顯示。

是蘇浩安，桑延接了起來。

『明晚出來喝酒，老子戀愛了。』蘇浩安笑嘻嘻地，『我女朋友那幾個好友長得也還不錯，來，爸爸介紹給你，讓你也趕快脫單。』

「噢，關我屁事。」桑延說，「掛了。」

『你是不是人？你告訴我你最近在幹什麼！你多久沒來「加班」了！』蘇浩安很不爽，『快點來，明天不出現我就殺去你家。』

「我最近在確認一件事。」想到剛剛的事情，桑延心情很好，「短時間內都沒空。你呢，想戀愛就戀愛，想喝酒就喝酒，反正別來煩我。」

蘇浩安：『你說什麼？』

桑延扯唇，沒再多說。

『確認啥！』蘇浩安被他吊了胃口，『說來聽聽吧，讓兄弟給你一點參考意見。』

桑延依然一句沒說。

蘇浩安又問了幾句，一直得不到回應也火了：『你說不說！』

「好吧。」桑延勉強說了句，「那就隨便說幾句吧。」

『？』

「最近呢，有個女生想把我。」桑延拖著尾音，慢悠悠地說，「我沒時間應付別人，懂？」

第四十四章　她想跟桑延談戀愛

他揉腦袋的力道毫不溫柔，像在揉搓抹布一樣，現在似乎還殘留著溫度。隨著門關上的聲音，溫以凡才後知後覺地摸摸自己的腦袋。

她在原地站了一會兒，半晌才看向茶几的方向。

這個蛋糕已經讓溫以凡覺得很意外了，她壓根沒想到還有禮物。

客廳的燈還沒關，白亮的燈有點刺眼。茶几上被收拾得乾乾淨淨，只放著熱水壺和幾個水杯，旁邊還有報紙和幾本雜誌。從這個角度看，看不到茶几下面放了什麼東西。

溫以凡走了回去，蹲在茶几旁往裡面看。

裡頭東西很多，擺放得也不算整齊，在一堆奶粉和水果麥片裡，粉藍色的袋子被放在最外面，顯得格外突兀。禮品袋不是純色的，綴著點點白色小花，疏疏鬆鬆，不太密集。

盯著看了兩秒，溫以凡伸手拿出來。

溫以凡順著袋口往內看，裡面有個深黑色的盒子。她站起身，莫名覺得手裡的東西像個燙手山芋，有種拿了自己不該拿的東西的感覺。

她沒立刻拆開，先到玄關把燈關上，然後回到房間。

溫以凡把袋子放在床上，拿出裡頭的盒子。質感略顯厚重，約比手大一圈。還沒打開，她就聞到淡淡的香氣，特殊至極，凜冽中夾雜著幾絲甘甜。

遲疑幾秒，溫以凡小心翼翼地打開。

是一瓶香水。透明偏粉的四方瓶，瓶口綁著一個暗色的蝴蝶結，上面用黑字刻著兩個英文單詞——First Frost。

霜降，她的小名。

溫以凡的心臟重重一跳。

不知道這是巧合還是什麼，溫以凡不可避免地想到桑延以前叫她「溫霜降」的事情。她舔舔唇，從口袋裡抽出手機，上網查查這個牌子。

這牌子的香水很小眾，不算特別有名。

溫以凡不太了解這方面的東西，大致看了一下就結束。她的目光又挪到香水瓶上，上面的字跡清晰明瞭，猶如刀刻過的痕跡。溫以凡以指腹在其上輕蹭了幾下，想起以前的事情。

好像是高一上學期的時候。

在某次跟同學聊天時，溫以凡隨口提了一下，因為自己在霜降出生，所以小名也叫霜降。當時在場的同學都只是聽過就算了，沒有太放在心上，她對此也沒太在意。

好像只有桑延聽進去這件事。

也不記得是從哪天開始，兩人私底下相處時，桑延不再叫她「學妹」，也不再直呼她的原名，改口叫她「溫霜降」。這還是第一次有人叫她小名時，連姓都帶上。

一開始溫以凡不太習慣，但桑延想怎麼叫是他的自由，她也沒有太管這件事。聽他喊久了，也適應了，偶爾還覺得這樣叫起來也滿好聽的。

重逢之後，溫以凡就沒聽過桑延這樣叫她，還以為他早就忘記她的小名了。

把蓋子扣回去後，溫以凡抱著盒子往後一倒，整個人躺在床上。她盯著白亮刺眼的天花板，過了好一會兒，又空出手摸摸自己的腦袋。

男人的舉動粗暴又顯親暱。溫以凡想起剛剛桑延跟她平視的眼，在這一瞬間，溫以凡的腦子裡冒出一個很強烈的念頭。

她突然很想談戀愛，跟桑延。

她想跟桑延談戀愛。

溫以凡翻了個身，想靜下心來，卻完全無法將這個念頭拋諸腦後。

她今年的生日願望其實也沒有許得太大。很多事情，溫以凡覺得不該屬於她，就不想這麼強硬地求來。她只希望自己能夠擁有足夠的勇氣，希望能夠奮不顧身一次，希望能夠不考慮任何事情地奔向那個人。

如果那個人是桑延的話，溫以凡覺得自己可以努力一下，也盡可能地成為熱烈的那一方。如果因此能得到自己想要的那個結果，那當然很好；但如果不行，那她就重新走回來，好像也沒有什麼關係。就如同鐘思喬所說的那般，她想追他，她想嘗試一下。

溫以凡坐了起來，拿起手機。

透過黑色的螢幕，她注意到自己不知從何時彎起的唇角。溫以凡稍愣，收斂了幾分，打開微信列表，找到跟桑延的聊天視窗。

思考了半天，溫以凡也不知道該說什麼，只輸入一句：謝謝你的禮物^_^

但又覺得後面那個表情有點傻，她抬手刪掉，最後只留下「謝謝」兩個字。

那頭回得很快。

桑延：？

桑延：幾點了。

桑延：睡覺。

溫以凡：好的。

想了想，她又回一句：等你生日，我也會回禮的。

是明年一月的事情了。

如果他同意的話，這句話就相當於，就算中途桑延要搬走，溫以凡也可以將跟他的關係拉長到那個時候。再之後，她也有找他說話的理由。

桑延：噢。

他只回了這個字，瞬間冷場。

溫以凡也不知道該回什麼，指尖在螢幕上動了動，最後還是作罷。她把手機放到一旁，打算起身去洗個澡。

在這個時候，手機再度響了一聲。

她拿起來一看，桑延又傳來一封語音訊息。

腔調懶洋洋地，聲線微啞，話裡帶著淺淺的倦意。

『還有69天。』

溫以凡聽了好幾次，很喜歡他這樣傳語音訊息給自己。糾結片刻，她試探性地敲了一句：如果可以的話，你可以每天都幫我倒數計時嗎？

桑延：？

溫以凡扯了個理由：我怕我忘了。

又是三封語音訊息。

桑延：『哪來那麼厚的臉皮。』

桑延：『可不可以有點誠意？』

桑延：『這件事妳就應該時時刻刻記掛在心上，而不是讓我每天提醒妳一次，懂嗎？』

他的話讓溫以凡意識到她這個要求是有點離譜，改口道：抱歉。

溫以凡：我會記著的。

放下手機，她又自顧自地思考了一會兒。

雖然溫以凡已經確定了想追桑延的想法，但她從沒做過這種事情。所以具體該怎麼做，該從哪方面切入，她也完全沒有頭緒。如果只是用言語試探，循序漸進地表露出自己的意思，溫以凡覺得似乎沒有多大的用處。畢竟這種話桑延也說了不少次，或許只會讓他覺得，自己是受夠了他的話，忍不住用相似的方式酸他。

那如果直接用行為接近……溫以凡又怕桑延覺得她在性騷擾。

儘管先前透過桑延的話得知，她在夢遊時也已經做出了不少近似性騷擾的行為，但在清醒時做出這種事，溫以凡不覺得桑延還能那麼輕易地放過她。

再按照高中時，桑延對崔靜語的態度來看，他好像不太喜歡熱情外放的類型。

想了半天，溫以凡還是沒想出個所以然來。

隔天早上八點，溫以凡自然醒來。和平常一樣，她習慣性地起身洗漱、換衣服，正打算走出房間，她突然瞥見梳妝臺前的鏡子。溫以凡的目光定住，盯著鏡子裡頭的自己。

女人皮膚白淨，眼睛內勾外翹，唇紅似胭脂。素顏，不施半點粉黛。頭髮紮成馬尾，身著簡單的運動外套以及修身長褲，模樣看起來隨意，卻又顯得妖豔而鋒利。

溫以凡默默地坐在梳妝臺前，簡單化了個妝。看到昨晚放在一旁的香水，她拿了起來，猶豫地往耳後和手腕處噴了一下。等味道揮發了一點，溫以凡才走到客廳。

今天是週末，桑延不用上班。但現在他已經起來了，穿著簡單的休閒服，在廚房裡弄早餐，仍是一副睏到生人勿擾的狀態。

察覺到溫以凡的動靜，他輕瞥她一眼，很快就停住。桑延的目光毫不掩飾，明目張膽地打量著她。

他的手搭在流理臺上，輕敲了兩下，隨意地問：「今天要去幹嘛？」

溫以凡往鍋子裡看了一眼，誠實答：「上班。」

桑延挑眉，又盯著她看了一會兒。沒多久，他像是明白了什麼，唇角輕勾一下。他收回視線，十分刻意地、拉長語尾地「噢」了聲。

溫以凡神色淡定，沒表現出半點不自在，彷彿也覺得理所應當。

桑延把火關了：「拿碗。」

「喔。」溫以凡打開一旁的碗櫥，順便說，「那明天的早餐我來煮？」

「妳起得來？」

「起得來……吧。」溫以凡也不太確定，「你的作息很健康，我認識的人裡，只有你是每天早餐都要吃，沒一天跳過的。」

桑延側頭，語氣閒散又意有所指：「妳說我為什麼健康？」

覺得他這問題似乎跟剛剛她說的話重複了，但溫以凡還是耐著性子，非常配合地回答：「因為你每天都吃早餐。」

桑延只簡單煮了粥和雞蛋。剛煮好還有點燙，溫以凡吃得慢吞吞的。桑延吃得比她快，吃完便起身回房間換了身衣服。等他出來後，她抬眸看了一眼。

又是一身漆黑，看起來高冷又寡情，像是要出去完成任務的殺手。

把最後一口粥咽下，溫以凡問：「你要出門嗎？」

「嗯。」桑延說，「見個朋友。」

溫以凡沒多問，注意到時間差不多了也起身。她跟在桑延身後走到玄關，在他穿鞋時，她拿起衣帽架上的鴨舌帽，扣到自己的腦袋上。

戴上的那一瞬間她就察覺到不對勁的地方，這似乎不是她的帽子，寬鬆了不少。

與此同時，溫以凡對上桑延的臉。他先是盯著她腦袋上的帽子，定格幾秒後下滑，與她對視，彷彿帶了譴責的意味。

溫以凡忽然明白了什麼。她看向衣帽架，果然發現上面還有一頂黑色的帽子。她沉默一會兒，伸手摘下帽子。

抱著物歸原主的想法，溫以凡仰頭，遲疑地把帽子戴回他的頭上。隨著她的舉動，桑延的身子順勢下彎。

距離在一瞬間拉近，周圍的一切都模糊了起來。他的眼睛是純粹的黑，深不見底，帶著極端的吸引力。溫以凡的眼睛一眨也不眨，能清晰感受到他溫熱的氣息。

有曖昧摻雜在空氣中，不受控地發酵，絲絲縷縷地向外擴散。

也許是受到了蠱惑，某一個瞬間，溫以凡挪開眼，鬼迷心竅似的抬起手，替他順了順額前的碎髮。再與他的眼神撞上時，她的動作一停，然後緩緩收回手。

溫以凡往後退了一步，故作鎮定地說：「你頭髮亂了，我幫你整理一下。」

桑延的喉結輕滑。

沒等他開口，溫以凡垂眼穿鞋，又擠出一句：「不客氣。」

又沉默了一會兒。

「噢。」桑延忽地笑了，「所以這是，我還得感謝妳的意思。」

溫以凡當作沒聽見，拿起一旁的鑰匙，神色從容：「那我去上班了。」

但不等她往外走，桑延突然站直，堵在她身前。他往旁邊看了一眼，散漫地拿起衣帽架上剩餘的那頂帽子，禮尚往來似的扣到她的頭上，動作俐落又乾脆。

溫以凡的腦袋揚了起來。桑延盯著她的臉，慢條斯理地將她臉側沒綁好的碎髮挽到耳後。明明只是幾秒鐘的事情，卻像是拉長到幾分鐘。

結束後，他垂眸，語氣又跩又吊兒郎當：「怎麼不說話？」

「……」

「還不知道該說什麼？」

溫以凡回過神：「……謝謝。」

◇

兩人一起出門，桑延順帶把她載到南蕪電視台。

下了車，溫以凡將心情整理好，走進辦公室。剛坐到位子上，她就看到桌上放了一瓶草莓牛奶，旁邊是一個小蛋糕。

溫以凡轉頭看蘇恬：「小恬，這是誰的？」

「還會是誰，」蘇恬小聲說，「那小狼狗給妳的。」

「……」

「你們現在是在曖昧階段嗎？還是他單方面的？他對妳的意思可是越來越明顯了。」蘇恬說，「要不然妳就試試吧，這小狼狗還滿聽話的，而且長相也不虧。」

溫以凡沒說什麼，直接起身走向穆承允的座位。

現在辦公室裡沒什麼人，穆承允笑著跟她打了聲招呼：「以凡姊，早安。」

「嗯，早安。」溫以凡把早餐放回他桌上，溫和道，「謝謝你的早餐，不過我每天都是吃完早餐才來上班的，現在也吃不下了。」

穆承允的嘴唇動了動。

溫以凡笑：「你吃吧，以後不用再買了，謝謝你。」

說完，溫以凡回到座位。

蘇恬又湊了過來，好奇道：「妳說了什麼，這小狼狗怎麼馬上變得那麼沮喪？」

溫以凡搖頭：「沒說什麼。」

「不過他真的太不主動了，還可以這樣追人——噯……」像是發現了什麼，蘇恬吸吸鼻子，扯開話題，「以凡，妳今天噴香水了嗎？這味道還滿好聞的。」

溫以凡摸了一下耳後：「嗯。」

蘇恬盯著她：「妳有點不對勁。」

「……」

「妳談戀愛了？」

「不是。」溫以凡否認。思考了一下，想說蘇恬不認識桑延，大概也猜不出來，她乾脆老實地說，「我在追人。」

蘇恬傻了：「啊？妳追人？」

溫以凡：「對。」

「……妳確定妳需要追嗎？」蘇恬說，「以凡，妳要知道，男人都是視覺動物。妳只要勾勾手指頭，不用妳追，對方就直接貼上來了。」

溫以凡：「不會，他長得很帥。」

蘇恬：「有多帥？」

這附近就是墮落街，怕蘇恬也聽過「墮落街紅牌」的稱號，溫以凡想了一下，決定換一個方式說：「好到，可以當——」

蘇恬：「嗯？」

「鴨中之王的水準。」

◇

溫以凡到家時桑延還沒回來。此時還不到八點，她走進廚房，剛好收到桑延的訊息，說是他今晚會晚點回來。

她回了個「好的」。

隨便煮了碗泡麵，溫以凡坐到餐桌旁，邊咬著麵，邊回想著今天發生的事情。

照桑延今天的行為來看，溫以凡覺得，他對她應該也是有好感的，但具體有多少，她也不太清楚，畢竟這個人是她所見過最不按常理出牌的人。

甚至，再細想，溫以凡又覺得今天的事情也可以用桑延覺得「妳占了我便宜，我做人就沒有吃虧的道理」的想法解釋過去。

她想要萬無一失一點。畢竟如果明確說出來了，對方實際上卻沒有這個意思的話，他們兩個大概也無法再合租下去了。

不知為何，溫以凡也還頗喜歡現在這種狀態的。

吃完後，溫以凡將碗筷洗乾淨，回去房間。做好一切睡前工作，她躺到床上，百無聊賴地滑著各個新聞APP。

過了好一陣子，溫以凡才打開微博。

不小心點到訊息清單，看到那個樹洞帳號時，溫以凡愣了一會兒，又伸手點開。盯著自己上回投稿的內容，她糾結了一下，開始在輸入框敲字。

『匿名希望。要怎麼追自己得罪過的人？』

傳送成功後，溫以凡便退出微博。

把手機放到一旁，她又胡思亂想了一堆。溫以凡側身，蜷縮成一團，睡意漸漸升了上來，將她整個人籠罩住。即將陷入夢境當中時，溫以凡聽到手機振動了一聲，在安靜的房間裡格外清晰。

溫以凡迷迷糊糊地睜開眼，伸手拿起手機，隨意地瞥了一眼。

此時零點剛過幾分鐘，是桑延傳來的一封語音訊息，也不知道他這時間傳訊息給她做什麼。

溫以凡半閉著眼，趴在枕頭上，隨手點開來。

桑延似乎是還在外面，語音裡的背景音有些吵，劈裡啪啦的。他的聲線低沉，帶了點磁性，混雜在其中卻顯得格外清晰。

『還有六十八天。』

第四十五章　那就來吧

聽到這串話，溫以凡一時沒反應過來，還以為自己不小心點到昨天那封語音訊息。她的眼睫動了動，指尖下意識往下滑，但已經到底了。

溫以凡的神志清醒了點，再度點了一下最新的語音訊息。

同樣的話又重複了一次。

有個猜測呼之欲出，溫以凡皺著眉，慢吞吞地往上拉。又點開前幾封語音聽了一次，順著往上滑，直到聽到那條——『還有六十九天。』

六十八、六十九。

喔，數字不一樣。

溫以凡正想習慣性地回覆個「好的」，剛打好一個字，忽然就回過神來。她用力眨眨眼，坐了起來，直直地盯著螢幕。

還能看到她前面傳的那句——『你可以每天都幫我倒數計時嗎？』

當時昏了頭，只想趁機找個理由，讓他每天都可以傳語音訊息給自己。但現在再看這個要求，突然覺得自己的確很無恥，看起來荒唐又閒得發慌，還要拉對方一起閒得發慌。

不過桑延不是拒絕了嗎？還很直接地吐槽她這個人臉皮很厚。

溫以凡舔舔唇，抱著被子遲疑地回：你不是叫我自己記著嗎？

可能是在外面沒有看手機，桑延一直沒回覆。

過了好一陣子，溫以凡又快睡著的時候，他才傳了幾封語音訊息過來。似乎是換了個地方，桑延那頭背景聲明顯淡了不少，顯得安靜許多。

溫以凡一直覺得他說話的腔調很特殊，也不知道是誰教的。語速不快不慢，平的無波無瀾，說到最後總會帶點慣性地拉長，自帶痞意。

桑延：『嗯？是。但是呢，妳這人太會渾水摸魚了。』

桑延：『之前說了好幾次的飯，到現在都沒還。要是不提醒妳的話，妳大概會以同樣的方式把自己說過的話當成空氣，吃虧的還是我啊。』

桑延：『好了，趕快睡吧。』

溫以凡的確很睏。她這段時間的睡眠品質好了不少，不像之前一樣連入睡都困難。夢少，睡得也沉，經常能一覺到天明。她強撐著眼皮，回道：我幫你做了很多次飯。

溫以凡：也算是還了？

桑延：？

溫以凡打了個呵欠：好吧。

溫以凡：那你看看你想吃什麼。

溫以凡：我都會還的。

思考了一下，溫以凡認真補充：不會讓你吃虧的。
等了好一會兒，那頭沒再回覆，溫以凡不知不覺就睡著了。
隔天醒來，溫以凡第一反應就是摸起旁邊的手機，看有沒有未讀訊息。在她睡著沒多久後，桑延才回覆了她，依然是乾脆俐落的語音訊息。
『妳這句話倒是新鮮，像黃鼠狼給雞拜年。』男人語氣帶了睏意，閒閒散散，『我僅有的便宜早就都被妳占完了，哪裡還有吃虧的餘地？』
聽到這句話，溫以凡一再琢磨，反倒覺得自己這邊有點吃虧。
畢竟桑延所說的事情，她一點印象都沒有。就比如所謂的親和抱，這些事情在桑延的視角是確切發生過的，也因此會有各種情感上的起伏。就等同於，另一個自己，跟他做過這些事情。
還沒追到人，溫以凡就開始杞人憂天。她有點擔心，如果真的那麼好運，最後她真的追到桑延了，他們再做這種事情時，他會不會早已失去新鮮感？
這讓溫以凡對夢遊這件事情更加抗拒。雖然從一開始，溫以凡就覺得自己做不出這樣的事情，但這段時間她終於意識到，自己對桑延的確是有那方面的心思。
也因此，溫以凡又開始覺得，她可能是真的做了這些事，這些也許都是她潛意識裡想做的。這麼一想，溫以凡覺得自己還滿可怕的。
從桑延那邊來看，自己的形象就是一個半夜會夢遊，起來對他又親又抱的流氓，甚至還在清醒時刻恐嚇他要把衣服穿好，不然她可能會做出侵犯他的犯罪行為。
溫以凡莫名覺得這條追人之路有點困難，已經直接輸在起跑線上了。現在要是出現一個強烈的競爭對手，她根本就沒有贏的勝算。

因為溫以凡的話，接下來的一段時間，蘇恬時不時就會問問她的進展如何。她每次都言簡意賅地回答相同的六個字：「還在努力當中。」

次數多了，蘇恬作為旁觀者也急了：「對方是不是在吊妳胃口啊？」

「不是，他應該不知道我在追他。」說到這裡，溫以凡有些不確定，「這個要先說出來嗎？」

「當然不要！」蘇恬立刻道，「妳可以適當表現出對他的好感，但不能一上來就把自己放在感情弱勢的一方。妳得對自己有自信點，在他有空的時候找他聊聊天，不要表現得太纏人。或者從他的愛好切入，偶爾約他出來什麼的。」

「這樣啊。」溫以凡若有所思，「我知道了。」

「所以妳追得如何了？」蘇恬看了看時間，回憶了一下，「距離妳第一次跟我說妳要追人，都過了一個月，感情有升溫一點嗎？」

溫以凡想了想：「我也不太清楚。」

蘇恬：「那妳打算什麼時候追到？」

「不急。」溫以凡收回思緒，繼續敲鍵盤，「我再想想。」

蘇恬愣了一下：「想什麼？」

溫以凡：「想怎麼追。」

這段時間，溫以凡的確是一邊思考著這個問題，一邊暗暗地在桑延面前刷存在感。

先前傳給樹洞帳號的問題，可能是沒先前的勁爆，這次溫以凡的問題一直沒有被貼出來。她毫無經驗，所有追人行為，都是根據自己對桑延的了解努力思考出來的。

但她覺得蘇恬說的這個建議，從愛好這方面切入還滿不錯的。

桑延的愛好，依照溫以凡了解到的，他似乎一直在玩一款手遊，而且玩得還很好。在家的時候，溫以凡常常會聽到他用傲慢的語氣吐槽隊友：「你這什麼垃圾操作。」

溫以凡對遊戲沒什麼興趣。大學剛開始時，她跟著室友玩過一段時間的網路遊戲。只有一開始玩的時候比較常上線，到後來就隔一段時間才上去一次，工作後更是沒時間碰這些東西。

到現在，溫以凡基本上沒玩過什麼遊戲，電腦裡也早就刪除這個遊戲了。

但溫以凡覺得，既然要追人，當然要為了對方做出一些自己不感興趣的事情。當天晚上她回到家後，便在手機上下載了這款手遊。

溫以凡上網查了攻略，接連玩了幾天才漸漸上手。

幾天後，注意到溫以凡總是睏倦萎靡的狀態，蘇恬隨口問了一句：「妳怎麼了？」

「嗯？」溫以凡誠實地說，「聽了妳的建議，我最近打算從愛好切入，在玩我喜歡的人喜歡玩的一個手遊。」

「怎麼樣？」

「還滿好玩的，就是有點花時間，這幾天都沒什麼睡覺。」

蘇恬隨口問：「妳自己玩還是……」

「我自己玩。」

蘇恬嚇到：「不是，妳當然得找他一起玩啊！妳自己玩有什麼用！」

「我玩得太爛了，不敢找他玩。」想到桑延罵人的模樣，溫以凡顧慮很多，「怕被罵。」

蘇恬覺得好笑，「放心吧，妳跟男生一起玩遊戲，他們都會有種帶妹的成就感。就算妳玩得再差，也不會說什麼的，都非常憐香惜玉！」

溫以凡搖頭：「他不會。」

「……」

「而且我覺得不一起玩也不錯，」像是不能接受她這個建議一樣，溫以凡自顧自地找著理由，「這樣就多了個共同話題。」

蘇恬沉默幾秒：「也好。」

「就是有個弊端。」溫以凡嘆了一聲，「我沒什麼時間找他聊天了。」

蘇恬愣住，總覺得她追人的方式格外奇特：「不是，以凡，妳就算以前沒追過人，但總也被人追過吧？」

溫以凡嗯了聲。

蘇恬：「那妳可以參考一下別人的方式。」

「啊？但我覺得這些人的方式沒什麼好參考的。」溫以凡似乎根本沒考慮過這方面，她說得很直接，「不都是失敗案例嗎？」

◇

加完班後，桑延本來想直接回去，但在蘇浩安的再三催促下，他還是去了一趟「加班」。他直接上到二樓，走進最靠裡面的包廂。

裡頭約莫六七人，一群人的感情都不錯。

一進門，蘇浩安那大嗓門就像是開了擴音似的，陰陽怪氣地道：「喲，這是哪位？稀客啊，現在想到我們這班兄弟了？」

桑延瞥他一眼：「你一定要這樣講話？」

另一邊的錢飛搖搖頭：「蘇浩安，你可不可以收斂一點？像個怨婦一樣。桑延這個人就是不能寵，你看他那副嘴臉，我真的是看不下去了。」

桑延找了個位子坐下，唇角揚起：「錢老闆，你對我很有意見。」

「你最近幹嘛去了？」錢飛說，「說來聽聽。」

「不好說啊。」桑延拿了瓶啤酒，單手打開，語氣不太正經，「我怕你們聽完，一個個心裡不平衡，嫉妒得面目全非呢。」

錢飛：「？」

「我服了。」蘇浩安翻了個白眼，在錢飛旁邊坐下，「他說最近有個女生在追他，沒時間應付我們，懂嗎？」

「你有病？」錢飛盯著桑延氣定神閒的模樣，極為莫名其妙，「你第一次被追？以前怎麼不見你到處說！你是不是也對人家有意思啊！」

桑延挑眉：「是又怎樣。」

這回答像一聲轟天雷，在房間裡炸開。
「真的假的？」
「誰啊！」
「鐵樹開花？」
「不是，所以你這是對人家有意思，還等著人追？你的個性一定要那麼扭曲嗎？你是不是吊著人家胃口？」錢飛吐槽，「你這是什麼心理，大男人的矜持什麼啊！」
聞言，桑延似笑非笑地叫他：「錢飛。」
錢飛：「幹嘛？你有屁就放。」
「我也不多說，你說你要是有我千分之一的智商，」桑延悠悠地說，「你大學的時候，會追了半個世紀，還在當那什麼系花的備胎嗎？」
沉默三秒，有人噗哧笑出聲來。
「老子有對象了！幾百年前的事情你一定要動不動就提一次是吧？」錢飛忍了一會兒，還是忍不住。他站起身開始捲袖子，往桑延的方向走，「老子今天要跟你同歸於盡。」
但被旁邊的男人忍笑攔住：「算了算了，我們不要跟狗計較。」
很快又有人出聲調侃：「所以是哪個神仙，能被我們這眼睛長在頭頂的桑大少爺看上？」
提到這個，蘇浩安想起一件事：「喔，是不是你公司新來的那個實習生？大三還是大四來著，長得的確還滿漂亮的。」
「可以啊桑延，老牛吃嫩草？還大學生啊？」角落的男人笑嘻嘻地說，「噯，我突然想起，這樣是不是跟你妹差不多大？」

「所以你喜歡小你這麼多歲的？」

桑延直接拿起桌上的菸盒扔了過去：「說話注意一點。」

錢飛對他這種偏見很無言：「這句話又怎麼了，愛情不分年齡好嗎？小個五六七八九十歲又怎樣！對方成年不就得了！我媽的朋友還找了個比他小十三歲的呢！」

桑延冷笑：「還有這種畜生。」

他這反應，明顯是蘇浩安說的人不對。

又有人陸續猜了幾個名字，桑延都不置可否，完全不透露半點風聲。最後他被問煩了，不耐煩地說了一句：「你們這群大男人怎麼那麼八卦？」

其他人絲毫不受影響，蘇浩安繼續猜：「可能是相親認識的？」

「說到這個，我突然想起來，段嘉許最近是不是也在相親啊？他老闆幫他介紹的，不過現在還在住院呢，說是割了闌尾。」錢飛嘖嘖兩聲，「你說我們的南蕪雙系草，現在怎麼都混成這個樣子？」

桑延喝了一口酒：「別扯到我，謝了。」

話題越扯越遠。

到最後，桑延差不多準備回去時，不知是誰突然問了一句：「所以你對這個女生有什麼打算？」

桑延看過去。

「什麼打算，人家不是想把我嗎？」桑延笑了，把易開罐放在桌上，模樣漫不經心又懶散，「那我能怎樣？」

「……」

「等著她來把啊。」

◇

回到家，桑延往空蕩蕩的客廳看了一眼，然後又看向主臥房門，動作放輕了一點。他脫掉外套，回到房間，正想打開燈時，突然注意到床上多了個東西。

桑延的動作停下。

順著外頭的光線，能看到被窩隆起，微捲的長髮散落在枕頭上。溫以凡睡覺時總是安安靜靜的，呼吸聲淺到可以忽略不計，喜歡蜷縮成一團，像顆小球。

桑延走過去，半蹲下來，盯著她被被子遮擋了一半的臉。

他覺得好笑，輕聲說：「妳是哪裡來的惡霸？兩個房間都要占。」

也沒打算把她吵醒，桑延正打算起身，拿好衣服就出門洗澡時，突然想起錢飛剛剛的話。他垂眸，看著毫無心理負擔地睡在他床上的溫以凡。

「喂，溫霜降。」

靜謐至極的房間內，隨便說句話都像是有回音。

「妳可不可以再明顯一點？」像是怕吵醒她，桑延的聲音低到像在用氣音說話，「不然我心裡也沒個頭緒。」

畢竟，以前他也覺得，就算沒有很多，她對他應該至少也有一點好感。但後來他才知道，情感是最難以猜測的東西。

他認為的，不一定就是真實發生的。他想要贈予她一腔熱忱，即使是單方面的，她也不一定想承受。所以這次他必須等，等到她願意主動對他伸出手，他才會把所有一切，再度交到她的手上。

醒來後，溫以凡往四周一看，發現自己又半夜夢遊跑到桑延的房間內睡了。可能是因為最近沒怎麼睡覺，導致睡眠品質又差了起來。她有點頭痛，往另一側看了一眼，沒看到桑延的身影，溫以凡鬆了口氣。

但也不知道這次的情況是不是跟上次一樣，是她夢遊的時候桑延還沒回來；還是她過來他房間睡，導致他半夜醒來，只能忍氣吞聲地跑到客廳去睡。

溫以凡希望是前者。

因為她真的一點都不想再在無意識的狀態下占桑延的便宜。她抓抓頭，起身下床，輕手輕腳地往外走。

剛走出房間就跟客廳沙發上的桑延撞上了視線。他正蓋著條小毯子，靠著抱枕，似乎也剛醒來沒多久。此時就直直地看著她，一聲不吭。

溫以凡停下腳步，鳩占鵲巢的感受極為強烈。她猶豫地走向桑延，問了一句：「我昨天夢遊的時候你回來了嗎？」

桑延嗯了一聲。

溫以凡又問，「所以你是半夜跑出來睡？」

桑延打了個呵欠，又敷衍地嗯了聲。

溫以凡拿起一旁的外套套上，斟酌了好一會兒後，決定再跟他談談這個事情：「要不然這樣吧，以後你睡前都鎖門，好嗎？那我就無法進你房間了，這樣也不會影響你的睡眠。」

桑延不以為意：「妳會撬鎖。」

溫以凡耐著性子說，「我哪有那種本事？」

「為了侵犯我，」桑延緩緩抬眼，散漫地說，「妳有什麼做不出來的？」

溫以凡閉閉眼，有點崩潰。

所以，她夢遊時真的想侵犯他嗎？她真的做過這樣的舉動嗎？溫以凡有點不能理解桑延了，如果真的有這種事情，那他為什麼還不鎖門！一定要事情到最危急關頭的時候，他才知道長點知識嗎！

沉默兩秒，為了防止這種事情再度發生，電光火石間，溫以凡想到一個主意，她很誠懇地說：「如果我真的侵犯你，你就願意鎖門了嗎？」

聽到這句話，桑延眉頭皺起。

下一刻，溫以凡開始脫外套：「那就來吧。」

桑延：「……？」

第四十六章　我準備約他吃飯

外頭天已經徹底亮了，但窗簾緊閉著，客廳內顯得昏昏沉沉。臨近十二月，南蕪的氣溫再度下降，早午晚溫差更大了。

溫以凡已經坐到桑延旁邊的沙發上。她現在醒來還沒多久，只穿著薄薄的長袖長褲。脫下外套又覺得有點冷，還不自覺地顫了一下。

桑延臉上的表情漸收，沒有多餘的動作。

溫以凡朝他的方向靠近，將舉動放緩，邊等著他阻止的言語，邊一點一點地挪過去。但直到距離桑延不到半公尺時，他依然一聲不吭，只是饒有興致地看著她。

溫以凡只好停下來，安靜地等了一會兒。

像看戲一樣，桑延依然未動。

等不到阻攔，溫以凡也沒再靠過去，鎮定自若地給自己一個臺階下：「這下子你應該明白了，如果你不鎖門的話，就大概會發生這種情況。」

桑延笑了：「什麼情況？」

距離很近，他的存在感濃厚而強烈，溫以凡沒了剛剛什麼話都能胡扯的勇氣。她抬頭看了一下時間，扯開話題：「那我先去準備一下上班了。」

桑延側頭，懶洋洋地說：「不是什麼都沒發生嗎？」

溫以凡看向他。

桑延身上大半的毯子都滑落到地上，卻也沒有要撿的意思。他的眉目囂張，表情飛揚跋扈，看起來天不怕地不怕，像是完全不把她的話放在眼裡。

溫以凡沒跟他計較，彎下腰，幫他把毯子撿了起來。她捏著毯子的一角，正想說點什麼時，忽地感覺到毯子的另一端被用力一扯。

她還未鬆手，猝不及防，身子順勢被向前帶，整個人撲在桑延的身上。

安全距離被打破。

溫以凡的呼吸屏住，手下意識地撐著他身旁的軟墊。但緩衝不及，她的鼻尖碰上桑延的下顎，輕輕蹭過。她下意識仰頭，倏忽間，對上桑延漆黑的眼。

他的呼吸，連帶著他整個人，都是滾燙的。

一時之間，溫以凡忘了做出反應。

桑延的目光深沉，夾雜著模糊不清的曖昧。他的喉結輪廓深刻，很明顯地滾動了一下。然後他的視線垂下，定在她的嘴唇上兩秒後，又上拉。

莫名其妙地，溫以凡覺得有點口渴。

「怎麼？」桑延忽地出聲，聲音有點啞，「這次敢了？」

這句話瞬間拉回溫以凡的理智，她往後退，坐起身來。在這亂七八糟的時刻，她甚至也不懂桑延這句話是什麼意思，胡亂地否認：「不敢。」

桑延面不改色地抬眸。

溫以凡含糊地搪塞了一句：「下次吧。」

藉著時間不早了的理由，溫以凡沒繼續待在客廳，起身回去房間。她進到廁所裡，在牙刷上擠了點牙膏，動作又停下，緩緩平復著呼吸。

她後知後覺地感到有點慶幸，幸好把持住了。

在清醒的情況下，沒名沒分就對桑延做這種事情，那也太不尊重他了。

不過桑延幹嘛突然拉毯子？本來毯子都快掉到地上了，他都沒管，一看到她去碰他的毯子，就立刻有了動作……這是怕她不止要搶他房間，連他僅有的一條毯子也要霸占嗎？她的形象已經變成這樣了嗎？

溫以凡分出精力，思考著桑延剛剛的話，她邊刷牙邊想著。沒多久，她就想起前段時間桑延的話。

——『妳想侵犯我。』

——『敢就過來。』

溫以凡神色僵住，腦子裡同時浮現桑延那張近在咫尺的臉。她吐掉泡沫，漱了個口，又回想到自己隨便敷衍桑延的話。

唉，不過，感覺也不差這句了。

跟他住久了，溫以凡都有種被同化的感覺。把臉也洗乾淨後，她用毛巾把臉上的水擦乾，非常不合時宜地冒出一個念頭——也不知道之後有沒有敢的機會。

溫以凡突然意識到自己的追人之路好像有點歪了。光是做這種嘴上功夫，似乎是沒有任何用處的。溫以凡覺得現在跟桑延的相處狀態，有點像——他一直覺得自己是世界上最厲害的人物，但看到她做出比他更厲害的行為後，他便不甘示弱，自然而然地跟她抗衡起來。

桑延這個人絕不會吃虧，也不怕被恐嚇，活得非常自我。

再這樣發展下去，他們會不會真的變成仇人？

回到公司，溫以凡坐到位子上，翻翻桌上的資料。隔壁的蘇恬習慣性地過來跟她八卦，又詢問了一下她的進度。

溫以凡想了想：「我打算加快速度了。」

這幾天聽到的都是「還在努力當中」，此時終於換了一句話，蘇恬聽起來還有種很欣慰的感覺：「怎麼加快？」

「我準備約他吃飯，雖然不知道他會不會同意……」說著說著，溫以凡轉了話鋒，「不過在那之前，我還得做一件事情。」

「什麼？」

溫以凡認真道：「提升自己。」

蘇恬沒聽清楚：「嗯？」

「想追人的話，不能只把精力放在對方身上。」思考了這麼多天，溫以凡終於得出這個結論，「還得努力提升自己，讓自己變得更好。」

蘇恬沉默了一會兒，覺得這句話的確很有道理：「所以妳現在打算？」

「我想多做點新聞，」溫以凡眼尾稍揚，認認真真地說，「看看在三年之內，能不能努力得到最佳記者獎。」

蘇恬重複她說的時間，「三年？」

「嗯。」

蘇恬提醒：「妳確定三年後對方還沒找到對象嗎？」

溫以凡轉頭，低聲解釋：「這兩件事情我是同時進行的啊。」

「啊？」

「我希望讓他覺得，」溫以凡思考了一下，說出自己的想法，「我是個很努力的人。」

就算現在不夠好，也會透過努力，慢慢變得更好。

◇

再三挑選後，溫以凡在十二月初訂下約桑延外出吃飯的時間。她希望自己是時間充裕的那方，所以就訂在她的休假日。

那天是週五，因為是工作日，桑延還得上班。

也不清楚桑延會不會要加班，溫以凡思來想去，還是打算提前跟他約好。要是他說他沒空，她還可以改個時間。

溫以凡走出房間。此時桑延剛洗完澡，正坐在沙發上玩手機。

溫以凡慢吞吞地坐到另一側的沙發，假裝自己是出來喝水的樣子。她往杯裡倒著水，順帶偷偷地看了一眼桑延，恰好被他抓到目光。

溫以凡輕輕地抿唇，注意到他螢幕上的遊戲介面，扯了個話題：「我最近也在玩這個遊戲。」

桑延看她：「什麼時候？」

溫以凡跟他尬聊：「就最近，還滿好玩的。」

聞言，桑延朝她抬抬手機，閒閒地說：「那來一局？」

想到自己的三腳貓功夫，以及桑延毫不留情的毒舌能力，溫以凡搖搖頭，「下次吧，我手機在房間裡。」

桑延沒再說什麼。

溫以凡喝了口水，開始切入主題：「你這週五晚上有空嗎？」

桑延偏頭：「怎樣？」

「我最近聽同事說，你公司附近有家烤魚店還滿好吃的。」溫以凡鎮定地說，「你有空的話，我們一起去吃？」

桑延把手機放下，盯著她看了好幾秒，然後若有所思地說：「終於要還欠我的飯了？」

溫以凡愣住，又覺得這樣理解也沒什麼錯，只好點點頭。

桑延收回眼：「噢。」

溫以凡又問了一次：「那你有空嗎？」

沉默幾秒，桑延淡淡地嗯了聲。

「那我那天到你公司樓下找你？」也不知道他介不介意這點，溫以凡解釋，「我週五休息，可以提前過去找你。不然，我們直接在店裡見也可以。」

桑延繼續看手機：「不用。」

溫以凡嘴唇動了動，還沒說出話來，又聽到他說：「我下班之後要回來一趟。」

溫以凡：「嗯？」

「到時候一起出門。」

溫以凡低頭，又喝了一口水，「好的。」

想說的話說完了，溫以凡也沒繼續待在客廳。她起身，走了幾步又回頭說：「那週五那天，我再提醒你一下？」

桑延回望她，慢條斯理地道：「好。」

得到這個答案，溫以凡才放下心來，回到房間裡。

此時此刻，客廳。

桑延繼續玩著遊戲，過了一會兒，唇角莫名彎了起來。

週五晚上。

溫以凡從衣櫃裡拿出僅有的幾條裙子，選出一條卡其色的長裙。她套上長版的毛呢外套，坐在梳妝臺前，花了半個小時來化妝。

盯著鏡子裡的自己，溫以凡想把眉眼化得柔和一些，看起來沒那麼鋒利。她拿起眼影盤，加深眼窩，又用眼線筆把眼尾下拉。掙扎了好一會兒，感覺也沒什麼用處。

溫以凡抿唇，放棄掙扎。走出房間前瞥見桌上的香水，她拿了起來，遲疑地往耳後噴了一點。

在客廳坐了半小時左右，桑延便回來了。他放下鑰匙，習慣性地往客廳的方向瞥了一眼，視線在她身上定了好一陣子才挪開。

溫以凡站起來，下意識地問：「你回來有什麼事情嗎？」

桑延隨口說：「拿個東西。」

溫以凡喔了聲，沒多問。

桑延回了一趟房間，很快就出來了。可能拿了什麼小東西，他手上也沒提東西，跟剛進去時沒什麼兩樣。他走向玄關，順便對她說：「走吧。」

跟著他身後，溫以凡點頭：「好。」

兩人上了車。

溫以凡繫上安全帶，跟他報了烤魚店的名字。大概是聽過這家店，桑延也沒打開導航，直接就發動車子。

溫以凡思考著要不要跟他聊點什麼，但又覺得這樣似乎會影響他開車。她看向窗外，想著自己做過的車禍報導，很快就作罷，畢竟等一下到店裡也還有很多時間聊。

開車不到二十分鐘就到了。這家店在一個小型商圈旁，前方是停車區域，位置不偏，車子開到那裡就能直接看到烤魚店的名字。招牌和裝修風格都用紅色系，格外醒目。

店面很大，此時正是吃飯時間，裡面客人不少，一眼看過去滿滿都是人。

溫以凡和桑延一起走進去，跟門口的服務生報了「兩人」。他們被帶到一個兩人桌，正想坐下時，突然有個女聲喊了一句：「經理？」

聲音很清脆，聽起來有點耳熟。

溫以凡順勢看了過去。

隔壁是一張大桌，坐了八個人，看起來也是剛來沒多久，桌上只有碗筷和茶水。中央擺著一個鐵盆，裡頭裝著塑膠包裝和倒掉的茶水。

鄭可佳坐在那邊，穿著薑黃色的裙子。她的長相是那種甜軟的漂亮，笑起來尤為亮眼，還有顆小虎牙。在這吵雜的人群中，顯得格外醒目。

下一秒，她的視線一偏，跟溫以凡對上。

鄭可佳的笑容明顯收斂了點。

旁邊的一個男人開了口，有點納悶：「延哥，你不是不來嗎？」

桑延往那邊掃了一眼：「你們在這裡聚餐？」

「是啊！」男人瞥了一眼他旁邊的溫以凡，笑道，「既然碰到了，就一起吃吧。你作為老大，我們部門的聚餐你都不參加，這像話嗎？」

聽到這句話，溫以凡才明白過來，這群人應該是桑延的同事。又往鄭可佳身上看了一眼，溫以凡倒是沒想過她現在已經開始上班了。不過算起來，她今年應該也大四了？好像也差不多了。

桑延沒立刻給答覆，偏頭，稍稍彎腰問她：「可以嗎？」

溫以凡回神，「可以的。」

觀察著她的表情，過了幾秒，桑延才收回眼，讓服務生加了兩張椅子。

入座後，溫以凡正在整理衣服，忽地聽到鄭可佳叫了她一聲。鄭可佳坐在桑延另一邊，距離她並不遠。她平靜地抬頭，禮貌性地笑了笑，什麼話也沒說。

對面一個玉米鬚燙的男人訝異地問了一句：「妳們認識嗎？」

鄭可佳聲音清脆地說：「我姊。」

「這麼巧啊？」玉米鬚問，「親姊姊？」

可能是覺得這關係難以解釋清楚，鄭可佳笑了笑，直接默認。

聽到這個回答，桑延側頭看了鄭可佳一眼，很快就收回。他的手肘撐在桌上，整個人對著溫以凡的方向，漫不經意地問：「妳有妹妹？」

溫以凡自顧自撕著碗筷的包裝，誠實地說：「繼妹。」

桑延看著她，沒繼續問。

玉米鬚很自來熟，直接叫道：「鄭姊姊——」

他接下來的話還沒說完，桑延便打斷他：「她姓溫。」

玉米鬚有點愣住，「不是可佳的姊姊嗎？難道妳們一個隨父姓，一個隨母姓？」

溫以凡恰好把包裝紙徹底拆開，溫和地解釋：「重組家庭。」

鄭可佳接話：「對。」

玉米鬚：「這樣啊。」

「介紹一下啊，延哥。」坐在鄭可佳旁邊的男生岔開話題，笑嘻嘻地道，「這是嫂子？」

正打算拿起熱水壺，聽到這句話，溫以凡的動作頓住，幫桑延澄清：「不是，我是他——」她也不知道該怎麼形容兩人的關係，乾脆中規中矩地說了個：「朋友。」

男生繼續起鬨：「延哥，真的是朋友？」

桑延看他，眼裡帶了警告：「人家說話你沒聽見？」然後，他伸手拿起熱水壺，順帶把自己沒拆開的碗筷往溫以凡面前一推：「謝了。」

看著他把自己剛拆開的碗筷拿走，溫以凡只好默默地繼續撕包裝。

就在此時，服務生上了一堆飲料，應該是他們早已點好的。坐在外側的人把每個人點的飲料分好，分到最後一瓶時，納悶道：「怎麼有九瓶？誰多點了嗎？」

「啊？」鄭可佳看了一眼明細，「好像不小心多勾了一瓶。」

「這看起來就不好喝。」

「先放著吧，不然延哥你們喝不喝？」

「給我姊吧。」鄭可佳伸手，隔著桑延把飲料放到溫以凡面前，笑道，「她個性很好，也沒什麼不喜歡的東西，隨便喝什麼都可以。」

溫以凡看著眼前的飲料，沒說什麼。

隨後，鄭可佳把菜單遞給桑延，臉有點紅：「經理，你看看你要喝什麼吧？我們菜都點好了，你看看還要不要加點什麼。」

見狀，桑延不帶情緒地看了鄭可佳一眼，飯桌上的氛圍似是僵了一瞬間。

幾秒後，桑延接過菜單，隨意推到溫以凡面前。因為這個動靜，溫以凡抬起眼。

桑延拿起她面前那瓶飲料，不輕不重地放在自己面前，像是在示意這瓶飲料他來解決。他與她的視線對上，舉動極為自然，淡淡地問：「要喝什麼？」

第四十七章　有話跟妳說

溫以凡下意識啊了聲，又看了一眼那杯飲料，這才察覺到不對的地方。但她向來跟別人出去聚餐都是如此，一直都是聽別人安排，也不怎麼介意當最後挑選的那個人。一般情況下，點菜的人都會禮貌性地詢問她的意見，溫以凡也沒遇過像鄭可佳這麼直接地表現出她是可以隨便對待的人的情況。

對這種小事，溫以凡一直也不太在意，剛剛甚至也不覺得有什麼不妥。但很奇怪的，此刻莫名有種很奇異的感覺。她舔舔唇角，掩飾般地垂眼看向菜單。

這家店菜品不算多，菜單只是薄薄的折頁再封上塑膠薄膜。飲品在反面右下角，種類看起來也不算多，除了市面上的飲品之外，還有幾種這家店特有的飲料。

溫以凡看了一會兒，都沒什麼興趣：「你挑吧，我喝水就好。」

桑延已經把碗筷燙好了，推到她的面前。

「別的也不用加？」

溫以凡點頭，盯著面前那副碗筷，把菜單遞回給他。

桑延往杯裡倒著水，順帶粗糙地掃了一眼菜單和已經點好的菜。最後他什麼也沒加，隨手把菜單放回桌子中央。

短暫的沉寂後，桌上又熱鬧了起來。

其餘人都有一搭沒一搭地說著話，時不時跟桑延說幾句。多是八卦，偶爾會說點工作上的事。他們說的人溫以凡都不認識，也不太懂這個領域的事情，她沒怎麼聽，慢吞吞地喝著水。

溫以凡突然意識到一件事——所以桑延是推掉公司的聚餐，來跟她吃這頓飯嗎？

想到這裡，溫以凡看了一眼桑延，卻又與鄭可佳對上目光。她的表情似乎有點不安，又帶了幾絲尷尬，像是有人跟她說了些什麼。

溫以凡挪開眼，對上桑延的側臉。注意到她的目光，桑延很快就看了過來：「怎麼？」

「沒什麼。」溫以凡低頭繼續喝水。

桑延倒是依然盯著她，忽地笑了：「喂，別想蒙混過去。」

溫以凡：「嗯？」

桑延眼眸漆黑染光，帶著理所當然的意味，彷彿這場聚餐跟他沒有任何關係。他輕輕扯了一下唇，玩世不恭地道：「這頓不算。」

晚飯差不多結束時，溫以凡起身去了趟廁所。

溫以凡從隔間出來，打開水龍頭洗手。看著鏡子中的自己，她低下眼，把包包裡的氣墊粉餅和口紅拿出來，正想補個妝，恰好瞥見鄭可佳走進廁所。

鄭可佳的腳步停了半拍，走過來站在她旁邊。溫以凡的動作未停，開始對著鏡子補妝。

鄭可佳似乎只是來洗個手。她擠著洗手乳，主動出聲：「沒想到今天會在這裡碰見妳，妳認識我們經理啊？」

溫以凡敷衍地嗯了聲。

「剛剛我同事跟我說，覺得我不給經理面子，他帶來的人我就這樣隨意對待。」鄭可佳眉頭稍皺，小聲抱怨，「我哪有這個意思，但妳不就是都不挑的嗎？」

溫以凡用指尖擦掉唇角的口紅痕跡。

鄭可佳：「我就是想著不要浪費嘛，點都點了。」

溫以凡隨意一問：「那妳怎麼不自己喝？」

鄭可佳愣住：「我不喜歡嘛，以前妳不都是……」話還沒說完，鄭可佳及時改口：「妳可不可以幫我跟經理解釋幾句啊？我怕我得罪他，實習過不了。」

溫以凡笑：「妳想太多了。」

「我就是擔心啊，妳就幫我說一下嘛。」鄭可佳也拿出口紅，聲音嬌嬌地，帶了點羨慕，「對了，經理是不是在追妳啊？」

溫以凡有點納悶這件事怎麼還能看顛倒，「不是。」

「那就是還沒開始追？你們還在曖昧期？反正他肯定對妳有意思。我本來還打算追他的，又高又帥又酷又有錢，還是我上司……」說到這裡，鄭可佳癟癟嘴，「不過看你們這樣，我覺得還是算了，我可不想倒貼完還追不到，我條件又不差。」

溫以凡動作一停：「他對我有意思？」

「這還用問嗎？妳存心讓我不開心啊？」鄭可佳很無言，「他對妳跟別人太差別待遇了。雖然我不太想承認，但有妳這張臉在，我的確沒有什麼勝算。」
溫以凡沉默著，像是在思考什麼。
「算了，也沒什麼了不起。」鄭可佳順順頭髮，很嬌貴地給自己臺階下，「我對這種臭臉也沒什麼興趣。在一起還得哄他？我得是被寵的那一個。」
溫以凡剛好也補完妝了，抬腳往外走：「嗯，我先回去了。」
鄭可佳跟了上去：「一起吧。」
溫以凡仍在思考鄭可佳剛剛的話。
走著走著，鄭可佳想起一件事：「嗳，我們加個微信吧。我之前一直想聯繫妳，加妳微信妳也一直不理我。」
溫以凡沒吭聲。
「妳多久沒跟媽媽聯繫了啊？因為妳不理她，這段時間她心情一直很差。」鄭可佳說，「妳們關係變成這樣，責任主要在我，妳也不要怪她。」
聞言，溫以凡覺得好笑：「那我為什麼要加妳微信？」
鄭可佳皺眉：「我現在不是想跟妳好好說話嗎？」
溫以凡溫聲說：「沒什麼好說的。」
「妳有必要這樣嗎？」覺得自己一直好聲好氣地，卻都得不到好臉色，鄭可佳也有點不爽，「也沒這麼嚴重吧，妳這個親女兒還沒有我這個繼女對她好。」
「的確是。」溫以凡笑了，一語雙關，「妳比我更像親女兒。」

鄭可佳很快就反應過來她話裡的意思。一瞬間，她的氣焰全數熄滅，嘴唇動了動，卻一句話都說不出來。

平心而論，溫以凡其實對鄭可佳沒什麼太大的感覺。不可能會喜歡，但也談不上討厭。畢竟她一直覺得，雖然鄭可佳是導火線，但最主要的原因還是趙媛冬三番兩次的不作為。

兩人生在同一個重組家庭，性格卻截然不同。命運像是從這裡開始出現一個分岔的路口，把她們帶向不同的人生軌跡。

溫以凡從天堂掉進泥濘之中，被新家庭排斥，過起寄人籬下又謹慎的生活。從此以後，她沒了驕縱的資格，對任何事情都不爭不搶，也不敢做錯任何一件事情。而眼前的女孩，受盡父親毫無底線的寵愛，繼母也如同親生母親般疼愛她，從未經歷過任何苦難，就連煩惱都是甜蜜的。都到這個年紀了，還依然是個完全看不懂別人眼色，毫無EQ可言的小公主。

差不多走回位子了。

溫以凡壓低聲音，最後說了一句：「所以她也沒少什麼吧？不是還有一個女兒嗎？」

剛坐回位子上，桑延便轉過頭來，上下打量著她：「好了？」

溫以凡點點頭，桑延站起身：「那走吧。」然後，他看向其他人道：「你們繼續吃，我們還有事，先走了。」

「等等！」玉米鬚立刻站起身，掏出手機，「我們還沒拍照呢！來，隨便拍幾張，不然等一下沒東西發朋友圈。」

桑延有點不耐煩，但還是坐了回去。

溫以凡湊到他耳邊，小聲問：「我要不要迴避一下？」

「避什麼？坐好。」桑延瞥她，「知道妳的作用是什麼嗎？」

「嗯？」

他的語氣不太正經地說：「襯托我。」

溫以凡沒跟他計較，坐端正一點，盯著鏡頭的方向。她臉上的表情淡淡的，露出拍照時慣常的微笑，持續幾十秒後，玉米鬚也放下手機。

「好了好了。」

話音落下的同時，桑延也站起身來。

溫以凡禮貌性地跟其他人道別，跟在桑延的身後。她看了一眼時間，問道：「我們現在是要回家了嗎？」

兩人走出店外，桑延往旁邊的小商圈看了一眼：「看個電影。」

完全沒徵求她的意見，像是篤定她不會拒絕，直接就做出決定。溫以凡沉默了一下，也很自然地接了一句：「看什麼電影？」

桑延把手機給她：「妳挑。」

溫以凡看看最近上映的電影，倒是不少，而且評分都很高。她看完介紹，在一部災難片和一部恐怖片之間糾結著。

在這個時候，桑延忽地問：「妳跟妳繼妹關係不太好？」

溫以凡繼續糾結，順帶誠實地回：「對。」

桑延倒是沒見過這個沒脾氣的人能跟誰關係不好：「為什麼？」

「因為是重組家庭。」溫以凡言簡意賅，回答得近似敷衍。說完，她立刻扯開話題，把手機遞給他看，「這部災難片還有這部恐怖片，你想看哪一部？」

桑延盯著她看了幾秒，沒有回答。

溫以凡依然沒繼續剛剛的話題，又問了一次：「你想看哪一部？」然後，她抬頭與他撞上視線，很快便垂下眼。

桑延又沉默片刻，隨意看了兩眼：「災難片吧。」

溫以凡：「好，那我挑位子，坐後排嗎？」

「嗯。」

話題似乎就這麼被岔開。

溫以凡稍微鬆了口氣，不再去想家裡的事情。她正想點進災難片的購票介面，忽地想起剛剛桑延毫無猶豫地選擇這部的模樣。接著，溫以凡又想起他怕鬼的事情。

她遲疑了一會兒，猶豫地退出來，改點進恐怖片。也不知自己是鬼迷心竅還是欲望作祟，接下來的動作都極為順暢，到付款介面時，她才面不改色地把手機遞給他：「好了。」

桑延毫不懷疑，看都沒看就輸入支付密碼。

溫以凡挑的是最近的場次，此時距離開場只剩半小時了。兩人直接到電影院所在的樓層，取完票後，在外頭等待進場。

趁著這個空隙，桑延看了一眼電影票。注意到電影名後他動作頓了一下，又掏出手機上的購票紀錄對比，眉眼稍揚地問：「妳訂了恐怖片？」

聽到這句話，溫以凡裝模作樣地看向他的手機，過了幾秒才回過神說，「我好像買錯了。」

桑延轉頭看她，眼裡帶了審視的意味。

溫以凡回視著，表情中沒半點心虛。

過了好一陣子，桑延才意味深長地「噢」了一聲。

這感覺有點像是被抓包了，讓溫以凡本來平靜如水的心情瞬間起了波瀾。應付完後，漸漸地，她也有點後悔自己的行為，畢竟認真想想，這是桑延害怕的東西，好像不太好。

想到這裡，溫以凡提議：「要不然重新買一次吧？我把錢轉給你。」

桑延：「不用。」

恰好開始驗票進場了。

溫以凡的愧疚越來越明顯，心頭像被一顆沉甸甸的石子壓著。坐到位子上後，她猶豫再三，還是叫了他一聲：「桑延。」

桑延：「嗯？」

「如果你等一下害怕的話，」雖然結果是一樣的，但溫以凡現在提出這個提議的目的，絕對不是像一開始那樣不純正，「我可以保護你。」

桑延愣住：「妳說什麼？」

溫以凡舔舔唇，沒繼續說。

好幾秒後，聯想到前因後果，桑延像是終於明白了什麼。他笑出聲來，肩膀和胸膛微顫，彷彿覺得好笑至極，笑時還帶出淺淺的氣息。

在這暗沉的光線下，溫以凡隱約能看到他唇邊的梨窩。

她莫名有點窘迫：「我就是買錯票了啊……」

「好。」桑延勉強止住笑意，不慌不忙地說，「是我小看妳了。」

與此同時，電影開始播放。

溫以凡假裝沒聽見，抬眼盯著螢幕。

整個電影持續一個半小時，偶爾溫以凡看到關鍵時刻，隔壁的桑延會突然湊近她的耳邊，用氣音吊兒郎當又欠揍地說：「好可怕喔。」不然就是：「怎麼？還不來占——」說到這裡，又很刻意地停住，意有所指地改口：「保護我？」

一場電影下來，溫以凡感覺自己什麼都看了，又好像什麼都沒看。總之絲毫沒有記憶點，腦子裡反覆地迴盪著桑延像是挑釁又像調情的話。她甚至都分不清桑延到底是害怕還是不害怕。

回家的路上，溫以凡又想起鄭可佳的話。雖然之前溫以凡也覺得桑延對她似乎有點不同，卻也擔心這只是她自作多情的想法。但從旁觀者的視角來看，好像也是這樣，也覺得桑延對她是有好感的。那就代表這段時間的感覺，應該都不算是她的錯覺。

順著窗戶的倒影，溫以凡看到自己彎起的唇角。她眨眨眼，卻也沒半點收斂。

到家之後，溫以凡想起剛剛在烤魚店裡的合照。進房間前，她主動問道：「今天拍的照片你可以傳給我嗎？」

桑延正坐在沙發上看手機。聽到這句話，他關掉螢幕，散漫地說：「我沒有。」

溫以凡點點頭，也沒強求。

第二天，溫以凡到公司上班。

剛打開電腦，蘇恬也到公司了，又習慣性地問她進度。

再度跟蘇恬提起這個話題，溫以凡已經有點把握了，但她不知道接下來該怎麼做，乾脆問問這個戀愛前輩的意見。

蘇恬摸下巴：「那感覺差不多可以告白了吧。」

溫以凡：「……這麼快嗎？」

「不快了吧。」蘇恬說，「只是談個戀愛，又不是說立刻就要結婚定下來什麼的。如果妳還是擔心只是錯覺的話，也可以等對方主動？」

想到昨天桑延問問題時自己閃避的態度，溫以凡只能搖頭。

蘇恬覺得她這個態度有點奇怪：「我怎麼感覺妳對這個鴨中之王，好像格外戰戰兢兢？怎麼做什麼都一直瞻前顧後的？」

溫以凡笑：「我有嗎？」

「有啊。」蘇恬開導她，「妳真的不用想太多，就是談個戀愛！不是什麼大不了的事！」

溫以凡嗯了聲，繼續敲鍵盤。

「我知道了。」

兩人之間，似乎只剩下戳破那層未點破的薄膜，溫以凡也不知道自己在恐慌什麼。

也許是，不知道他還介不介意從前的事情，以及，不知道該怎麼跟他提及那些不想提的過往，又或許是，她不知道戳破之後，得到的結果是靠近，亦或者是永久的疏遠。

所以就算她渴望再近一步，也寧可暫時龜縮，只希望跟他待在一起的時間能因此變得久一些。

兩週後，溫以凡突然收到通知，要到北榆市出差一趟。因為突如其來的隧道坍塌，引發了慘重的損失。事件一發生，在網路上也引發熱議，鬧得沸沸揚揚的。

溫以凡立刻回家收拾行李，因為是休假日，桑延恰好也在家。

看到她著急的模樣，桑延一下子就猜到是什麼原因。在她出門前，桑延主動問了一句：「去北榆？什麼時候回來？」

因為還有後續調查，溫以凡也不太確定：「應該兩三週吧。」

「噢。」

也不知道能不能在他生日前趕回來，溫以凡想說點什麼，又不敢承諾。她拿起行李走到玄關，正打算下樓跟錢衛華會合時，桑延突然道：「喂。」

溫以凡回頭。

「早點回來，」桑延認真又散漫地說，「有話跟妳說。」

溫以凡停住，回頭看他，「現在不能說嗎？」

「現在說了。」桑延把玩著手機，挑眉笑道，「我怕妳無法好好工作。」

溫以凡坐上錢衛華的車子，後座還有穆承允。她跟他們兩個打了聲招呼，然後便繫上安全帶，心不在焉地想著桑延的話。覺得經他這麼一說，她更無法集中精神了。

溫以凡滑滑手機，很快就放下。

從南蕪開車到北榆，全程大約三個小時。現在天也快黑了，怕錢衛華會覺得累，溫以凡打算跟他輪流開，所以想先休息一會兒。

閉眼沒多久，手機就振動了一下。溫以凡拿起來，通訊錄中新的朋友亮起一個紅點。她點開一看，果然又是鄭可佳，正想直接退出時，突然看到她備註的話。

『傳照片給妳，聚餐的。』

溫以凡想了一會兒，按了同意。

那頭立刻傳來一串刪節號：……

鄭可佳：我加妳幾百次妳都沒反應，說要給妳照片妳就馬上同意！

鄭可佳：妳實在太現實了。

過了半分鐘，鄭可佳傳來五張照片。背景都是一樣的，看來是玉米鬚連拍了五張。

溫以凡點開來看。照片裡的她，頭髮隨意披散在肩後，巴掌大的鵝蛋臉，膚色白得像張紙。笑時眼角會微微下彎，豔麗的眉眼變得柔和了幾分。坐在她旁邊的桑延沒看鏡頭，只是安靜地側頭盯著她，唇角微微勾著。

溫以凡的呼吸微微一頓。她順著往後滑，也看了剩下的四張照片。

拍下五張照片，大約持續半分鐘的時間，照片裡的桑延一直都沒看鏡頭，都在看她。

第四十八章　如果我追你

他的側臉輪廓硬朗分明，眼睫微垂，看起來心情不錯。

莫名其妙地，即使這是照片裡的內容，溫以凡依然有種臉紅起來的感覺。彷彿隔著螢幕回到拍照時的那一刻，被桑延盯著的那一瞬間。

溫以凡摸摸耳後，有點不自在地關掉手機螢幕。

桑延的行為明目張膽，沒有任何掩飾。光透過照片，也能感受到那強烈至極的存在感。此時再看到，溫以凡也不知道自己為什麼會完全沒察覺到他的視線。

接著，溫以凡想起先前跟桑延要照片，他直接回絕說「沒有」的事情。

她彎彎唇角，過了幾秒，她重新打開手機，慢吞吞地把五張照片都保存下來。她打開相簿，選了其中一張，認認真真地裁剪，變成僅有他們兩人的合照。

錢衛華直接把車開到坍塌的隧道現場。

這塊區域都是施工地區，旁邊還是一座山，隧道也尚未完全建成。雖然一得到消息，他們一行人就從南蕪趕過來，但現在也已經有不少媒體記者從各地趕來了。

因為怕再次坍塌，導致二次損傷，現場用警戒線攔著，隔出一個安全距離。鐵路局聯合施工單位成立救援隊，從南蕪那邊調派來不少救援人員。

坍塌隧道裡有八名工人受困，目前還不知情況如何。透過施工圖和現場狀況，救援隊在開會商議後，制定了好幾個救援方案。他們試圖先打通幾個通風口，以此來聯絡被困人員，然後又打通一個運輸食品的通道。

在此期間，錢衛華跟救援隊溝通過很多次，都被拒絕採訪。直到情況較穩定後，救援隊才勉強同意，找人帶著他們進去拍了大致的情況。

只有錢衛華和溫以凡進去，穆承允被留在外頭。

隧道深長，本無盡頭的地方被坍塌的石沙阻攔，變得封閉而幽森。裡頭光線陰沉，地上都是泥濘和石子，堆成小小的山坡，髒亂不堪。

上百個救援人員穿著統一的衣服，來來往往。一群人搬運著管線或是拿著各種器材，都忙著自己手上的事情，無暇顧及其他。

對於坍塌事故，溫以凡也做過不少報導，但還是第一次遇到這麼嚴重的，光是看到都覺得心驚膽跳。

基於安全，救援隊不讓媒體記者待太久，他們只是進去大概拍了一下就出來了。回到車上，錢衛華把拍下來的影片傳回電視台，溫以凡也全神貫注地打開電腦寫稿子。

穆承允突然出聲：「以凡姊，妳耳朵後面怎麼了？」

溫以凡茫然：「嗯？」

旁邊的錢衛華也立刻注意到，皺眉：「怎麼流血了，什麼時候弄到的？」

聽到這句話，溫以凡拿出化妝鏡看了一眼。注意到自己耳朵後面被割破了一個小傷口，現在正流著血，看起來有點嚇人。

溫以凡垂下頭，從包包裡翻出面紙，平靜地說：「可能進去的時候被碎石劃到了吧。」

穆承允喃喃道：「不痛嗎？」

溫以凡笑：「還好，被你一說就有點痛。」

做這一行的總有意外，再加上上次桑延因為保護她而受傷，在那之後，溫以凡的包包裡都會備著碘酒和ＯＫ繃等應急處理傷口的東西。溫以凡用面紙壓著傷口止血，簡單處理了一下，然後貼上ＯＫ繃。

整個救援過程持續了四天三夜。八名工人全數被救出，但其中一個被落石砸中頭部，傷勢嚴重。儘管救援隊一直在鼓勵和安撫，但也因為這名傷者的情況，其餘七人的精神狀況都不算好，一被救出便立刻送往醫院。

怕會錯過什麼情況，這段期間溫以凡一行人基本上沒離開現場。大多是輪流在車上休息，又或是回飯店簡單洗漱一下又趕回來。

從醫院回來後，把影片和新聞稿傳回電視台，錢衛華便讓他們先回飯店休息。畢竟接下來還要各處跑，找專家和傷者等相關人員做採訪，還有好一段漫長的時間。

飯店是穆承允訂的，就在事故現場附近，位置有點偏僻，環境也不算好。只訂了兩間房，總共訂了五天，打算之後做後續採訪時再換。

溫以凡一個女孩子一間，另外兩個男人一間。

她花了半個小時洗了個澡，出來後，在傷口上擦了藥，然後躺到床上。

這幾天幾乎沒躺在床上過，溫以凡現在還有種不太真實的感覺。她睏得眼皮都疲了，但還是打開手機看看未讀訊息。

因為沒什麼時間，最近的訊息溫以凡都是抽空回覆。回得也敷衍，大多是對方問了什麼，她就簡單回幾個字。

溫以凡打開跟桑延的聊天視窗。以往的介面，占比多的都是她，現在倒是變成了桑延。他之前遵守的倒數計時在實行一段時間後，漸漸就從語音訊息變成簡單的數字，看起來格外沒耐心。

但自從溫以凡來北榆出差，數字又變回語音訊息，並且在發現她回訊息極其緩慢又敷衍後，在倒數計時完後，他還會補一句：『收到回覆。』

今天的語音後面又多一句。

『回來補顆平安夜祝我平安的蘋果給我。』

溫以凡看了一眼日期，才意識到今天已經平安夜了，離桑延的生日也不遠了。她嘆了一口氣，覺得自己大概趕不回去了。

本來如果沒有這場出差，溫以凡今年應該剛好是元旦輪休。而且今年南蕪沒舉辦煙火秀，她很可能也不用加班，她應該可以跟桑延一起跨年的。

溫以凡嘆了口氣，回道：我到飯店了，準備睡覺。

溫以凡：平安夜快樂。

想了想，她又發了個蘋果的小符號，繼續道：先讓你用眼睛看，回去再用實物補給你。

溫以凡睏得眼睛都睜不開了，回覆完這句就關掉螢幕。但桑延回得很快，下一刻手機便振動起來。她迷糊地睜眼，又點開。

四封語音訊息，一播完就順著往下。

桑延：『行。』

桑延：『睡吧，記得鎖門。』

桑延：『別夢遊到處跑。』

最後一封。

『真的想夢遊的話，自己在房間裡走一走就好了。』他的語氣飛揚跋扈，聽起來依然傲慢又欠揍，『受害者只能是我，知道嗎？』

◇

接下來幾天，溫以凡照例在這座小城市四處奔波。後續採訪比她想像得順利一點，除了部分受訪者的態度不好，其他沒有太大的問題。

桑延似乎也很忙，年底的最後這幾天都在瘋狂加班，有時溫以凡淩晨三四點回覆他訊息時，他甚至還在公司裡沒回家。

不知不覺間，溫以凡在這個城市迎來新的一年。儘管沒日沒夜地加班，但在桑延生日前，溫以凡還是沒能趕回去。本來她預計二號當天可以回去，但那天下午還有最後一個採訪。

這段時間三人都休息不足，錢衛華並不打算當天啟程，怕晚上疲勞駕駛會出什麼事。加上剛好撞上假日，高鐵票早就被一掃而空，溫以凡也沒轍了。

當天淩晨，溫以凡算好時間，傳了訊息給桑延：生日快樂^_^

溫以凡：我幫你訂了蛋糕，應該中午左右會送到家裡。

溫以凡：禮物的話，我回去再給你吧。

桑延：還滿有誠意的。

桑延：不枉費我整整倒數計時七十天。

溫以凡眨眨眼：但今天應該回不去了，明天回。

桑延：噢。

下一刻，桑延傳了語音訊息過來，語氣慵懶，似是有點睏倦。

『那就當我今年生日在明天吧。』

過了一會兒，又傳來一句：『還剩一天。』

◇

隔天下午，溫以凡跟穆承允跑了一趟醫院。錢衛華則獨自去了事故現場，做最後的報導。三人分成兩批，分工合作。

溫以凡採訪的是重傷倖存者。

他在昨天剛恢復神智，溫以凡跟家屬溝通完，約在今天下午。採訪完後，再回去把稿子寫完，這趟出差最後的工作也就完成了。

走出病房，穆承允看了一眼時間：「以凡姊，我們現在回飯店嗎？」

溫以凡點頭，正想說話，不遠處突然響起一個男聲，渾濁又沙啞。她的神色微頓，順勢看了過去，就見到旁邊診間椅子的最前排坐著一個男人。

看起來三四十歲左右，膚色很黑，穿著老舊的衣服，顯得整個人髒髒的。抬頭紋很濃，笑起來臉周都是褶皺，顯得格外猥瑣。此時男人正在講電話，嗓門很大，聲音裡帶著討好的意味，完全沒往這邊看。

溫以凡收回視線，面不改色地說：「嗯，回去寫稿。」

回到飯店，溫以凡打開電腦，迅速把稿子寫完寄給編輯。等審稿過了，她看了一眼時間，才四點出頭。她發了一會兒呆，覺得房間裡有點悶。

溫以凡不想待在房間裡，想著都來這座城市一趟了，乾脆出去逛逛。她拿著房卡出門。

才在飯店裡待了一下子，外頭的天就陰沉下來，大片大片的烏雲擠成一團，替這座城市加上一層冷色的濾鏡，感覺非常壓抑。

對溫以凡來說，這座城市一點都不熟悉。她只在這裡待了兩年，而且大部分時間都在學校和大伯家，根本沒有其餘消遣。她完全不清楚這個城市有什麼玩樂的東西，只知道固定的那幾個地點。

現在住的飯店在北榆市中心，離她的高中很近。

溫以凡漫無目的地在周圍逛著，不知不覺就走到那家熟悉的麵館。她的腳步停下，盯著看起來跟幾年前沒有絲毫差異的店面，神色有點呆滯。

等溫以凡再回過神時，她已經走進店裡。

店內光線白到刺眼，裡頭的裝潢沒有太大的變化，只是有些東西換新了。桌椅還是以當初的格局擺放，分成整齊並排的兩排。

就連收銀臺前的老闆，也還是當初的那個人。但他明顯老了一些，身子稍稍佝僂，連頭髮都開始發白。

溫以凡有種進入另一個世界的感覺。

她停了幾秒，然後抬腳坐到從前每次跟桑延來時坐的位子。她垂下眼，安安靜靜地盯著貼在桌上的菜單。

沒多久，老闆發現她的存在，問道：「要吃點什麼？」

溫以凡抬起眼：「一碗雲吞麵。」

話音剛落，老闆就認出她來了。他神色訝異，起身往她的方向走近了一點，笑容和藹至極：「小同學，是妳啊？妳很久沒來了啊。」

溫以凡點頭：「嗯，我大考完就不住在這個城市了。」

「這樣啊。」看到她獨自過來，老闆的嘴唇動了動，像是想問點什麼，但還是什麼都沒說，「那妳等一下，我這就去做。」

「嗯。」溫以凡笑，「不急。」

老闆進去廚房。

店裡只剩溫以凡一人。她看了一眼手機，沒看到微信有什麼動靜。

在這個時候，外頭猛地響起嘩啦啦的動靜。擠壓著的雲層終於承受不住重量，斗大的雨點向下砸，跟水泥地碰撞，發出巨大的聲響。

整個世界都變得模糊了起來。又濕又冷的空氣擴散開來，讓人清醒，卻又忍不住失神。

在這熟悉的環境裡，恍惚間，溫以凡有種回到從前的錯覺。她看向對面空蕩蕩的座椅，彷彿能隔著時光，看到年少時沉默地坐在自己對面的桑延。

那個從初次見面起，就驕傲到像是絕不會低頭，活得肆意妄為的少年，卻在最後見面的那一次輕聲問她：「我也沒那麼差吧。」

甚至將自己的行為，都歸於最令人難堪的「纏」字。

這麼多年，溫以凡好像從未為自己爭取過什麼。她總縮在自己的保護殼裡，活得循規蹈矩，不與人爭執，也不對任何人抱有過重的感情。就連對桑延，她似乎都把自己放在一個安全的位置。儘量做到不越界，儘量讓自己能夠全身而退。只敢慢慢地朝他放鉤子，等著他咬住餌，親自把自己送上門來。

可此時此刻，溫以凡突然一點都不想把主導權放在桑延那邊。她不想讓桑延從以前到現在，都一直只是付出的那個人。她不想讓桑延在說過那樣的話之後，如今還要因為她再度低下自己的頭。

麵恰好在這個時候送了上來。

老闆露出熟悉的笑臉：「快吃吧，我這老頭都有點不好意思了。我這手藝都多少年了，還是沒有任何變化，難得妳還能回來捧場。」

溫以凡應了聲好。

老闆邊絮絮叨叨邊回到收銀臺旁：「怎麼突然下這麼大的雨？變冷了……」

溫以凡垂眼，盯著眼前熱空空的麵，霧氣襲上，她莫名覺得眼眶有點熱。她用力眨眨眼，鼓起勇氣拿起手機，打電話給桑延。

聽著那頭的嘟嘟聲，溫以凡的腦子有點放空，完全不知道自己接下來該說點什麼。

響了三聲，那頭就接了起來。

似乎是在睡覺，桑延聲音有點沙啞，帶著被人吵醒的不耐：『說。』

溫以凡輕聲叫他：「桑延。」

他靜了幾秒，似乎是清醒了一點：『怎麼了？』

儘管答案好像已經很明確了，但她依然恐懼，依然擔心未知的事情。

她有非常多顧慮。怕真的就是自己的錯覺；怕他喜歡的只是高中時的那個自己；怕他還會介意自己曾經為他帶來的傷害；怕在一起之後，他會不會突然發現，她其實也沒他想像的那麼好。

可這一刻，溫以凡想跟他攤牌。想清晰地告訴他，想讓他覺得，他並不是永遠是單方面付出的那一個。那個能多次跨越一個城市，獨自坐上一個小時的高鐵，只為了來見她一面的少年，他所做的那些行為，都不是他想像中的「纏」。

她其實也把那些時刻，當成寶藏一樣珍藏著，只是從來不敢回想，也從來不敢再提起。

在這一刻，溫以凡清晰地聽到自己心跳的聲音：「你之前說的話還算數嗎？」

桑延：『嗯？』

「你說，如果我追你的話，」溫以凡停了一下，壓著聲音裡的顫抖，一字一句地說完，「你可以考慮考慮。」

這句話一落，那頭像是消了音。一切停滯下來，連呼吸聲都聽不見。

「我就是想提前先跟你說一下這件事。」溫以凡緊張得有點說不出話，她不知道桑延會怎麼答覆，努力把剩下的話說完，「那你先考慮一下。」

說完，也不等他回覆，溫以凡便匆匆掛斷了電話。

沉默了一會兒，溫以凡盯著她放在桌上的手機，沒再有任何動靜，像是以此給了她答覆。

溫以凡也不知道該怎麼描述自己現在的心情。

良久之後，溫以凡低頭，慢慢地吃起麵。味道的確跟以前沒有任何區別，湯底很淡，麵也一點嚼勁都沒有，非常一般。她不太餓，卻還是慢慢地把所有的麵都吃完。

外頭的天漸漸暗了下來，雨勢依然很大，沒有半點要停下來的樣子。

溫以凡放下筷子，看著外頭，模樣安安靜靜的。

察覺到她的目光，老闆主動提：「小同學，我給妳一把傘吧，這雨看起來短時間之內不會停。妳看妳什麼時候有空再來，到時候再還我就行。」

溫以凡搖頭，笑道：「我想再坐一會兒。」

以後應該不會再來了，溫以凡想。所以她想再看看這個地方，希望能記久一點。希望到老的時候都依然記得，曾經有個這麼珍貴的地方。原來，在那段那麼透不過氣的時光裡，還有這麼一個能讓她偷閒的地方。

時間一點一滴地過去。

注意到外頭的雨聲漸小，溫以凡慢慢地回過神。她沒再繼續待下去，收拾好東西，正打算起身跟老闆道別離開時，門口傳來動靜。

溫以凡順勢望去，神色一愣。

視野所及之處，只剩下突如其來的桑延身影。他穿著純黑的防風外套，領子微微擋住下顎。手上拿著一把透明的傘，肩上稍稍被打濕。

進門之後，桑延也不往別的地方看，直接對上她的視線。

這一刻，一切都像放慢了下來，像是進入老電影之中。

狹小的麵館，多年來都維持著同樣的模樣，顯得破敗又懷舊。店裡放著不知名的港劇，看起來年代感很強，背景音樂混雜著雨聲。

男人的背後，還是那大片的雨點，迷迷濛濛的。他穿透那些趕過來，看起來像個風塵僕僕，終於找到歸宿的旅人。

老闆在這個時候出了聲：「帥哥，你要吃點什麼？」

似乎還記得這老闆，桑延抬起眼笑了。他用跟從前同樣的稱呼，禮貌地道：「下次吧，爺爺，我這次是來接人的。」

老闆抬頭：「是你啊。」

桑延點頭。

「我剛剛看這小同學自己一個人來，還以為你們不聯絡了。」說著，老闆看著他們兩個，「——真好。」

彷彿想起從前，老闆感嘆地說：「這麼多年了，你們還在一起啊。」

聽到這句話，溫以凡的手指有點僵。

桑延卻什麼也沒解釋，只點點頭：「我們先走了，下次來北榆，會再來光顧您的生意。」他看向溫以凡，朝她伸手：「過來。」

溫以凡站起身，走向他：「你怎麼來了？」

桑延垂眼，盯著她的模樣：「妳打電話時，我就在高鐵上。」

溫以凡喔了聲。

桑延把傘打開，隨意道：「走吧。」

溫以凡也走進傘裡。因為剛剛的電話，現在跟他待在一起讓她有點尷尬，主動找話說：「你怎麼知道我在這裡？」

「來北榆，」桑延說，「習慣來這裡了。」

兩人走出店門口，順著街道往前。

這個城市落後，這麼多年都沒有太大的變化。再往前，就是兩人走過多次的小巷。往另一個方向走，就是桑延每次來回時等公車的公車站。

兩人沉默地往前走。不知過了多久，桑延的腳步忽地停了下來，溫以凡隨之停下。

周圍是鋪天蓋地的雨聲，重重地拍打著傘面，幾乎蓋過所有聲音。雨點落到地上的水窪上，開出一朵又一朵只綻放一瞬間的小花。

這盛大的雨幕，像是個巨大的保護罩，將他們兩個與世界隔絕開來。

桑延低頭看她，忽地喊：「溫霜降。」

聽到這個稱呼，溫以凡的心臟重重一跳，猝不及防地抬起眼。

「我呢，一直覺得這種話太做作，只說一個字都覺得丟臉。」桑延眸色深沉，似乎比這深不見底的夜色還悠長，「但這輩子，我總得說一次。」

溫以凡訥訥地看著他。

「還沒發現啊？」桑延稍稍彎下腰來，與她漸漸拉近距離，眉眼間的少年氣息一如當年，「這麼多年，我還是——」

他的話順著這七零八落的雨點，用力向下砸，彷彿也砸在她的心上。

「只喜歡妳。」

第四十九章　我來收禮物

從桑延突然出現在麵館的不真實感，在此刻因為他的話再度升騰，幾乎要填滿溫以凡的所有思緒，讓她無法回神。

溫以凡愣愣地看著眼前的人，提心吊膽了一整晚的心情，被另一種情緒取而代之。她的鼻子一酸，嘴唇動了動，卻有點說不出話來。像是個從未奢望過的驚喜，從來不敢想的渴望突然毫無徵兆地降臨。她不敢相信，所以連伸手去接的勇氣都沒有，深怕一伸手，眼前的所有一切就會消失不見。

一瞬間，溫以凡想到去年年底在「加班」酒吧，意外再遇見桑延的事情。在他表現出那副看似陌生人的姿態，並且對她的態度一直不佳時，她也盡可能地讓自己不要去在意。因為她覺得可以理解，也覺得這都是理所當然的。

所有一切，都是她的行為所應承擔的「果」。

溫以凡是為桑延帶來傷害的人，所以在他那麼珍貴的回憶裡，並不值得讓她這個人占據一席之地。對他來說，她也許甚至無關緊要到，她所留下的所有痕跡都能被路過的另一個人所覆蓋掉。

她以為，她就只是這樣的一個存在。可在這一刻，溫以凡才真切地意識到好像不是這樣。也許他遇過許多形形色色的人，也許在這個過程中，他對她的情感早已經淡了下來，然而，他一直沒有忘記她。

這麼多年了，所有一切都在變化，但我還是，只喜歡妳。

溫以凡眼睛眨也不眨地盯著他。

突然很希望人的記憶可以像影片那樣，可以用機器分成一幀一幀的場景。如果是那樣，她就能把眼前這一幕永遠保留下來。永遠都忘不掉，也永遠都不想忘掉。

見她一直不吭聲，桑延微微抿唇，看上去似乎也有點沒把握。

「喂，說話。」

被他的話打斷思緒，溫以凡回過神來。她輕輕吸了一下鼻子，覺得自己應該得回應點浪漫的話。但現在接下這個驚喜，她什麼都只想小心翼翼地對待：「如果你覺得說這種話做作——」

桑延垂眼看她。

溫以凡認真說完：「那以後就由我來說吧。」

聞言，桑延的神色一愣。

像小孩拿到了極其珍貴的玩具一樣，溫以凡的耳朵漸漸發燙，不知道該做出什麼反應，每個字句都謹慎至極：「不過現在對我來說，也有點困難。」

桑延盯著她，唇角漸漸小幅度地彎了起來。

這句話結束，又沉默下來。

溫以凡思考了一下，自己似乎還沒回應他的告白。她看了他一眼，總覺得這件事還沒結束，得繼續把流程走完：「那我們現在就是──」

「嗯？」

「兩情相悅。」

聽到這句話，桑延像是忍不住似的笑了，又是一陣悶悶的笑聲。

溫以凡不知道他在笑什麼，又自顧自地拉回正題：「所以從現在開始，你就是我男朋友了？」

桑延仍在笑：「是。」

溫以凡抬眼，看著眼前的男人在笑。他右唇邊的梨窩凹陷，笑時眉眼舒展開來，看上去心情極為愉快。

溫以凡的嘴角也莫名彎了起來。

那股不真實的感覺絲毫沒有消退，反而愈演愈烈。可她仍舊因此感到極為快樂，只希望這個只會發生她期望發生之事的幻境，就這麼持續下去，再也不要有任何變化。

身分突然間轉換，讓溫以凡短時間內不知道該如何跟他相處。她沒再說話，只盯著他近在咫尺的面容，眼皮上那顆淡淡的痣格外清晰。

溫以凡漸漸又失了神。因為這不安感，讓她聯想到是不是這雨夜之中，有妖怪偽裝成他過來蠱惑人心。

下一秒，桑延稍稍止住了笑，又出了聲，語氣吊兒郎當地說：「高興成這樣？」

溫以凡：「嗯？」

「噢，也是。」桑延打量著她唇角的弧度，悠悠地說，「能得到我這麼卓絕千古的男人，的確值得高興個十年八載。」

「……」

桑延大發慈悲般地說：「好，妳繼續吧。」

溫以凡舔舔唇，默默地把剛剛的想法收回，妖怪應該沒辦法做到這麼無恥。

北榆的氣溫比南蕪稍低些，加上下了一段時間的雨，現在風都有些刺骨。此時才八點出頭，街道上很多店都已經打烊了，只剩幾家熱炒店還開著。

兩人繼續往前走。

溫以凡主動問：「你訂飯店了嗎？」

桑延：「沒有。」

溫以凡下意識看向他，頓時注意到他肩膀上沾到的雨水。他的外套防水，沒有滲透進去，此時順著衣服往下滑。她下意識抬手，幫他拍了拍，又問：「你吃晚飯了嗎？」

「也沒。」說著，桑延抓住她的手腕，制止她的行為，「拍什麼拍，不冷嗎？」

溫以凡提醒：「你把傘挪過去一點，你看你衣服都濕了。」

「溫霜降，」桑延的指尖溫熱，稍稍上挪，輕輕捂了一下她被雨水染濕的手，很快就鬆開，「享受別人服務的時候，不要提那麼多意見，懂？」

溫以凡盯著自己還抬在半空中的手，過了幾秒才慢慢收回。雖然只是一瞬間，但被他握過的地方似乎開始發燙，將雨水沾染的冰涼驅散掉。

她握了一下手心，不知為何，莫名把手插回口袋裡。

兩人一路上都沒怎麼說話，大多數時間都保持沉默。但無聲之中，總有似有若無的曖昧正在纏繞，將兩人包裹在內。

路過一家水果攤時，溫以凡突然停下腳步。

桑延看她：「怎麼了？」

溫以凡：「買點東西。」

桑延沒問她想買什麼，只是懶懶地說：「嗯，去拿。」

溫以凡走進去，只拿了兩顆蘋果。然後她拿到收銀臺，剛想付款時，桑延就已經拿出手機付了錢。

老闆把蘋果裝進袋子裡，遞給他們。

桑延接過，隨口問：「想吃蘋果？」

溫以凡指指蘋果，又指指他，言簡意賅：「說過會給你實物。」

桑延噢了聲。

走出水果攤，溫以凡又在附近幫桑延買了晚飯。

不知不覺，兩人就走到溫以凡住的飯店。她往櫃檯走，提了個建議：「那你今晚也住這個飯店，明天跟我們的車一起回南蕪？」

桑延：「好。」

溫以凡詢問了一下櫃檯人員，用桑延的身分證訂了間跟她同一層的房間。在此期間，她順帶看了一眼他身分證上的照片，看起來比現在稍微稚嫩些，眉眼微揚，骨子裡的傲慢毫不掩飾。看起來好像是他大學時拍的。她忍不住多看幾眼。

桑延瞥她：「幹嘛？」

溫以凡正想解釋，一抬眼就撞上他那張隨著時間流逝，更顯傲慢的臉。

她立刻把話咽了回去：「沒什麼。」

櫃檯辦好手續後，桑延拿好房卡和身分證，兩人往電梯的方向走。他把房卡塞進口袋裡，很自然地把身分證給她。

溫以凡順勢接過，但不知道他要做什麼：「怎麼了？」

桑延慢條斯理地道：「想看就看。」

沒想到桑延會有這個舉動，溫以凡一愣。她垂頭看著身分證上的桑延，過了幾秒，又抬頭看向手插口袋，站在她旁邊等電梯的桑延。他沒往她的方向看，只盯著電梯上的數字。

溫以凡收回眼，彎了一下嘴唇。

兩人上到三樓。

溫以凡注意著牆上的指示牌，指了指方向：「你的房間好像在那邊。」

桑延理所當然地說：「帶我去找。」

「好。」把他帶到房間門口，溫以凡也不知道自己適不適合進去，猶豫地說，「那我先回房間了？」

桑延側頭：「妳還有工作？」

溫以凡：「沒有。」
桑延：「妳有別的事？」
溫以凡：「沒有。」
「那妳回去幹什麼？」桑延覺得荒唐，直接從口袋裡掏出房卡遞給她，「自己進去。」
溫以凡接過房卡，打開門。她走進去，坐在床邊的椅子上。感覺他有點不高興，她小聲解釋：「因為我們才剛確認關係，我怕我直接進入你的私人空間，會讓你覺得不愉快。」
桑延把手上的東西放到桌上：「妳這句話聽起來還真像個正人君子。」
「……」
「誰能想到，」桑延回頭，語氣閒散又浪蕩，「妳已經把我全身都摸遍了。」
溫以凡想替自己辯駁一下，又覺得他說的好像是事實。她沒回應這句話，只是提醒，「你先吃晚飯吧，好晚了。」
聽到這句話，桑延問：「妳吃了沒？」
溫以凡點頭：「吃了麵。」
說話時桑延已經走回她面前，自顧自地觀察她一會兒，忽然皺起眉：「妳做的是什麼工作？」
溫以凡：「啊？」
「能不能講點道理？」桑延的語氣有點不痛快，「我花那麼長時間幫妳養起來的那點肉，妳出差半個月就給我弄沒了？」
溫以凡有點茫然，正想說話，下一秒，桑延的目光頓住，像是注意到什麼。

他直接坐到她旁邊，抬手將她耳邊的頭髮挽起。他的舉止輕而繾綣，沒有觸碰到她的皮膚。

但這距離還是讓溫以凡僵住：「怎麼了？」

桑延發現她耳後的傷口，唇角的弧度漸收。

「怎麼回事？」

溫以凡還沒反應過來，慢一拍地問：「嗯？」

桑延垂下視線，指腹不受控地在那道傷口上輕輕抹了一下：「怎麼弄的？」

聽到這句話，溫以凡突然想起自己在現場受的那個小傷。距離受傷已經過了好幾天，現在都已經結痂了，也沒什麼痛感，她幾乎都快忘記這件事情了。

「被碎石刮到了，」因為他的碰觸，溫以凡有點緊張，「沒有很嚴重。」

桑延沒再觸碰她，仍看著她耳後。

「就是有個刮痕，沒事。」溫以凡乾脆自顧自地扯開話題，「對了，你怎麼會過來北榆？我不是跟你說了，我明天就回去嗎？我還幫你訂了蛋糕。」

桑延放下手，漫不經心地說：「我來收禮物。」

溫以凡啊了聲：「但我幫你準備的禮物還放在家裡。」

良久之後，桑延拖著尾音「噢」了聲。

溫以凡補充：「我回去再給你。」

「嗯。」桑延盯著她的唇，忽地說，「幫我拿一下手機。」

溫以凡看了過去，卻沒在桌上看到他的手機。她回頭，想告訴他說手機不在那裡，但話還沒說出口，就見原本跟她有點距離的桑延身子向前傾，此時幾乎是在她原本的位置上。

她刹車不及，嘴唇從他唇角邊擦過，溫以凡的身體僵住。

桑延也保持原來的姿勢，定在原地沒動。盯著她嚇到的模樣，他的神色不明。兩秒後，他的唇角輕輕勾了一下，低聲道：「謝了。」

「……」

「現在收到了。」

第五十章　把持不住

沒等溫以凡做出什麼反應，桑延站直身子，堂皇而之地從口袋中拿出手機，隨便摸了兩下。之後，他像是才反應過來，語氣又跩又不要臉：「原來在這裡。」

「……」

他又非常貼心似的提醒：「那不用拿了。」

不知是不是心理作用，溫以凡覺得嘴唇有點發麻。本就狹窄的房間似乎變得更小了，曖昧為室內加了溫，平添一股燥熱。

盯著他唇角的位置，定格幾秒，溫以凡忽地站了起來。

「我去洗蘋果。」

說完，溫以凡也不等桑延回應，直接拿起蘋果就進了廁所。她欲蓋彌彰地把門關上，盯著鏡子裡耳根明顯變紅的自己，腦子裡全是剛剛不經意間的碰觸。

她平復呼吸，打開水龍頭。洗顆蘋果也不需要太久的時間，怕過於明顯，溫以凡沒待太久，洗完便走出廁所。

現在桑延正站在桌邊，將裝著晚餐的袋子拆開。溫以凡坐到他旁邊，沒主動出聲，而桑延瞥她一眼，也沒再提及剛剛「收禮物」的事情。

似乎事情過了，兩人都不好意思再提及，這件事情就這麼結束了。

溫以凡的心情也漸漸放鬆。她咬了一口蘋果，突然覺得他很淒慘，過生日的時候得跟她一起待在這破爛的飯店裡，連晚飯都只能吃在外面隨意打包的東西。

現在再想起來，溫以凡依然覺得在麵館碰到他的事情格外迷幻。因為一直沒等到他的回應，當時她都已經做好了回南蕪之後就跟他商量搬家的打算。

正準備離開時，他卻在那一刻從天而降。

老闆說的那句：「這麼多年了，你們還在一起啊。」他沒有回應，之後也沒有再提起。沒有問她為什麼會去那裡，沒有提起從前的事情，也沒有一定要她給一個理由。像是不在意，又像是不想再提以前的事情。也像是，在兩人在一起的那一刻，他就已經放下了過去，將所有一切釋懷，只把目光放在眼前的當下。

等桑延吃完晚飯，溫以凡也剛好啃完蘋果。她想跟他找點話題聊聊，卻又不知道該說點什麼，總有點小小的不自在，彷彿還沒適應兩人的新關係。

注意到時間已經不早了，加上蘋果也吃完了，溫以凡覺得自己沒有繼續留下來的理由，卻又想多跟他待在一起。她低頭，沒主動出聲，自顧自地玩起手機。

桑延把晚餐整理好，看了她一眼：「還要吃嗎？」

溫以凡抬頭：「啊？」

桑延拿起桌上的另一個蘋果，走過來塞進她手裡。彷彿看出她的狀態，他輕挑了一下眉，唇角也勾了起來：「這顆吃慢一點。」

溫以凡：「你不吃嗎？」

「不吃。」

「喔。」溫以凡又看了一眼時間，盤算了一下，小聲地說，「那我再吃半個小時？」

桑延看她：「還可以再吃慢一點嗎？」

溫以凡咬一口蘋果，含糊不清地道：「……可以。」

房間又陷入沉默。

收拾完東西後，桑延坐到溫以凡旁邊，也百無聊賴般地玩著手機。她下意識側頭看他，恰好對上他微微上彎的嘴角。

溫以凡盯著看了幾秒，默默地收回視線。她第一次談戀愛，也不知道是不是所有人都是這樣。就算沒有話說，就算有點侷促，但還是想跟對方待在一起，還會因為這有點不自在的相處感到心情愉悅。

溫以凡主動問：「你的高鐵票是什麼時候買的？」

桑延抬眼：「嗯？」

「我昨天本來也想買今天的票，回去幫你——」溫以凡稍稍停了一下，繼續說，「過生日的，但是都已經沒票了。」

桑延放下手機，慢吞吞地說：「上週。」

溫以凡愣住：「那你上週怎麼知道我今天趕不回去？」

「不知道，就先買了。」桑延說，「反正可以退票啊。」

溫以凡咀嚼的動作頓住，過了半晌，她把嘴裡的東西吞下去，也提了一句：「那我以後也這樣做。」

桑延低笑了幾聲。

溫以凡繼續吃著蘋果，但一小顆蘋果，就算她盡可能放慢速度也吃不了多久。她咬掉最後一口，猶豫地說：「那我先回去了？」

桑延嗯了聲。

溫以凡：「我們明天早上八點就要出發，你今天早點睡。」

桑延：「好。」

把蘋果核扔進垃圾桶，溫以凡起身，往外走了幾步，又回想起自己還有一件沒做的事情，忽地回頭：「桑延。」

桑延跟在她後面：「怎麼了？」

溫以凡對上他的眼，很認真地說了一句：「生日快樂。」

桑延笑著應下。

「你的生日願望是什麼？」

「不說了。」

溫以凡脫口而出：「為什麼？」

「因為，」桑延抬手，輕輕拍拍她的腦袋，認真又漫不經心似的說，「已經實現了。」

◇

回到自己的房間，溫以凡半個身子躺在床上。她愣愣地盯著空中，模樣像是失了神，過了半晌又忽地扯過旁邊的枕頭，打了個滾。

一整晚壓抑著的情緒在此刻，在獨自一人的空間裡，似乎完完全全地釋放出來。

溫以凡的眼睛亮晶晶的，用枕頭捂住自己的臉，覺得完全無法斂住這飄飄然的心情。直到情緒緩過來了，她才從口袋裡翻出手機，看了一下未讀訊息。

一眼就看見鐘思喬傳來一連串訊息。

鐘思喬：（圖片）

鐘思喬：天啊，桑延發朋友圈了。

鐘思喬：他有對象了？

鐘思喬：妳知道是誰嗎？

鐘思喬：那妳還跟他合租嗎？到時候他女朋友會不會找妳麻煩啊？妳要不要藉此跟他提一下叫他搬出去的事情？

溫以凡頓了一下，點開那張圖，是鐘思喬截圖的桑延朋友圈。

他只發了張圖片，沒有任何文字。

圖上是溫以凡幫他訂的那個生日蛋糕，上面是她特地囑咐店員寫的「桑延生日快樂」六個字。

桑延拍照技術不太好，這張照片看起來還有點糊，像只是隨手一拍。

鐘思喬跟桑延的共同好友不少，截圖可以看到底下有一堆留言，大多是在祝福他生日快樂，但其中還夾雜著不少吐槽桑延行為的話。

『？』

『你被盜帳號了？』

『我上次生日跟他提了一下，他還說大男人的過什麼生日，還說我做作！』

『正常點ＯＫ？無人 care ！』

最底下，桑延統一回覆了一句：

『不好意思呢，女朋友叫我發的。』

溫以凡退出圖片。儘管她根本沒提過這個要求，但看到桑延的朋友圈，她剛壓下的情緒又瞬間高漲了起來。

溫以凡眨眼，回覆鐘思喬：應該不會。

溫以凡：他的女朋友是我。

傳完這句，溫以凡盯著看了一會兒，嘴角彎了起來。她又打開跟錢衛華的聊天視窗，提了一下明天回去時想帶一個朋友的事情。

錢衛華很好說話，立刻同意：好。

收到這句話的同時，溫以凡的微信也炸開了。

全是鐘思喬單方面的轟炸。

『？』

『？？？』

『？？？？？？』

這件事，溫以凡的確完全沒跟鐘思喬提過，她有點不好意思和小內疚，回了一句：就大概是這樣。

溫以凡：剛確認的事。

鐘思喬：妳之前不是跟我說你們兩個完全不來電嗎！

溫以凡想不起自己有說過這樣的話：有嗎？

鐘思喬：當然有！

鐘思喬：可能原話不是這樣，但意思就差不多是這樣！

溫以凡：喔……

溫以凡：那就是我……

溫以凡：把持不住吧。

鐘思喬：……

鐘思喬：？

隔天早上。

溫以凡收拾好東西，先去桑延的房間找他。見到他，她依然有種很不真實的感覺，「我們在樓下吃個早餐，然後就開車回去了。」

桑延睏倦地嗯了聲。

溫以凡又看他一眼，沒再說什麼，帶著他到錢衛華和穆承允所在的房間門口。

沒多久，另兩人也從房間裡出來。

四人都見過面，錢衛華在桑延家著火時見過他一次，所以此時見到桑延，錢衛華也不驚訝，只是打了聲招呼：「來北榆出差還是來玩？」

桑延言簡意賅：「找人。」

穆承允的目光在桑延和溫以凡身上轉了一圈，什麼話也沒說。

四人下了樓。

錢衛華和溫以凡拿著房卡去退房，桑延和穆承允在一旁等著。

站了半分鐘，穆承允主動出聲，笑容可愛：「桑學長，雖然知道你是想見以凡姊，但她出差你還跟過來，這好像不太合適吧。」

聞言，桑延側頭看他，神色淡淡的。

「以凡姊個性溫和，應該不會跟你生氣，」穆承允說，「但你也得多替她考慮一下。」

似乎覺得他說得有理，桑延慢吞吞地道：「噢。」

可能是因為上次被他吐槽，這次穆承允想為自己爭回點面子。他頓了幾秒，嘆了一聲：「你這樣追人，也怪不得沒用。」

退完房，溫以凡跟錢衛華往桑延的方向走。

兩人離這裡大概五六公尺遠，正在說話。桑延比穆承允稍高些，長身鶴立，氣質也完全壓過對方。他的神色悠哉，像是完全沒把對方看在眼裡，也沒把對方的話當話，只當成是耳邊風，聽了就過。

溫以凡隱隱聽到桑延說：「早過了那個階段。」

站在他對面的穆承允似乎是愣了一下。

過了幾秒。

「我們現在是，」說到這裡，桑延的視線與她對上，彷彿想到了什麼，他勾起唇角，一字一句地說，「兩、情、相、悅。」

「……」

「兩情相悅，」桑延重複一次，傲慢地補了一句，「聽過這個詞嗎？」

「……」

錢衛華不知道前情，聽不懂他們在說什麼，只以為他們在說些年輕人的話題，所以也沒插嘴。但溫以凡很清楚這句話是出自她的口中，而且距離她說完才過不到一晚的時間，桑延這句話還是盯著她說的。

此時此刻，溫以凡莫名有種，桑延這句話更像是在說給她聽的感覺。而且她昨晚說完這句話之後，桑延的確還笑了半天。

那基本上可以破案了，他大概是覺得自己正正經經地說這句話看起來很傻。

溫以凡抿唇，有點小尷尬。

唉，可是她又沒有經驗，只覺得這種事情應該都得有個儀式感，畢竟又不像登記結婚那樣有法律效力。既然沒有別的證明，至少也得用言語走完流程，才顯得這段關係正式一點。

因他們兩人的到來，桑延和穆承允的對話也就此被打斷。

溫以凡默默走回桑延旁邊。

兩人走在後面。沒多久，溫以凡感受到桑延突然用指尖輕勾了一下她的手指，只一下便放開，力道不輕不重，有點癢。

溫以凡下意識仰頭，對上他微側著的臉。

桑延眼神低垂著盯著她，笑容略顯玩世不恭。他稍稍彎腰，湊到她耳邊，低聲問：「妳呢，聽過沒有？」

第五十一章　妳男友要來接妳

尷尬一過去，溫以凡的情緒也調整得很快。她並不覺得這句話有什麼不能提的，坦然許多。她輕輕點了一下頭，附和般地說：「聽過。」

桑延側頭看她。

「是我說的。」

這家飯店開在一條有點偏僻的街道上，四周的店面不多。但對面剛好就有一家早餐店，現在店裡已經有不少顧客，大多是住在周圍的街坊鄰居。

四人隨意點了份早餐，吃完便離開。車子就停在飯店附近，路程大約五十公尺。

錢衛華年紀大了，這段時間的奔波和熬夜，他的身體的確吃不太消。這幾天一直腰痠背痛的，極其缺乏休息。穆承允還沒拿到駕照，所以昨晚他們就已經說好今天讓溫以凡來開車。

車程總共三個小時，算起來也不算太遠。一路上，另兩人多是在休息，只有副駕上的桑延偶爾會跟她說幾句話。

到南蕪後，溫以凡先把桑延送到社區門口，又把車子開回電視台。

把車子開到停車場，溫以凡下了車。三人把設備從車上拿下來，往大樓的方向走。錢衛華一個人走在前面，此時不知正在跟誰講電話。像是憋了一路，沒多久，穆承允就突然叫住她。

「以凡姊。」

溫以凡側頭：「怎麼了？」

穆承允沉默幾秒，語氣像是肯定卻又不太想相信。

「妳跟桑學長在一起了嗎？」

因為讓桑延一起搭車，溫以凡先前也不太好意思直白地說兩人的關係，怕會給人一種她公私不分，比起工作更像是過來談戀愛的感覺。

不過仔細想想，除了回程的路上多帶一個桑延，這趟出差，溫以凡似乎也沒耽誤到什麼，覺得此時也沒什麼再瞞著的理由，溫以凡點頭：「嗯。」

穆承允又安靜了一會兒，很快便笑著說：「這樣啊。」

先前根據蘇恬的話及穆承允表現出來的行為，溫以凡也看出了他的心意。但兩人平時接觸不多，再加上他沒直接提過，她也沒太放在心上。

溫以凡鬆了一口氣。感覺藉這個機會說清楚這件事，也算是對彼此都好。

回到辦公室，溫以凡跟其他人打了聲招呼，便開始翻閱資料瘋狂寫稿。她只想儘快把收尾的工作完成，迅速結束這場持續了半個月的加班，然後回家休息。

臨下班前，溫以凡收到桑延的訊息，問她什麼時候下班。她在心裡思考了一下，回了個大致的時間：七點左右。

溫以凡：怎麼了？

下一刻，桑延傳了語音訊息過來，聲音慢條斯理地說：

『只是想先跟妳說。』

過了三秒，又一封。

『妳男友要來接妳。』

◇

把剩餘的工作做完，溫以凡收拾好東西，走出公司，一眼就看到桑延的車子就停在附近。她快步往那邊走，直接坐上副駕駛座。

桑延換了一身衣服，看起來似乎是在家休息了一會兒，此時精神好了不少。

不知道他為什麼要過來，溫以凡問道：「我們現在要去哪裡嗎？」

「回家。」桑延側頭看了她一會兒。

溫以凡回視他：「怎麼了？」

又安靜了片刻，桑延沒說話，突然鬆開自己的安全帶，湊過來幫她把安全帶繫上。他的臉在一瞬間拉近，距離近在咫尺。繫完後，他也沒立刻回去，就維持這個距離把話說完。

「妳不是還欠我一個禮物嗎？」

這距離連彼此的氣息都能感受到。

溫以凡下意識屏住呼吸：「你不是說已經收到了？」

桑延揚眉。

溫以凡眨了一下眼睛：「那我把這份禮物留到明年給你吧。」

「我那只是為了顧及妳的面子，把話說得好聽一點。」桑延眉梢輕佻，語調拉長而慢，「但誰才是收禮物的那個，妳不清楚嗎？」

「我覺得，」溫以凡思考了一下，莫名有點想笑，「我們一半一半吧。」

「……」

「就……親到之後，」要說出口，溫以凡也有點不好意思，但她還是很認真地敘述了昨天的情況，「你好像也滿高興的。」

桑延瞥她，倒也沒再繼續反駁。他的目光下滑，定在她的嘴唇上，然後坐直身子，發動車子：「好。」

「嗯？」

桑延很坦然：「我承認。」

這時間再回家做晚飯就有點晚了。

途經附近一家餐廳時，桑延把車子停了過去，進去買了份晚餐，然後兩人才回家。

半個月沒回家，房子裡跟她離開前似乎沒什麼差別，東西依然放在原位，也都整整齊齊的。溫以凡剛坐下打算吃飯，桑延就把她拉起來。

溫以凡茫然地看他。

桑延提醒：「妳是不是忘了什麼事情？」

溫以凡立刻想起來，起身往房間走：「你等我一下。」

走進房間，溫以凡打開衣櫃，把她放在最上面的袋子拿下來。她往裡頭看了一眼，後知後覺地有些擔心，也不知道他會不會喜歡。

溫以凡走回餐桌旁，把袋子遞給他。

桑延接過後隨意地往裡頭掃了一眼：「衣服？」

溫以凡點頭：「外套。」

桑延垂眼，拿出來看。

是一件純駝色的長款大衣。可能是沒穿過這種顏色的衣服，桑延盯著看了一會兒，問道：「怎麼買這個顏色？」

溫以凡觀察著他的表情：「我覺得滿適合你的。」很快，她又補了一句：「而且我沒看你穿過這種顏色的衣服。」

雖然他好像比較喜歡穿黑色，但溫以凡偶爾還是想看看他穿別的顏色的衣服。

溫以凡也不知道自己這禮物買得好不好，心情有點忐忑：「你不喜歡的話，要不然我幫你換個禮物？」

桑延笑：「我什麼時候說不喜歡了？」

「……」

「今年收到不少禮物，論滿意程度。」桑延刻意地停了好一陣子，才很認真地說：「這個排第二吧。」

溫以凡啊了聲，順勢問：「第一是什麼？」

「第一？」桑延沒直說，「昨天收到的。」

昨天？昨天就是桑延生日當天，收到的東西應該不少。她送了蛋糕，他們也是昨天確立了關係。還有，照桑延的那個說法，那個唇角的吻應該也算。

溫以凡也不太肯定跟她有沒有關係，但又想知道答案，只好再問一遍：「是什麼？」

桑延讓她猜：「妳覺得呢？」

溫以凡不知道他還收到了什麼禮物，想到其他人的禮物也都很珍貴，也不好貿貿然地認領了這個第一。她伸手拆起面前的包裝袋：「那我先猜猜。」

但她這猜測的時間還不到半分鐘，倏忽間，溫以凡腦袋上的力道一重，她下意識抬眼，就見桑延把手搭在她頭上，又用力揉了一下她的頭，不像正常人那般溫柔。

很快，桑延的動作就停了下來，唇角淺淺勾起。

「謝了。」

他的手仍放在溫以凡的腦袋上。

溫以凡一動也不動，與他那雙漆黑的眼眸撞上，有點不明白：「謝什麼？」

桑延笑：「禮物。」

聞言，溫以凡的目光下挪，在他手上的外套上定格。

「還有，別猜了。」桑延收回手，輕描淡寫地說，「第一是妳。」

吃完晚飯，溫以凡回到房間。

準備好可以睡覺後，她趴回床上，正回想著桑延剛剛最後說的話，房門突然被敲響。她一愣，坐了起來。

也不知道這個時間桑延要做什麼，她立刻起身，把房門打開。

桑延站在門外，看起來也剛洗完澡。穿著休閒服，頭髮半濕，軟軟地垂在耳側，有點蓬鬆。見她打開門，他側過頭，似乎是在往她耳後看。下一刻，桑延皺起眉，直接拉住她的手腕往懷裡帶。

順著這力道，溫以凡的身子前傾，額頭撞上他的胸膛。

她毫無防備，茫然道：「怎麼了？」

桑延另一隻手抵著她的後頸，沒再有多餘的動作。然後，他稍稍偏頭，低眼看她耳後的位置，停了好一會兒，像是在觀察著什麼。

溫以凡瞬間明白了。這貼在一起的距離，加上他剛洗完澡，身上的檀木香極為濃郁，溫以凡感覺他的目光像是實體化了，被他碰觸的地方都有點發燙。

溫以凡想往後退，卻又被他固定著，動彈不得。

桑延淡淡出聲：「擦藥沒？」

「沒有。」溫以凡舔舔唇，解釋道，「已經結痂了，不用塗了。」

「碰到水了。」桑延鬆手，語氣有點不爽，「妳根本就沒看吧。」

桑延往外走，順帶拋下一句：「出來擦藥。」

溫以凡下意識摸摸自己的耳後，這下才察覺到的確有點刺痛和發腫，她也沒太注意這點小傷，跟上桑延的腳步。

從電視櫃裡翻出藥，桑延往沙發抬抬下巴：「坐那裡。」

溫以凡不覺得是什麼大事：「這點傷自然而然就會好的。」

桑延沒搭理她這句話，走回來坐到她旁邊，面無表情地湊過去。他拿起棉球，像是想幫她把傷口表面的水擦掉。

氣氛有點凝重。

這個情況，讓溫以凡想起先前她幫他擦藥時的場景。

總覺得得做點什麼來緩解一下這個氣氛。

餘光見到桑延即將碰觸到她，溫以凡思考了一下，突然往後閃躲。

四目對視。

溫以凡擠出一個字：「痛。」

凝重像是在這一瞬間被打碎。

桑延的表情也沒忍住，似笑非笑地道：「妳詐騙啊？」

溫以凡想說這些招式都是從他那裡學來的，但還是決定給他留點面子。她又靠了回去，隨意地提：「結痂了之後我就沒怎麼管了，以為差不多好了。」

暗示他不要再繃著臉了。

桑延沒回應這句話：「妳的工作常常受傷？」

「啊？」溫以凡想了想，「也不是。」

「……」

「偶爾吧，這次我也不知道是什麼時候受傷的，」溫以凡笑著說，「而且我沒立刻發現，是我同事跟我說了我才知道，不會很痛。」

桑延用碘酒幫她消毒，模樣像個混世魔王，動作卻很輕。

「真的不痛？」

不知怎的，聽到這句話，溫以凡聲音一停，莫名就把否認的話咽回嘴裡。她盯著桑延的側臉，下意識如實回答：「有一點痛。」

桑延的力道似乎又放輕了點：「現在痛不痛？」

溫以凡：「還好。」

處理完，桑延把棉花棒扔進垃圾桶：「明天洗澡不要碰到水。」

「好。」

桑延開始收拾東西，散漫地說：「去睡覺吧。」

溫以凡喔了聲，站起身走向房間。但很快她又回過頭，看著還坐在沙發上的桑延冒出一句：「你明天還會幫我擦藥嗎？」

像是沒想過她會說這句話，桑延的動作停住，也看了她好一會兒才收回視線。

「洗完澡自己過來找我。」

第五十二章　被妳男友帥到了？

擦完藥回房間，溫以凡胡思亂想了一陣子。

在這一瞬間，她才真切地感覺到自己是真的在跟桑延談戀愛。從他出現在北榆到現在的那種不踏實感，在此刻才像是終於落地。

臨睡前，溫以凡又迷迷糊糊地地想起桑延晚飯時說的那句話。她稍稍清醒了些，還來不及深思，又在下一刻被睏意拉進夢境裡。

——『第一是妳。』

不是吻。

這趟出差後，包括之前的輪休以及這次的元旦假期，電視台幫溫以凡批了三天的假。

溫以凡本想藉著這個假期跟鐘思喬見一面，但她家裡事情多，也一直抽不出時間。兩人也不急於一時，直接決定改約時間。

對溫以凡和桑延在一起的事情，鐘思喬沒驚訝太久，過後也覺得這是件理所當然的事情。替溫以凡高興之後，她只提了句她脫單了，之後得請吃飯，溫以凡笑著答應。

短暫的三天假眨眼間便結束。

從年初就開始下了幾場接連不斷的大雨，將南蕪的氣溫降至個位數。原本就冰冷的空氣摻了濕氣，使得寒意加倍，凍得人骨頭都在發顫。

在編輯室待了接近半個下午，溫以凡回到辦公室，打開電腦，翻閱了一下桌上的資料，打算把今早寫完的提綱整理好就下班。恰好在這個時候，蘇恬從外頭回來。

餘光注意到她的身影，溫以凡抬頭，跟她打了聲招呼。算起來，兩人也接近一個月沒見面了。

溫以凡從北榆回來那天，蘇恬就恰好被派到鄰鎮出差。這段時間事多，能同時待在辦公室的時間少得可憐，更別說閒聊幾句。

蘇恬趴在桌上，有氣無力地嘆息道：「我男朋友生氣了。」

溫以凡轉頭，關切地問：「怎麼了？」

蘇恬：「最近通西區那邊新建的商圈不是開始營業了嗎？那裡有南蕪第一個摩天輪！我男朋友早跟我約好了要去坐，我當時也同意了。」

「然後呢？」

「然後，還不是因為這爛工作！我又放他鴿子了！」蘇恬越說越生氣，「就是這麼巧！我一要下班，附近就有人掉到下水道裡！」

「……」

蘇恬：「他已經氣得跟我冷戰好幾天了，我懷疑再有下次，他就要跟我提分手了。」

溫以凡覺得好笑：「妳跟妳男朋友說，工作的話也沒辦法，他應該可以理解的。」

「唉，一次兩次還好。」蘇恬表情很哀愁，也有點煩躁，「次數多了，根本不可能理解。他還想叫我辭職換份工作，我也是服了他了。」

聽到這句話，溫以凡愣住，思考著她和桑延的工作好像都滿忙的。不過，所幸是兩人合租，所以除非是忙到連回家的時間都沒有，其餘時候，他們幾乎每天都可以見面，也算是忙裡偷個閒。

抱怨完後，蘇恬突然又想到要問進度了：「對了，妳跟妳那鴨中之王如何了？」

話題突然扯到自己身上，還是這個極為熟悉的問題，溫以凡差點習慣性地脫口說出「還在努力當中」六個字。

她沒有說話，只是揚起唇角，但表現出來的意思很明顯。

見她這個模樣，蘇恬立刻懂了：「妳成為鴨中之后啦？」

溫以凡差點嗆到，「妳這什麼詞？」

「什麼什麼詞，王不就是跟后搭配的嗎？」蘇恬笑咪咪地，也很替她高興，「什麼時候在一起的啊？雖然我本來就不覺得妳會失敗，但我也沒想到妳動作還滿快的。」

溫以凡誠實地回答：「二號。」

「二號？」蘇恬問，「妳不是那天才從北榆回南蕪嗎？」

「對。」

「所以妳出差完就跟他約會去啦？」

溫以凡沒解釋，只笑著點點頭。

「有空帶給我看看！」蘇恬很好奇這「鴨中之王」到底是什麼等級，畢竟這稱號是溫以凡這種盛世美顏冠上的，「我也想看帥哥。」

溫以凡應道：「好，有機會的話。」

與此同時，溫以凡的手機響了一聲，她低頭看去。

桑延：還有多久下班？

溫以凡沒剩多少工作了，回道：快了。

溫以凡：你呢？

桑延：在加班。

過了幾秒，可能是覺得這句話有語病，他又補了兩個字：酒吧。

溫以凡問：你今天不用加班？

桑延：剛下班。

下一刻，桑延傳了語音訊息過來：『差不多了就叫我。外面冷，出來前把圍巾戴上，我到妳公司樓下的時候再下來。』

溫以凡：好。

收起手機，溫以凡沒再跟蘇恬閒聊。她看向電腦，沉吟片刻，手指在鍵盤上飛速敲打了起來，一瞬間就進入工作模式。

蘇恬收回視線，恰好看見剛回來的穆承允。

穆承允手上拿著設備，像是剛從外頭採訪回來。從她們旁邊路過時，也不像往常一樣，十分明顯地看著溫以凡。

見狀，蘇恬又湊到溫以凡旁邊：「噯，那小狼狗知道妳有對象了是嗎？」

溫以凡不想讓桑延等太久，隨口應道：「嗯。」

「怪不得。」蘇恬搖搖頭，「他只差沒把失戀兩個字寫在臉上了。」

桑延收起手機，喝了口冰水。

旁邊的蘇浩安正在跟余卓炫耀各種戀愛經驗。作為一個遊歷情場多年的老手，他格外自負，說話時像是要用下巴看人：「厲害吧，我蘇浩安活到這麼大，就沒遇過我把不到的妹子。」

余卓非常捧老闆的場，豎起大拇指：「浩安哥厲害！」

「也沒什麼。我吸引人的地方，主要也不是因為我是個高富帥，理由非常單純，」蘇浩安笑咪咪地強調，「只是因為我這個人的人格魅力格外出眾罷了。」

「厲害。」桑延看不慣他這德性，輕嗤了聲，「所以不是被戴綠帽就是被甩。」

蘇浩安氣炸了，指著他鼻子罵，「放屁！是我不想談太久好嗎？都是被我引導的分手！這是我獨有的紳士風度！」

桑延懶得理他，拿起一旁的大衣穿上。

「唉，說起來，我最喜歡的還是我的第十二任。」蘇浩安喝了口酒，嘆息道，「是個可可愛愛的大學生，說話聲音也甜，像棉花糖一樣。我追到沒多久，就把持不住跟她接吻了。」

桑延整理一下衣服。

蘇浩安又補充：「伸舌頭的。」

「然後，她當天回去就跟我提了分手。」可能是真的覺得傷心，蘇浩安的聲音都低了幾分，「說我是個渣男，輕浮得要命，第一次接吻就伸舌頭，經驗一定很豐富。」

余卓下意識說：「這句話也沒錯，你當時也的確第十二任了。」

蘇浩安面無表情地看他：「滾吧，趕快去做事。」

語畢，蘇浩安又看向桑延。注意到他身上的駝色大衣，蘇浩安忍不住吐槽：「你這衣服怎麼回事？看起來有點娘。」

聽到這句話，余卓也看過去：「很酷啊。」

被他瘋狂砸場，蘇浩安氣瘋了，拿了個空菸盒丟他：「你這臭小子還不去工作？」

余卓立刻跑了：「噯噯噯！我這就走！」

「你嫂子買的，」桑延這才緩慢地回話，語氣很欠揍，「人家想看我穿這個顏色呢。」

「……」

「走了。」桑延看了一下手機，「你自己一個人繼續在這裡吹牛吧。」

蘇浩安叫住他：「喂，你跟你女朋友到什麼進度了啊？」

桑延沒回答。

「老處男，剛剛聽到我的慘痛經歷沒有？要循序漸進喔。」蘇浩安的語氣很賤，「別嚇跑唯一一個能接受你這狗脾氣的對象了。」

「噢，謝了。」桑延扯了一下唇角，「不過呢。」

「？」

「我並不打算聽你這些毫無用處的意見。」

蘇浩安無言：「你什麼時候把你女朋友帶來給我們看看？都幾天了，有必要藏那麼深嗎？你是不是對自己沒自信啊？怕你女朋友看上我？」

聽到這句話，桑延停下步伐上下打量他一圈，悠哉地拋下一句：「你也只能在這裡吹牛了。」

把最後一點內容完成，溫以凡關上電腦，起身走出辦公室。想起桑延的話，她從包包裡拿出圍巾裹上。到一樓時，手機剛好振動了一下。

桑延：到了。

溫以凡回了個「好」，沒再停留，快步走出大樓。往四周掃了一圈，她沒看到桑延的車以及人影，又拿出手機看了一眼。

這個時候，溫以凡的身後一暗，桑延突然出現在她旁邊，漫不經心地問：「在看什麼？」

溫以凡抬頭，就見到桑延穿著她送的那件駝色大衣。因為要跟她說話，他的身子微彎著，表情很淡，五官曲線硬朗分明，生得格外清俊。

買之前，溫以凡就覺得這是個很溫柔的顏色。本以為會壓下幾分不可一世的氣質，哪知一般是人靠衣裝，他倒是讓衣服看起來酷了不少。

溫以凡的目光定在他身上，覺得自己挑衣服的眼光極好，成就感在頃刻間爆棚，莫名還產生了個要努力賺錢，瘋狂買衣服給他穿的念頭。

「怎麼？」注意到她的神情，桑延挑眉，「被妳男友帥到了？」

溫以凡回過神，彎起唇笑：「嗯，被我男友帥到了。」

聞言，桑延垂眸看著她笑，過了一會兒，他也揚起唇角。他抬手幫她整理一下圍巾，慢條斯理地道：「那就多看幾眼。」

溫以凡站在原地，抬起頭看他：「你從『加班』過來的嗎？」

桑延嗯了聲。

「那你以後如果要跟你朋友玩的話，不用過來接我。」溫以凡的目標是成為一個善解人意的女朋友，認真地說，「我自己回去就可以了。」

桑延悠悠地說：「跟那群大男人有什麼好玩的。」

桑延的車子停在馬路對面。兩人並肩往那頭走，中間留了二十公分左右的距離，像是還能裝下一個人。走到馬路旁，兩人停下來等著紅綠燈。

溫以凡往他的方向看了一眼，目光下滑，盯著他裸露在外的手。她收回視線，掩飾般地整理了一下圍巾。

過馬路好像是牽手最自然的方式。溫以凡看到紅綠燈上正倒數著的時間，注意力卻不完全在上面。還剩三秒時，她又垂下眼，幫自己做好心理建設。

三、二——只剩一秒。

但溫以凡還沒做出動作，桑延突然抬手，握住她的手腕。他沒看她，目光看著前方，似乎只是想帶著她過馬路，拉著她的力道也鬆鬆的。

溫以凡的步伐比他小一些，跟在他的身後。她盯著被桑延握著的手腕，正想著這樣也滿好的，忽地就注意到他的指尖緩慢地下挪，一寸一寸，直到觸碰到她的掌心。

然後，桑延十分自然地握住她的手。

他的手掌寬厚而溫熱，像是帶了電流，將她的手包裹在內。

溫以凡心臟跳動的速度漸漸加快，全部的注意力都放在自己的左手上。因為他的舉動，腦子也有點反應不過來。第一個念頭就是，被搶先了！她不過晚了一秒。

兩人上了車，溫以凡繫上安全帶：「我們現在回家嗎？」

桑延看了一眼腕錶：「吃個飯再回去吧。」

溫以凡：「好。」

桑延發動車子：「想吃什麼？」

溫以凡：「都可以。」

桑延：「那先找個商圈吧。」

聽到這個詞，溫以凡忽地想起蘇恬的話。她看了一眼桑延，遲疑地提議：「去通西區那邊那個新商圈怎麼樣？」

桑延也沒問緣由，只嗯了一聲。

溫以凡盯著他，鎮定地補充：「順便約個會。」

說完，溫以凡便看向窗外，表現出一副自己什麼話都沒說的樣子。

過了一會兒，她聽到桑延那頭似有若無地笑了一聲。

車程大約半個小時。

這商圈已經建了好幾年，最近才正式開放。因為位置不在市中心，加上宣傳不多，所以人潮也不算多。此時接近晚餐時間，商圈裡也沒什麼人。

天已經徹底暗了下來，商場總共六樓，從外頭看去，可以看到頂樓有個大型的摩天輪，散發彩色的燈光，時不時變換色彩，非常漂亮。

這是南蕪第一個摩天輪，大概也會成為這個商圈招攬人潮的噱頭。

溫以凡盯著看。她也沒坐過這種遊樂設施，正在想著桑延會不會願意坐這玩意兒時，下一刻，她的手再度被桑延握住，注意力也隨之被打斷。

桑延側頭，神色如常：「吃什麼？」

溫以凡頓了頓，感覺心跳的速度又快了點。她垂下眼，溫吞地回握住他的手，然後感覺到他的力道似乎又重了幾分。

過了片刻，溫以凡才小聲回：「吃點清淡的吧。」

桑延的唇淺淺勾起，牽著她往前走：「好。」

最後，兩人挑了商場二樓的一家家常菜館。

對面的桑延把菜單推到她面前，隨意道：「妳看看想吃點什麼？」

溫以凡接過來，翻了幾頁：「你呢？」

「都可以。」

「你不是有……」莫名想到先前自己想請他吃飯、還人情時桑延說的話，溫以凡拿著筆，順口問了一句，「很多忌口的東西嗎？」

桑延悠閒地說：「噢，現在沒有了。」

溫以凡抬頭看他，有點想問第一次在「加班」見面時，他為什麼裝作不認得她的事情。但想了想，也大概能猜到緣由。

兩人也一起住了一年的時間，溫以凡按照桑延的口味點了幾道菜，把菜單遞回給他。

桑延掃了一眼，隨後抬眸看了溫以凡一眼，眉眼稍稍揚起。很快，他拿著筆也畫了兩道，便抬手招來服務生。

上來的第一道菜不是溫以凡點的，但是是她喜歡吃的東西。

溫以凡眨了眨眼。

吃完飯後，兩人也沒急著回去。只是手牽著手，隨意閒聊著，在商場裡逛了一圈。他們一樓一樓地逛，這一樓逛完就繼續往上，不知不覺就爬到頂樓。

推開頂樓的玻璃門，便是一個大型的露天平臺。

彷彿用這一道門隔開了兩個世界，頂樓跟樓下幾樓很不一樣，明顯多了一大圈，看起來熙熙攘攘，就像是所有人都只為了這座摩天輪慕名而來。

此時售票處前的隊伍很長，已經排到最後的位置，還繞了一圈。見狀，溫以凡還是忍不住說：「我們要不要也去坐一輪？」

桑延應了聲，直接牽著她走過去。

隊伍雖長，但消化得也很快，一下子就輪到他們兩個。買完票，兩人走到驗票處，把票遞給工作人員，一前一後地走進小座艙。

等門闔上，溫以凡才想起來要問：「你會怕高嗎？」

桑延閒閒地說：「我的字典裡沒有這個詞。」

溫以凡：「你不是怕鬼嗎？」

聽到這句話，桑延也不知是想起了什麼，莫名笑了一聲。然後他靠到椅背上，慢吞吞地改口：「是，我的意思是，沒有『怕高』這個詞。」

摩天輪緩慢移動，狹小的空間裡，很應景地放著情歌。隨著摩天輪上升，周圍還發出嘎吱的聲響。底下的人頭漸漸縮小，遠處的景色也越發開闊，可以將整座城市的模樣全部裝進視野之內。

兩人對立坐著，有一搭沒一搭地說著話。

很快就要升到頂端了。

「感覺這個地板，」溫以凡垂著頭，自顧自地說著話，「如果弄成透明的，是不是會比較吸引人來坐……」

說著，她抬起頭，恰好撞上桑延漆黑的眼眸。

溫以凡這才注意到，他不知從何時開始就止住了話。

像是氛圍到了，耳邊的情歌也成了催化劑。桑延的喉結輕輕滾動了一下，低著眼，朝她的方向靠近，動作似乎被這只剩下兩人的密閉空間拉得很慢。

隨著動作下拉，眼前的男人面容越發清晰，帶著極為明顯的暗示和徵兆。

溫以凡嘴裡的那句「怎麼了」頓時卡在喉嚨裡，她下意識捏住衣服下襬，眼睛一眨也不眨，只是直直地盯著他。

等待著他即將而來，更近一步的接近。但一切還沒有後續的發展時，桑延的手機響了起來。

他的動作頓住，氣氛也隨之被拉垮。

桑延唇線拉直，神色似乎有些不痛快。他仍然盯著溫以凡的唇，沒多久便坐了回去，拿出手機接起電話，直接按下擴音。

溫以凡掃了一眼來電顯示，是錢飛。

『桑延，我想好了。』一接通，錢飛的聲音就大剌剌地傳來，『我年初八擺酒席，你覺得怎麼樣？這是我找大師挑的良辰吉日，一個天時地利人和的日子，我聽完他的分析後覺得非常滿意。』

不等他應聲，錢飛又補充：『所以，你覺得不怎樣也沒什麼用。』

「……」

溫以凡還有點心不在焉。

她摸摸耳後，還能摸到前段時間那道傷口淺淺的凸起。她的表情也有點不自在，也不知道剛剛是自己的誤解，亦或者是桑延真的有那樣的想法。

「關我屁事。」桑延不耐地道，「你是不是哪裡有毛病？」

『……』

「這件事你不找你女朋友商量，」桑延說，「你找我商量？」

錢飛：『不就是因為你最閒嗎？』

似乎不想跟他多說什麼，桑延突然瞥了溫以凡一眼，把手機遞給她。

「幫我掛了。」

「……」

溫以凡有點茫然他為什麼不能自己掛，但還是接了過來。

那頭的錢飛立刻說：『什麼掛了？』這句話剛落，他立刻反應過來：『我靠，你要掛我電話！你是不是人！還有，誰在你旁邊？誰敢掛錢哥的電話？』

溫以凡不敢動了：「要掛嗎？」

『……』錢飛頓時消了音。

像是達到了目的一樣，桑延氣定神閒地道：「掛。」

電話掛斷後，錢飛也沒再打過來。

座艙內安靜了一會兒，溫以凡回想著錢飛這一號人物，漸漸跟印象裡一個胖胖的男人重疊。想到這裡，她問：「錢飛是要結婚了嗎？」

桑延嗯了一聲，語氣很隨意：「跨年求的婚，成功之後，元旦那天還把我拉出去喝酒。」

溫以凡一下子被轉移注意力：「那你也喝多了嗎？」

桑延：「有點。」

溫以凡：「那你們是去『加班』喝嗎？」

聞言，桑延看著她笑了：「妳是在查勤嗎？」

溫以凡正想解釋，桑延又道：「放心，我周圍沒別的異性，都是大男人呢。」

「……」

「不過，」桑延悠閒地補充，「這些人對我有沒有意思，我就不太清楚了。」

「……」

摩天輪轉一圈的時間大約十五分鐘，轉眼間就到了，兩人走下摩天輪。

溫以凡扯著他往前走，思緒還全數都在剛剛被電話打斷前，桑延那突如其來的靠近。她看著前方，莫名地用手心抹抹自己的臉。

她側頭看向桑延，現在他面無表情，似乎完全沒受影響。

剛剛那一瞬間的事情，似乎只是溫以凡一個人的錯覺。

溫以凡勉強收回心思，翻出手機看了一眼時間。此時九點半剛過，應該還可以去看場電影。這麼一想，她又開始看手機，想看看最近上了什麼電影。

兩人沉默地往前走。

路過一對情侶時，溫以凡忽地聽到女生在說：「聽說在摩天輪頂端接吻的情侶會一輩子在一起耶，等一下我們也親吧。」

男生聽了之後笑了，卻吐槽一句：「妳從哪裡聽來的？幼稚。」

溫以凡的視線從螢幕上挪開，看向那對情侶。

她沒聽說過這種傳言，卻因這句話又想起剛剛的場景。溫以凡的臉頰又有點熱了，她轉過頭，想著要不要跟桑延提一下這件事情時，就見他正若有所思地看著那對情侶。

過了幾秒，桑延收回視線，與她的目光撞上。

「走吧。」

這反應明顯是沒把情侶的話放在心上。

溫以凡點頭，也說不上是失落還是鬆了口氣。她把手機遞給他，笑著提議：「那我們現在去看電——」

她的話還沒說完，桑延懶懶地抬抬下巴，直截了當地道：「再坐一次。」

第五十三章　是要讓妳相信的

溫以凡沒聽出他這句話是開玩笑還是認真的，她停在原地，像沒聽清楚一樣，反應也有點慢一拍：「嗯？什麼？」

兩人已經走了一段路。桑延拉著她，又往售票處的方向走：「摩天輪。」

這突如其來的舉動，讓溫以凡立刻聯想到剛剛那對情侶說的傳言。她有點不好意思，但還是硬著頭皮問，「你聽到了嗎？」

桑延看著她，語氣吊兒郎當：「聽到什麼？」

等一下他們還要再坐一次摩天輪，所以此時此刻，溫以凡剛剛想跟桑延提一下這個傳言的想法早已完全消散。她輕輕抿唇，感覺現在再提的話，意義就完全不一樣了，像是個暗示。

「沒什麼。」

現在售票處前的隊伍沒之前那麼長。

因為兩人都長得好看，辨識度也高，是只讓人看一眼就能記住的長相，所以排到兩人的時候，售票員一眼就認出他們了，神色有點詫異：「再坐一次嗎？」

溫以凡點頭笑：「剛剛忘了拍照。」

再次上了座艙。

溫以凡還是先上去的那一方，她下意識地坐在自己剛剛坐的方向。但這次，桑延沒坐到她對面，而是自然而然地坐在她隔壁的位子。

看了他一眼，溫以凡的腦子裡又浮現那個畫面。

才剛上來，溫以凡就開始緊張了——為了那不一定會發生的事情。

這次坐摩天輪的心情，跟第一次完全不一樣。

先前溫以凡覺得稀奇，只顧著看周圍的夜景，也只顧著跟面前的桑延說話。除此之外，她完全沒有別的想法，也不知道可以有別的心思。

座艙裡也比第一次安靜許多。

桑延忽地出聲：「溫霜降。」

「嗯？」溫以凡已經很多年沒聽過桑延這樣叫她了。但自從兩人在一起之後，他便改口這麼叫，她居然也完全不覺得不適應。只是覺得，她好像的確是滿喜歡這個稱呼的。

桑延提醒：「不是要拍照？」

溫以凡這才想起自己剛剛應付工作人員的話。她沒解釋，腦海全被那個「傳言」占據，也沒多餘的精力去考慮別的。

他說什麼，她就照做。

下一刻，溫以凡從口袋裡把手機拿出來，認認真真地對著外頭的夜景拍了幾張照。

桑延覺得她的行為極其匪夷所思：「妳在拍哪裡？」

聞言，溫以凡的動作停住，轉過頭來。

兩人四目對視。

盯著桑延的臉，溫以凡遲疑了三秒，猜測般地幫他拍了一張。見他面無表情，溫以凡又拍了幾張，然後她自顧自地看看拍出來的成果。

男人坐姿懶散，目光看著鏡頭，身後是萬家燈火。他的臉在這光線下半明半暗，輪廓不太清晰，但也遮蓋不住他清雋的五官，極為好看。

溫以凡勉強挑了個毛病，就是模樣看起來有點太跩了，像是下一秒就要從螢幕裡掙脫出來，跟人決一死戰。

溫以凡提議：「你要不要……笑一下？」

「……」

「你笑起來有個梨窩，」溫以凡往唇角的位置指了指，誇他，「還滿好看的。」

「什麼梨窩？我沒有那種東西。」像是不指望她似的，桑延從口袋拿出手機，打開自拍模式，「過來一點。」

溫以凡終於意識到他說的拍照是什麼意思。她立刻往他的方向靠近了一點，抬眼，恰好看到螢幕裡的自己。

桑延又吐出一個字：「笑。」

溫以凡順從地露出一個微笑。

桑延隨意按了幾下拍照鍵，然後便放下手機，也不看拍得如何。

溫以凡看著他小聲地說：「我想看看照片。」

「晚一點。」桑延往外看了一眼，忽地拋來一句，「快要到最頂端了。」

聽到這句話，溫以凡不自覺地往外頭看。

這摩天樓建在六樓，原本就有一定的高度，順著望下去還有種漂浮在半空中的感覺。先前沒有的不安感，也因為這樣的高空在此刻湧上心頭。

溫以凡收回視線，輕舔了一下嘴唇。她緊張到手腳都不知道要往哪裡放，卻還是裝成鎮定自若的樣子，話裡多了幾分肯定：「你聽到了。」

桑延承認：「對。」

溫以凡不知道該說什麼了。

她不知道，其他情侶接吻之前，會不會也有提前預告，但她覺得應該是沒有的，因為這種情緒實在是太難熬了。像是每一秒都在希望那一刻能快點來臨，卻又硬生生地被拉長，也極為不知所措。不知道真的來臨的時候，她應該要怎樣應對。

溫以凡只能說話緩解情緒：「你還相信這種傳言嗎？」

桑延笑：「當然不信。」

溫以凡愣了一下。不信的話，他們特地再上來一趟，好像就沒了意義。

說話的同時，桑延也緩緩靠近她：「不過呢。」

溫以凡定在原處，盯著他那雙像是被星空染上光的黑眸，眼裡再也裝不下別的東西。一直擠壓著的手足無措在此刻升到了頂端，似乎也隨之消散。

隨著距離的拉近，桑延的聲音也越來越輕，柔情而繾綣。

「我信我自己。」

一輩子在一起這件事情，只要她踏出第一步，他就相信他能將之實現。

恰好到摩天輪的最頂端。

「這傳言——」

桑延的身子壓了下來。

他抬手抵著她的後腦勺，滾燙的唇順著氣息將她覆蓋。溫以凡連眼睛都忘了閉上，只記得盯著眼前這個占據她視野的男人，別無動作。

只有兩人的小世界，往上，是繁星點點；往下，是燈火輝煌。

似乎只有幾秒的光景。

桑延眼底暗沉，盯著她的眼，啞聲把話說完。

「是要讓妳相信的。」

兩人到家也接近十一點了。

第二天還要上班，溫以凡沒在客廳待多久，就被桑延催著去睡覺。她應了聲，也囑咐他早點睡覺，然後便回去房間。

洗漱完回到床上，溫以凡鑽進被窩裡，把枕頭抱在胸前。恰好在這個時候，床頭櫃上的手機響了一聲。她伸手拿起手機，打開螢幕。

是桑延傳來的訊息。

桑延：（圖片）

桑延：看完睡覺。

他傳來的圖片，是兩人在摩天輪上的合照。

上面的自己笑得溫和，眼角微微下彎，旁邊的桑延神色很淡，只有唇角稍稍扯著，依然一副酷酷的樣子。兩人氣質完全不搭，卻顯得異常融洽。

溫以凡彎起唇角，盯著看了好一會兒才保存下來，設成鎖定畫面。她沒再玩手機，往後一躺，盯著暗沉的虛空，忽地用指腹撫撫嘴唇，再度想起摩天輪上的吻。

只是輕輕一碰，到現在似乎都還殘留著桑延的氣息。

溫以凡又開始臉紅，讓她感覺這大冷天的，房間裡有點悶。她的所有思緒都被桑延占據，自顧自地笑了起來，腦子裡莫名浮現一個念頭——

總會出現這麼一個人，他會讓你覺得，原來，成年人也能相信童話。

◇

年前的這段時間，電視台的事情又多了起來。

一連加了兩週的班，溫以凡才排到一次輪休，但依然是在平日。桑延要上班，所幸她也什麼事都不想做，只在家裡躺了半天。

溫以凡連飯都懶得吃，玩一下手機就睡，醒了又玩，一直沒離開過床。直到桑延快下班時，她才掙扎地爬起來，到廚房準備弄個晚飯。

冰箱裡的生鮮蔬菜不少，起來之後，溫以凡也沒再犯懶，還滿有閒情逸致地做了三菜一湯。等她把最後一道菜端到餐桌上，玄關處也恰好有了動靜。

桑延把車鑰匙擱到一旁，朝她的方向看來。很快，目光又下拉，往餐桌上掃了一圈。他眉梢微揚，換上拖鞋之後抬腳走了過來。

兩人向來如此。

包括在一起之前也一樣，平常都是誰有空誰做飯，也談不上輪流。因為之前是自己一個人，溫以凡懶得動手，但有人跟她一起吃的話，她也很有做飯的熱情。

桑延脫掉外套，順帶揉揉她的腦袋。溫以凡的頭髮被他揉亂，卻也懶得整理。她幫自己裝了碗湯，小口小口地喝著，邊問：「你今天累嗎？」

「還可以。」桑延在她旁邊坐下，「怎麼？」

「那我們等一下看個電影吧，在家裡。」溫以凡提議，「我同事推薦了一部懸疑片，好像還滿好看的。」

聞言，桑延盯著她眼下的青灰：「要是睏了呢，妳就早點睡。」他瞥了一眼時間，「不差這一天。」

溫以凡抬眼。

桑延懶洋洋地說完：「我哪天都可以陪妳看。」

「我不睏，睡一整天了。」溫以凡溫吞地喝完剩下的湯，看了他一眼，「那等一下看？改天我再請我同事多推薦幾部電影。」

「嗯？」

溫以凡：「留著下次看。」

桑延直勾勾地看著她，忽地笑了。他略微拖著尾音，不太正經地說：「溫霜降，妳的目的主要是在電影上呢，還是在我身上？」

溫以凡也看著他，老實地回答：「你。」

桑延的表情微頓。

溫以凡低頭繼續吃東西，細細地補充：「想跟你一起看。」

飯後，溫以凡先到客廳，拿著遙控器找付壯推薦的那部電影。家裡用的是網路電視，她好不容易在其中一個軟體上找到，桑延也收拾好桌子出來了。

他直接坐到溫以凡旁邊。溫以凡按下開始，然後拿起茶几上的水喝了一口。

還有一段廣告時間，溫以凡隨手拿起被她放在一旁的手機，注意到有不少未讀訊息，她隨手打開，隨意地掃了幾眼，恰好點開跟鄭可佳的聊天視窗。

一連串訊息撲面而來。

鄭可佳：我服了。

鄭可佳：妳爸那邊的親戚也太不要臉了吧？

鄭可佳：他們在我家賴了一週了還不走！是想長住嗎？

鄭可佳：怎麼算都是妳跟他們更親吧？妳可不可以趕快把他們帶走？

鄭可佳：妳的大伯母還一直找媽媽要錢（微笑）

鄭可佳：她兒子結婚要買房，跟我們有什麼關係？

那頭的訊息還在接連不斷地傳來，像是把她當成一個發洩的樹洞。

溫以凡盯著看了幾秒，原本的好心情在一瞬間消散。在這個時候，桑延突然出聲打斷她的注意力：「在跟誰聊天？」

她直接將手機螢幕關掉，抬頭。

「想跟我一起看電影就專心點，」桑延悠悠地說，「可以嗎？」

手機還在振動，溫以凡勉強壓下情緒，把手機握在手裡：「知道了，我不看手機了。」

桑延笑意微斂：「怎麼突然這種表情？」

「沒有。」溫以凡轉移注意力，笑了笑，「看電影吧。」

察覺到她不想說，桑延只盯著她看，也沒繼續問。

電影開始。

趁桑延去冰箱拿水果時，溫以凡又點亮手機看了一眼。

鄭可佳的訊息仍是一大串，白色長段的對話框霸占了整個視窗，全是抱怨。這些負能量的話說完後，最下方來了一句很突兀的話。

鄭可佳：媽媽要我問妳，今年過年要不要回來？

溫以凡沒往上拉。

先前加了鄭可佳的微信之後，她沒再說什麼話，所以溫以凡覺得在列表裡不會有影響，也忘了刪掉。這一刻，她連回覆都懶，直接把對方拉進黑名單。

桑延把剛洗完的蘋果放進她手裡，像是想到什麼似的隨口問道：「妳什麼時候放假？」

溫以凡：「嗯？」

桑延：「過年。」

「年初一到年初三，」溫以凡說，「如果有突發事件就得加班。」

「要回家嗎？」

溫以凡沉默了一下：「應該不回。」

「噢，那我算算。」

「算什麼？」

「算算，」桑延偏頭，輕描淡寫地看著她，「什麼時候回來找妳。」

第五十四章　桑延永遠信守承諾

這句話讓溫以凡頓時想起去年桑延說家裡有親戚來，整個新年都沒回家睡的事情。她動動嘴巴，有點說不出話來，半天才擠出一句：「我沒什麼過節的概念，你跟家人待在一起就可以了。」

「拜訪親戚累死了，」桑延笑，「妳覺得我是喜歡過節的人嗎？」

溫以凡也不知道該說什麼，咬了一口蘋果，繼續看電影，心思卻都不在上頭。

想到剛剛鄭可佳的訊息，以及桑延能瞬間察覺到她情緒的模樣，溫以凡有點不知道該怎麼形容自己現在的心情。那些糟糕的情緒，似乎在被其他東西取而代之。說不上差，只讓溫以凡覺得有點悶。

一部分是因為家裡的那些事情，但更多的，是因為桑延，以及自己一直以來的做法。

就算知道她新年不回家，桑延不知道緣由，也什麼都不問。可能是怕這是讓她難堪的話題，所以只是順著她的做法，直截了當地過來陪她。可她卻一直都對這些避而不談，一遇到這種事情，唯一的反應就是逃避，完全不想提起分毫。

他想知道，但她不想說，那他就當作自己不想知道。

溫以凡下定決心，忽地喊：「桑延。」

桑延的視線正放在電視上，漫不經心地回應：「嗯？」

「剛剛傳訊息給我的是鄭可佳，」溫以凡也看向電視，故作平常地提，「她說我媽問我今年要不要回去過年。」

「……」

「但我跟我繼父他們的關係不是很好。」溫以凡停頓片刻，把剩下的話說完，「我爸爸去世沒多久，我媽就再婚了。」

桑延立刻看向她，臉上原本帶著的笑意也漸收：「什麼時候的事？」

溫以凡安靜幾秒，如實說：「高一下學期。」

「……」

「就是，」溫以凡的語氣有點為難，「我上課上到一半，被老師叫出去的時候——」

記憶在一瞬間拉扯出來，回到那個新學期的下午。

溫以凡記得那個冬天極為寒冷，教室內的窗戶緊閉，空氣不流通，卻依然有不知從哪裡吹來的冷空氣。她的手指被凍到僵硬，寫出來的字跟平時都不太一樣。

溫以凡聽著數學老師催眠似的話，有點昏昏欲睡。

在這個時候，章文虹突然出現在門口。她的手上拿著手機，表情有點匆忙和慌亂，打斷了老師的課：「抱歉啊，陳老師。」

數學老師：「怎麼了？」

「有點事。」章文虹看向溫以凡，「以凡，妳出來一下。」

不知為何，見到章文虹的身影的那一刻，溫以凡就有種不好的預感。彷彿在發生什麼大事之前，上帝出於憐憫，為當事人帶來的緩衝。可她只以為是小事，覺得頂多是挨一頓罵，或是把家長叫過來，覺得接下來會發生的只是那個年紀常常經歷的，天塌下來般的「大事」。

四周同學的目光立刻看向溫以凡，就連在桌上趴著的桑延也稍稍直起身。

溫以凡立刻清醒，有點茫然，放下手中的筆走向章文虹。章文虹把她拉到一旁說話。

像是怕刺激到她，章文虹的語氣比任何時候都要溫柔，話裡的同情顯而易見：「妳進去收拾一下東西，妳媽媽剛剛打電話給我，說現在過來接妳。」

溫以凡愣住，「怎麼了？」

「妳爸爸……」章文虹艱難地說完，「情況不太好。」

那一瞬間，溫以凡覺得自己像在作夢。

這句話沒有任何預兆，她的腦子一片空白，只覺得是天方夜譚，聽到了極為莫名其妙的話。可她不敢反駁老師的話，清晰地感覺到自己的全身都在抖。

溫以凡面無表情地回到教室，她站在位子上，直接把抽屜裡的書包拉出來。嘩啦一聲，裡頭的東西順勢被她的力道帶動，灑在地上。

數學老師再次停下講課，皺眉道：「怎麼了？」

溫以凡呆滯地轉頭，回過神：「沒什麼，老師對不起。」

說完，溫以凡慢吞吞地撿起地上的東西，坐在旁邊的同學也蹲下來幫忙。她輕聲說了句「謝謝」，站起了身。溫以凡揹上書包，準備離開。

臨走前，她莫名地看了一眼桑延。他還坐在原地，神色不明，目光放在她的身上。

兩人的視線交會。

溫以凡用力抿抿唇，轉頭走出教室。她的手上拿著章文虹給她的假單，快步走向校門口，大腦裡全是章文虹剛剛的話。

妳爸爸情況不太好。

情況不太好。

這句話是什麼意思？她爸爸為什麼情況就不好了？她爸爸明明好好的，前陣子還跟她說過一段時間就要回家了。

把假單遞給校門口的警衛，溫以凡走出學校，從書包裡把手機翻了出來。她開機，像是想確認結果一樣，立刻打電話給趙媛冬。

過了好一陣子，那頭才接起來。

趙媛冬的聲音帶著哭腔，明顯是剛哭過：『阿降……』

在這一刻，溫以凡才確切地相信了章文虹說的話。她的嘴唇動了動，卻像是有什麼哽在喉嚨，一句話都說不出來，也不想聽趙媛冬把話說下去。

『我讓妳大伯去接妳了，但他過去也要一段時間。』趙媛冬勉強穩住聲音，把話說完，『妳直接搭計程車過來市立醫院，妳大伯母會下去接妳上來。』

溫以凡輕輕地應了聲，「好。」

溫以凡掛斷電話，走到學校旁邊的車站。南蕪一中的地理位置偏僻，附近看起來人跡罕至。溫以凡等了好幾分鐘，都沒看到有計程車過來。恰好來了輛公車，溫以凡沒再等，直接上了車。這個時間，車上除了她和司機，沒有別人。溫以凡往後排的方向走，覺得內心很空，世界搖搖欲墜。

車子發動，往前開了幾秒，又猛地停下。

溫以凡坐在位子上，身子順著慣性往前傾。她抬頭，就見到公車的前門開了，少年爬上車來，跟司機道了聲謝，微喘著氣往她的方向走來。

溫以凡訥訥地問，「你怎麼出來了？」

「突然不想上課了。」桑延坐到她隔壁，隨口說，「試一下蹺課的滋味。」

如果是平時，溫以凡可能還會接著他的話多說幾句。但此時此刻，她沒有任何心情開玩笑，只是扯了一下唇角，然後又低下頭。

很奇怪的，淚意好像順著他的到來也順勢湧了上來。

過了幾秒，桑延低聲問：「怎麼了？」

溫以凡又看向他，想搖頭，但眼淚卻在這個時候完全不受控制地落下，一滴一滴，重重地往下砸。

溫以凡覺得狼狽，立刻別過頭。她竭盡全力地忍著眼淚，全身都開始發抖。她矛盾至極，覺得這一路極為漫長，卻又希望永遠都不要到終點。

她看不到身後桑延的表情，只覺得，她所在的世界，在這一瞬間已經徹底崩塌了。

但下一刻，溫以凡的鼻息被少年身上的檀木香占據。她的身子僵住，稍稍抬眼，視野被少年藍白色條紋的校服覆蓋。她的眼裡還含著淚，無聲往下掉。

隔著外套，她聽到桑延的聲音，輕到低不可聞，像是在安撫她。

「這樣我就看不到了。」

溫以凡記得那天很冷，天空也陰沉沉的，被大片的濃雲覆蓋，彷彿下一秒就要壓到地上。大下午的，卻看不到一絲陽光。

她的視線還側著，看著窗外，身上被少年衣服上殘餘的溫熱沾染——是那個瞬間，溫以凡唯一能感受到的東西。

溫以凡保持著原來的姿勢，一動也不動。過了許久，她才抬手捏住外套的一角。力道漸漸加重，肩頸也慢慢地放鬆下來，所有的忍耐，都隨著她這個舉動在頃刻間消散。

溫以凡的眼淚像是流不盡一樣，喉嚨也控制不住地冒出一聲哽咽。隔壁的桑延安安靜靜的，一語不發，無聲地陪伴。他只是在用這種方式告訴她，他就在旁邊。

到站前，溫以凡勉強控制住情緒。她很少哭，此時眼睛哭到有點痛了。她用袖子擦乾眼淚，然後把桑延的外套拿下來，側過頭。

注意到她的動靜，桑延也看過來。兩人對視一眼，溫以凡垂眸，用頭髮擋住他看過來的視線，靜默無言。

等車子到站後，溫以凡起身。

坐在外面的桑延讓出空間讓她先下去。似乎不知道該說點什麼，他只是跟在她的身後，比以往的任何一次都要沉默。

下車之後，寒意又襲來，毫不吝嗇地在周圍纏繞。怕桑延會感冒，溫以凡把外套遞給他，說話的鼻音很重：「很冷，你穿上。」

桑延接了過來：「嗯。」

知道他跑出來肯定是因為她，溫以凡吸了一下鼻子，又道：「你回學校吧。不要蹺課，老師會生氣的，到時候你又得被請家長了。我搭計程車就到了，我媽媽也會來接我。」

桑延沉默幾秒，應道：「好。」

過了好一會兒，溫以凡抬眼看他，很認真地說了一句：「謝謝。」

謝謝你能來。給了我支撐的力量，至少讓我覺得過來的一路上，沒有想像中的那麼難熬。

這班公車無法直達市立醫院，溫以凡只能先坐到這一站，再搭計程車過去。

恰好來了一輛計程車，桑延一聲不吭地幫她攔下，然後他偏頭，聲音顯得有點沉：「溫霜降，我不知道妳發生了什麼事情……」

所以不知道該說什麼，怕會說錯話，怕會更戳到她的傷疤，怕安慰什麼都適得其反。也因此，寧可什麼都不說。

「我不是很會說話的人，」桑延彎腰盯著她的眼睛，鄭重地把話說完，「但不管怎樣，我會一直陪著妳。」

在那個年少輕狂的年紀，大多數人說話都只是一時衝動，並不會考慮太多，也不會想到自己到底能不能做到。等再大一些，也許就會把這當成一句閒話忘掉，亦或者是當成一段可有可無，無法實現的往事。

就連那個時候的溫以凡也覺得，桑延的這句話只是一句安慰，一句隨口一說的安撫。可很久以後，溫以凡才知道，原來並不是這樣。

桑延永遠信守承諾。只要是他說出口的話，不管有什麼阻礙，不論多難，他也會拚盡全力將它實現。

◇

溫以凡的思緒漸漸收回。她繼續咬著蘋果，順便看了桑延一眼。聽完她的話後，他微微低著眼，從這角度看去，燈光顯得他的模樣有點暗。

怕這種沉重的話題會讓他感到無所適從，溫以凡補充了一句：

「是很久以前的事情了。」

桑延回過神似的轉頭看著她。

溫以凡眨眼：「怎麼了？」

「沒什麼。」

只是覺得慶幸。那時候，選擇了蹺課。

桑延垂眸，隨意地問：「那妳後來跟妳媽一起搬去妳繼父那裡了？」

「嗯，不過後面因為相處得不太好，」溫以凡略過其中一些，大致說了一下，「就搬到我奶奶家去住了。」

「對妳好嗎？」

溫以凡沒反應過來：「啊？」

「妳奶奶。」桑延重複一次，「對妳好不好？」

溫以凡愣了一下，笑道：「很好，她很疼我爸，所以也很疼我。」

等她說完，桑延打量了她一番，心情才似乎放鬆了一點：「妳那個繼妹是怎麼回事？」

「嗯？」

「一副……」桑延輕嗤了聲，「跟妳很熟的樣子。」

「不是，她的個性就是那樣，被她爸爸寵壞的。」桑延這句話說的應該是鄭可佳把飲料隨便安排給她的事情，溫以凡解釋道，「她是習慣那樣了，用的都是最好的，從來不會將就，不喜歡的東西就要旁人幫忙解決。」

「就是個從小被寵著長大的小女生。」溫以凡可以理解，說話平靜又溫和，「她爸很疼她，再加上我比她大幾歲，一般來說都要讓著妹妹。」

「讓著妹妹？」桑延笑了，「這是哪來的規矩？」

提到這個，溫以凡的腦子裡浮現他對待桑稚的樣子。

沒等她再說話，桑延忽地往後一靠，整個人靠著沙發背，同時，他順帶拉住她的手臂，往懷裡扯。

溫以凡猝不及防地趴到他的身上。然後，他用力地抱著她的後腰，將她整個人托到自己身上，之後也沒多餘的動作，只是安安靜靜地抱著她。

這個姿勢曖昧又親暱。

一跟他近距離貼近，溫以凡就有點緊張，低頭看他：「怎麼了？」

桑延很直白：「抱一下。」

「……」

「妳說妳吃的東西都跑去哪裡了？妳的骨頭壓得我好痛。」桑延伸手捏捏她手臂上的肉，「感覺是個大工程，什麼時候能長胖一點？」

溫以凡立刻說：「我朋友說我胖了。」

桑延挑眉：「誰？存心讓妳不開心？」

溫以凡唇角拉直，又忍不住笑出來，「你是不是哪裡不對勁？」想讓她長胖一點，別人說她胖了，又開始找別人的碴。

桑延看著她笑，輕挑了一下眉：「妳怎麼人身攻擊呢？」

溫以凡還在笑。

客廳並不安靜，除了兩人的對話聲，還響著電影的背景音，聽起來激烈又震撼人心，卻已經沒有人在意和關注。

過了半晌，桑延伸手碰碰她的眼角，忽地叫她：「溫霜降。」

「嗯？」

「別把妳繼妹說的那些屁話，還有那些莫名其妙的標準拿到我這裡來，知道嗎？」桑延眼眸漆黑，慢條斯理地說著，「妳以為這屋子裡的東西都是亂買的？」

溫以凡愣住，嘴唇動了動。

「每樣都是挑給妳的，但不愛吃的就留著。」桑延的語氣很平，卻似有若無地帶著點不痛快，「還有，什麼叫妳繼妹是習慣了那樣？」

「……」

「就妳挑對象的這個眼光，」桑延盯著她，忽地親了一下她的唇角，極為傲慢地說，「妳就該什麼都用最好的，懂？」

看完電影回到房間。

溫以凡回想了一下剛剛的內容，感覺這電影看了跟沒看一樣，一整部演完也記不住什麼劇情。倏忽間，她突然意識到自己完全不適合跟桑延一起看電影。

只要有他在，她的注意力似乎就只能放在他身上，專心看電影這種平常事也會變成一個世紀難題，每次都是這樣。

溫以凡抿抿唇，身體似乎還沾染著桑延的氣息，彷彿他那個擁抱只是前一秒的事情。她回想起自己坐在桑延身上的畫面，臉又燒了起來。

她平復了一下呼吸，決定去洗個澡冷靜一下。走進浴室，溫以凡脫掉衣服，打開蓮蓬頭。

漸漸地，溫以凡的思緒放空，又想起鄭可佳傳來那一段接著一段的話。

現在她只記得一個詞。鄭可佳剛剛抱怨時，說的是「他們」。

所以就說明，這次不像上次一樣只有車雁琴來了，可能還有溫良賢和溫銘，以及……想到這裡，溫以凡又想起了先前在北榆醫院見到的那個中年男人。

是車興德，車雁琴的弟弟，可能他也一起來了。

儘管溫以凡不想去在意這些事情，但每次一想起這些人，心情還是會不受控制地受到影響。但很神奇的是，此時此刻再想起來，她卻只覺得無波無瀾。就算有影響，似乎也只是一星半點，輕到可以忽略不計。

所有的情緒，都被另一個人極為霸道地占據，沒有殘存的空間可以裝下別的東西。

溫以凡忽地觸碰了一下自己唇角的位置。

好像只要有他在，所有的壞心情都能夠隨之消失得無影無蹤。

第五十五章　妳要是想跟我調情

今年的春節比往年還晚。

臨近除夕的某個晚上，溫以凡提前跟鐘思喬約好一起吃晚飯。鐘思喬已經開始放假了，今天剛好來上安，順帶來見她一面。

下班後，溫以凡在樓下跟鐘思喬會合。

算起來，兩人也差不多兩個月沒見了。因為過了半個冬天，鐘思喬的膚色比先前白了一點。她把頭髮剪短，髮尾燙了個小小的捲度，心情看起來很不錯。

兩人挑了附近的一家火鍋店。溫以凡用開水燙碗筷，思緒有點飄忽。

漸漸回想起向朗剛回國時，他們一行人一起出去吃的那頓飯。當時鐘思喬隨口說溫以凡燙碗總會被熱水燙到，所以他們都不敢讓她碰熱水，桑延似乎就把那些話聽進去了。

在這時，鐘思喬提了一句：「對了，妳高中時拒絕桑延的事情，他現在會跟妳翻舊帳嗎？」

溫以凡回過神：「他沒提過。」

「他不介意了嗎？」

溫以凡搖頭，「我不知道。」

「他應該也不是那麼小氣的人。我還挺好奇的，妳跟桑延在一起之後，他還會跟以前一樣嗎？」鐘思喬問，「就天天臭著臉，跩上天的樣子。」

臭臉是沒有，跩倒是的確很跩，但也似乎溫和了一點。

溫以凡給出一個中規中矩的答案：「跟以前差不多。」

「啊？」鐘思喬嚇到了，「那妳跟他說說啊，好好管管他那臭脾氣。這剛開始還好，時間久了不是還頗煩人的嗎？」

「他的個性就是那樣，」溫以凡不太希望他有什麼變化，「但對我很好。」

鐘思喬鬆了口氣：「那就行。」

「他就是，說出來的跟做出來的不一樣。」溫以凡回想著各種事情，慢慢地說，「我以前不敢往那邊想，所以只覺得他的行為都符合他所說的那些話。他說什麼，我就相信是什麼，不會多想。所以我跟他相處，其實滿輕鬆的。」

溫以凡沒遇過對她這麼好的人，每個舉動都耐心至極。從不逾越，像是不想給她任何不適感。這麼久了，也不曾給她帶來任何一絲壓力，卻能夠無聲無息地侵占她生活的每個角落。

「嗯。」鐘思喬說，「其實高中的時候，我就覺得妳對他不太一樣。就是，當時追妳的男生還滿多的，對其他人，妳都是同樣的態度，一直都淡淡的。」

溫以凡抬眼。

鐘思喬又道：「但是妳會跟桑延發脾氣。」

發脾氣……溫以凡立刻想到第二次因為談戀愛被請家長後，跟桑延講的那通電話。她的神色稍稍僵住。

「也不是發脾氣吧，就是語氣會稍微帶點情緒。」鐘思喬說，「就我有一次去妳班上找妳，看到桑延坐在妳後面。我還是第一次看妳在別的男生面前這樣，感覺妳連對向朗都不會這樣。」

溫以凡輕聲問：「是什麼樣？」

鐘思喬回憶了一下高一的那個午後。

桑延坐在溫以凡後面。

少年靠在椅背上，手上拿著一本書隨意翻閱。他低頭，長腿往前伸，放在溫以凡的椅子下面，時不時地晃動幾下，像是在極其幼稚地彰顯自己。

過了幾秒，溫以凡回頭，平靜地說：「桑延，我在寫題目。」

桑延動作一停，揚眉：「怎樣？」

她盯著他看，突然說：「你再這樣我要換位子坐了。」

沒多久，少年慢慢地闔上書，把腳收了回去。

「知道了。」

兩人對視著。桑延忽地抓頭，冒出一句：「不要生氣了。」

依照鐘思喬對溫以凡的了解，如果是其他人做出這種事情，她應該只會一聲不吭，拿起東西短暫地換個位子坐，等到上課的時候再回去，不會特地轉頭，帶著情緒跟那個人說話。

這麼一想，鐘思喬覺得他們兩個的相處真可愛：「妳現在跟桑延發脾氣，他還會讓著妳嗎？」

溫以凡誠實地說：「我沒跟他發過脾氣。」

鐘思喬不太敢相信，「先不論在一起之後，你們兩個住在一起也差不多一年了吧，妳沒跟他發過脾氣嗎？」

溫以凡點頭。鐘思喬有點敬佩，感覺她像個菩薩一樣，對什麼都能寬容以待：「難道你們私下相處的時候，桑延是個很溫柔的人嗎？」

「不是，沒有什麼可以讓我生氣的點。」溫以凡笑了笑，低聲說，「而且，我只想什麼事都讓著他，對他好一點。」

鐘思喬沒想過溫以凡談起戀愛是這種狀態。

她沒再繼續提這個，笑咪咪地扯開話題：「對了點點，妳很新潮。」

「啊？」

「剛戀愛就跟人同居。」

◇

溫以凡到家的時候，桑延還沒回來。

這段日子，他的公司似乎是接了個大專案，整個團隊加了好幾天的班。有時甚至直接熬通宵，之後才回來睡覺，溫以凡也不敢太打擾他。

洗漱完，溫以凡準備睡覺時，桑延依然還沒回來，只是傳了訊息：早點睡覺。

溫以凡睏倦地打了個呵欠，回道：你什麼時候下班？

桑延：兩三點吧。

溫以凡本想等他回來，哪知玩著手機就睡著了。

再有意識時，溫以凡是被一通電話吵醒的。她的起床氣瞬間上來，迷迷糊糊地瞥了一眼來電顯示，臉色一僵，氣焰瞬間全消。

那頭傳來錢衛華厚重的聲音，語氣簡練而又霸道。

『三分鐘，下樓。』

用最快的速度把自己收拾好，溫以凡走出房間。正想走到玄關處穿鞋，就見到桑延已經回來了，正坐在沙發上拿著一瓶冰水喝。

見狀，桑延也起了身：「又加班？」

「嗯，你回來多久了？」溫以凡來不及跟他說太多，邊穿鞋邊匆匆地囑咐一句，「你不要總是喝冰水，對胃不好。我走了，你早點睡覺。」

桑延走到她旁邊，拿了把傘給她：「外面下雨，自己注意安全。」

溫以凡嗯了聲，接過之後直接出門，現在錢衛華已經到她家樓下了。

此時淩晨三點剛過，不知從何時開始下起了雨，綿綿密密地，冷到像是夾雜著碎冰。只有幾步路，溫以凡懶得撐傘，坐上副駕駛座時，身上不免染上一層濕氣。

溫以凡跟錢衛華打了聲招呼，兩人也沒多說什麼，開車趕往現場。

是一個小型的酒駕事件，沒有造成任何傷亡。車主不知是沒注意還是什麼原因，撞倒了防護欄，之後半輛車掉進維修工地的坑裡。兩人下車時，車主剛被警員從車裡救出來。

錢衛華將周圍的情況拍了下來。溫以凡正想過去跟警察溝通採訪，突然注意到車主的模樣。

她的表情僵住，目光也停滯住。

是車興德。

很多年沒見了，上一次還是在北榆的市立醫院遠遠地看了他一眼。兩人連面都沒碰上，她也絲毫沒有把那件事情放在心上。

車興德明顯喝了不少，此時酒氣上漲，半張臉都是紅的。他迷迷糊糊地扶著旁邊警察的肩膀，嘴裡一直嚷嚷著「我沒喝酒」，神智完全不清醒。警察神色不耐，直接壓住他，把他抓進車裡。

順著這個舉動，車興德往四周掃了一圈，目光定在溫以凡身上。兩人的視線短暫地交會。

車興德的眼神渾濁，但瞬間發亮，像是想叫她，但下一秒就被警察抓進車裡。

溫以凡收回目光，握住自己稍稍發顫的指尖。

雖然先前按照鄭可佳說的話，溫以凡也大致可以猜到，車興德應該是跟著大伯一家來到南蕪，但與他真實地碰到面，是完全不同的情況。

可能是睡眠不足，再加上晚上吃的東西早已消化掉，溫以凡覺得有點反胃。

她用力抿抿唇，勉強將這些情緒拋諸腦後，轉頭問錢衛華：「老師，車主看起來不太清醒的樣子，我們現在採訪一下警察？」

錢衛華沒察覺到溫以凡的情緒，點頭：「好，也差不多了。之後我們可以準備一下回台裡了。」

溫以凡：「好。」

回到台裡，溫以凡把新聞整理好，趕在晨間節目播出前交去送審。此時天已經半亮，她又睏又疲憊，加上此時也沒什麼事情，乾脆直接回家。錢衛華也要回去，便載她一程。

怕會吵到桑延，溫以凡輕手輕腳地打開門。她莫名覺得冷，正想倒杯溫水喝的時候，就注意到廚房那頭有動靜。溫以凡愣了一下，朝那頭走過去。

桑延正站在流理臺前洗著手，神色睏倦。旁邊的電磁爐上正熬著皮蛋瘦肉粥，此時咕嚕咕嚕地冒著泡，香氣撲面而來。

溫以凡訥訥地問：「你怎麼不睡覺？今天不是週六嗎？」

「現在要睡了。」也許是因為熬了一段時間的夜，桑延的嗓音有點啞，眼皮低垂，「妳吃完粥再睡。」

桑延抽了張衛生紙擦乾手上的水，順帶觀察著溫以凡的表情。他稍稍彎下腰來，與她平視：「怎麼了？發生了不好的事情？」

溫以凡沒說話，只是盯著他看。

在南蕪見到車興德這件事，讓溫以凡無法再控制自己的情緒，心情被推到一個最壞的程度。儘管沒有發生任何事情，她依然有種不好的預感，像是深藏已久的戾氣要再次顯露出來。

桑延沒也繼續問。

他抬手揉揉她的腦袋，力道一如既往地重，安撫的意味卻濃。

在這一瞬間，溫以凡才回過神來，覺得自己身上濃厚的寒意都被驅散了。她用力抿抿唇，身子忽地往前傾，湊過去抱住他。

桑延的動作頓住：「怎麼了？」

「好累。」溫以凡低聲道，「不想動。」

桑延也抬手回抱住她。他空出一隻手關掉電磁爐的火，慢悠悠地說，「這樣妳就不累了？」

溫以凡聞著他身上熟悉的氣息，輕輕地嗯了一聲。

想跟他親近，想抱著他，想每天都跟他待在一起。這樣的話，就覺得每天的生活好像都有了希望。

她不想再見到以前的那些人，一個都不想。

溫以凡抱著他的力道漸漸收緊，突然想起鐘思喬的話。

——『妳會跟桑延發脾氣。』

她想起過去對桑延的那些傷害，嘴唇動了動，卻一句話都沒有說。

那是她一直都不敢再提及的事情，她覺得桑延不可能不介意。她怕他會介意，怕他對她的那些好感也會因此漸漸消退。

「先吃粥，不然等一下就冷掉了。」桑延忽地出聲，語調微揚，卻又顯得不太正經，「晚一點想怎麼抱就怎麼抱，讓妳抱著睡都可以。」

溫以凡抬頭看他：「桑延。」

桑延：「怎麼？」

我不會再像以前那樣了，我不會了。我會對你很好，我不會再傷害你了，所以我們可不可以一直像現在這樣？你可不可以一直陪著我？

桑延等了一會兒，見她不說話也沒有不耐煩。他眼眸半閉著，似乎是睏極了：「只是想叫我？」

溫以凡盯著他，目光定在他的唇上：「不是。」

桑延又道：「那——」

話還沒說完，溫以凡忽地拉住他的衣服，將他往自己的方向拉。桑延毫無防備，順著她的舉動，整個人下傾，卻也沒有任何抗拒的意思。

兩人的視線相撞。溫以凡咽了咽口水，鎮定地鼓足勇氣：「我想親你。」

說完也不等他回應，溫以凡踮起腳尖，仰頭吻了一下他的唇。

抓著他衣服的力道漸重，只一下便退開。

兩人再度對視幾秒。

溫以凡屏住呼吸，清了清嗓子：「那我先出去……」

桑延眸色深沉，猛地抓住她的手腕，將她拉回來。他湊近她的眼眸，鼻梁幾乎要觸碰到她的鼻尖，呼吸在身邊交纏，卻在更近一步之前停了下來。

「這算親嗎？」

溫以凡仰頭，腦海裡徹底一片空白。

他背靠著流理臺，高大的身軀似乎能將她整個人壓制住，帶著他身上熟悉又好聞的氣息。廚房內安靜至極，似乎能聽到外頭傳來細雨的簌簌聲。

「溫霜降。」桑延輕聲問，「這不是第一次親了。」

「……」

桑延笑：「所以，我也不算輕浮了吧？」

溫以凡沒聽懂他的話：「啊？」

「妳說我這是什麼命？一大早被妳在這裡又親又抱的。」桑延抬手，指腹在她臉頰上輕撫，「然後呢，要親又不好好親。」

「……」

「溫霜降，妳要是想跟我調情，」桑延忽地笑了一聲，「可不可以認真一點？」

溫以凡有點窘迫，覺得自己做得已經很好了：「怎樣才算認真？」

聞言，桑延低下頭，極為有耐心地，開始手把手地教她，如何能萬無一失地將他套牢：「好好看著我。」

溫以凡順從地盯著他的眉眼。

桑延的聲音很輕：「靠我近一點。」

受到蠱惑似的，溫以凡又往他的方向靠近。

「然後呢……」

「然後？」

桑延的呼吸變得深沉，捏住她的下巴，強烈的占有欲像是要將她碾碎。下一瞬間，他的吻重重落下，聲音低啞，伴隨著含糊不清的話。

「——我不就上鉤了？」

第五十六章　樂意當個娘炮

他的唇瓣溫熱，彷彿帶著電流，覆於她的唇上，一下又一下地游移。像是想克制，卻又渴望萬分，不滿僅僅於此，和以往幾次蜻蜓點水般的吻不同。

倏忽間，桑延將她的下巴往下扣，舌尖撐開她的牙關，用力往裡面探。他的手下挪，抵住她的後腦勺，不讓她有半點退縮的餘地。一點一點地，將滾燙至極的氣息餵進她的嘴裡，讓溫以凡有些喘不過氣來。

溫以凡睜著眼，大腦一片空白，完全不知道該怎麼回應。她不受控地抓住他的衣服，像是在找一個依附的點，以他為支撐的力量。在這一刻，她只能將所有一切都交給他，由他來引導。

兩人都沒有多餘的經驗。

這吻青澀，力道卻粗野而熱烈。牙齒不經意咬到唇瓣，帶來些許的刺痛感，讓感受更加真切。

桑延卻絲毫不收斂，彷彿被刺激到，動作更加放肆，眼中的情欲無半點掩飾。

不知過了多久，桑延輕咬了一下她的舌尖，然後停下動作。

兩人唇齒分離，距離仍未拉遠。

溫以凡的呼吸稍稍急促了一點，抬眼，注意到他往常偏淡的唇色，在此刻紅得像是充了血。再往上，男人的雙眸情緒濃稠，隱晦不明，像是下一秒就要化為原形，將她徹底拆吃入腹。

桑延垂眸，抬起手，慢條斯理地用指腹抹了一下她唇邊的水漬。他的動作輕而繾綣，像是似有若無的勾引。半晌後，他啞聲道：「餓了沒？」

因他突如其來的話，溫以凡下意識地啊了聲。

「我無法同時做兩件事情。所以，妳想要我先去幫妳熱個粥呢，還是，」桑延停頓了一下，神色吊兒郎當，「再親妳一會兒？」

再走出廚房已經是十分鐘後的事情了。

溫以凡沒陪他熱粥，自顧自地坐回沙發上。她莫名覺得口乾，灌了一整杯水才停下。精神一鬆懈下來，記憶再度被拉回十幾分鐘前的場景。

聽完桑延的話，溫以凡只是安靜地盯著他，然後，不吭一聲地，抬手勾住他的脖子向下壓……

想到這裡，溫以凡又倒了一杯水，繼續灌。她的嘴唇又燙又麻，感覺深刻到完全無法忽視，時時刻刻提醒著她剛剛的那個吻。

下一刻，桑延從廚房裡出來，懶懶地喊了一聲：「過來。」

溫以凡連忙放下水杯，起身走到餐桌旁。因為兩人剛剛那麼親密的舉動，她還有點不自在，此時視線都不敢往他身上放。

桑延：「去拿碗。」

溫以凡順從地走到廚房，拿了兩套碗筷。回到餐桌旁，對上桑延的臉時，恰好看到他唇角的位置被咬破了皮，現在還滲出了一點血，溫以凡立刻垂下眼。
桑延似乎完全沒察覺到，冷白的膚色襯得那抹紅更加醒目。
溫以凡忍不住伸手，迅速往他唇角輕抹了一下。
桑延看向她：「？」
那點痕跡隨之淡了些，溫以凡收回視線，有種擦掉了就等同於不存在的想法：「沾到東西了。」
安靜幾秒，桑延意有所指地道：「可以沾到什麼？」
「……」
「我這裡剛剛碰過什麼？」
也許是心理作用，溫以凡感覺嘴唇又開始發燙。她垂下眼，故作鎮定地說：「就是不小心沾到的醬料，我弄掉了。」
這句話剛落，溫以凡覺得自己的嘴唇也被他碰觸了一下。
她抬眼。
桑延勾起唇角，悠悠地解釋：「妳也沾到了。」
溫以凡頓時懂了他這句話裡的意思。一瞬間，熱度已經擴散到臉頰，蔓延到耳朵。
也不知道是水喝多了還是什麼原因，溫以凡現在沒半點饑餓感。她只裝了半碗，吃完就坐在旁邊看他，時不時往他唇角的傷口瞥一眼。偷偷摸摸地，桑延也沒有因為她的舉動意識到什麼。
溫以凡也不知道一會兒他照鏡子看到這個傷口，又會說些什麼話。

時間也不早了。

桑延催了一句：「吃完就去睡，等一下不是還得上班嗎？」

好幾天沒跟他好好坐在一起說話了，溫以凡想跟他多待一會兒。她點點頭，卻沒有要離開的意思。她撐著腮，依然盯著他。

那個小傷口已經沒有再滲血了，看起來沒剛剛那麼明顯。這麼一想，溫以凡也不太清楚自己唇上有沒有這個傷口，好像也沒什麼刺痛感。

只記得他親人的力道很重，跟他揉人腦袋的方式很類似。但也沒有把她弄得很痛。

過了好一陣子，桑延忽地停下筷子，往後一靠：「喂，妳還要看多久？」

溫以凡回神。

「還想繼續？」

不等她回答，桑延又把她往懷裡帶，輕碰了她的唇。他退後一點，語氣很欠揍地笑著說：「妳吻技太差了，弄得我好痛。」

溫以凡張嘴：「那我不是——」

桑延直接打斷她的話：「多練習練習。」

下一刻，他的唇舌再度覆了下來，用力地將她侵占。

◇

一進房間，溫以凡的第一個反應就是到梳妝臺前，看向鏡子裡的自己。她的唇色天生紅豔，現在顏色更是加深，還有點發腫。被人蹂躪過的痕跡很重，但倒是不像桑延那樣，嚴重到破了皮。

溫以凡抿抿唇，感覺自己現在從頭到腳都是熱的，身上全都是桑延的氣息。她完全沒了睏意，突然注意到她先前買的情人節禮物，此時被她放在床頭櫃上。

打開盒子，裡面是兩條同款式的手鏈。

溫以凡眨眨眼，慢吞吞地幫自己戴上其中一條。想到自己醒來就得上班，她出門的時候桑延大概也還沒醒，再加上晚上也不知道要不要加班……

她將袖子拉下，把手鏈藏了進去，然後起身走出房間。

客廳已經空無一人，看起來桑延已經回去房間了。

溫以凡走到他房間門口，遲疑地敲敲門。

桑延的聲音立刻傳來：「門沒鎖。」

她轉開門把，打開了一道縫隙，跟床上的桑延對上視線。他還躺著，只是稍側著頭，看向她：「以後直接進來就可以。」

溫以凡關上門，把禮物藏在身後：「我怕你在換衣服什麼的。」

桑延很無所謂：「那又怎樣。」

沒等她說話，下一刻，桑延突然又出了聲：「妳還滿……」

溫以凡抬眼：「嗯？」

他慢條斯理地吐出兩個字：「粗、暴。」

溫以凡瞬間明白，他是看到自己唇角的傷口了。她又下意識地往他唇上看，想了半天，也只能擠出一句：「那我以後溫柔一點。」

桑延看著她，幾秒後輕笑出聲。

想到他昨晚三點才回來，今早也不知道是幾點起來熬粥，溫以凡也沒打算打擾他太久。她走到床邊坐下，把手裡的袋子遞給桑延：「給你。」

見狀，桑延才坐起身來，挑眉：「什麼東西？」

溫以凡認真道：「情人節禮物。」

「噢。」他唇角微彎，伸手接過，「現在可以看？」

「可以。」

桑延從袋子裡拿出盒子。

裡頭是一條紅色的手鏈，鏈子細細的，底下綴著雪花形狀的墜飾。

桑延把手鏈捏在指尖，放在眼前看了一會兒。隨後，他又看看向溫以凡，好笑地道：「妳怎麼這麼喜歡給我這些女生戴的東西？」

這麼看也的確是，溫以凡硬著頭皮說：「你戴了就不女生了。」

目光又挪到那個雪花墜飾上，桑延很刻意地問了一句：「這雪花是什麼意思？」

溫以凡的臉有點熱，卻還是老實地回答：「霜降。」

桑延心情很好，把手伸到她面前：「幫妳男朋友戴上。」

溫以凡照做。

在這期間，溫以凡手腕上剛戴好的手鏈也掉了出來。

桑延的眼睫微動，毫無預兆地抓住她的手腕，將她的袖子往上拉。這才發現她也戴了一條相同款式的手鏈，只是底下的墜飾不同，是個桑葉。

他盯著看了兩秒，似笑非笑道：「情侶款？」

溫以凡任他看，輕舔了一下嘴唇：「對。」

「好。」桑延自顧自地笑了好一陣子，指腹摩挲著她的手腕，「我今天樂意當個娘炮。」

隨後，桑延用眼神示意了一下：「禮物在書櫃，自己去拿。」

溫以凡眨眼，起身走向書櫃，就看到其中一格放著一個小盒子，盒子的蝴蝶結上插著一張小卡片，上面寫著一串英文。

男人的字跡熟悉又陌生，一如從前那般力透紙背，下筆的力道重，像是要把紙張戳破，猶如他那個人一樣飛揚跋扈。

——To First Frost.

溫以凡盯著卡片，過了幾秒才回頭：「現在可以看嗎？」

桑延笑：「可以。」

她伸手打開來，裡頭是一支錄音筆。

「妳之前不是說錄音筆不好用了？」桑延的話似乎意有所指，「不過這東西我也不知道怎麼用，錄完音之後只能接電腦聽嗎？」

「不是，」溫以凡下意識想教他，「按這裡就可以直接——」

還沒說完，溫以凡突然懂了。她對上桑延的眼，默默吞下剩下的話：「喔……這一款，好像的確，只能接電腦……」

桑延氣定神閒地道：「這樣啊。」

「……」

「那妳回去記得試試，」桑延懶散地道，「有問題的話趕快拿去換。」

這暗示的意味已經足夠了。溫以凡現在只想回去聽聽他錄了什麼內容，立刻點頭。她正打算回房間時，注意到書架上的一本相簿。

溫以凡的目光定住，伸手拿起來：「這是什麼？」

桑延瞥了一眼，也不知道這玩意兒是什麼時候帶過來的。

「大學畢業照。」

聽到這句話，溫以凡頓了好一會兒才道：「我可以看看嗎？」

桑延輕輕點頭。他坐在床上，表情吊兒郎當地說：「我沒有什麼東西是不能讓妳看的。」

溫以凡看他，「其他的……以後再看吧。」

溫以凡走回去坐到他旁邊，然後翻開相冊。

第一頁是團體照。溫以凡一眼就找到桑延，他穿著黑色學士服，站在最後面。其他人都彎著唇角，露出笑容，唯有他揚著下巴，神色有點不耐，像是被人硬抓過來拍照。

盯著看了一會兒，溫以凡忍不住揚起嘴角。

桑延靠在床頭看著她笑，過了一會兒，想起一件事：「年初八晚上有空嗎？」

溫以凡心不在焉地回：「我也不確定，怎麼了？」

「沒什麼，錢飛結婚。」桑延說，「妳有空就一起來吧。」

錢飛結婚，應該也有很多桑延的朋友。

溫以凡這才抬頭，應道：「好，我到時候看看。」

說完，溫以凡又繼續看相簿。

她目光一挪，因為桑延的話，注意到站在他旁邊的錢飛，以及另一側的男人。男人看起來跟桑延差不多高，生了一對桃花眼，唇角自然上彎，給人一種天生自帶溫柔的感覺。這兩人站在一起，幾乎能把人的注意力在一瞬間搶走。

見狀，溫以凡瞬間想起鐘思喬說的那些傳言，下意識多看了幾眼。她的視線下滑，看到下面的名字。果不其然，看到「桑延」的旁邊寫著「段嘉許」三個字。

看見她看了那麼久，桑延乾脆過來跟她一起看。

「看什麼？」

溫以凡指著段嘉許：「這個是段嘉許？」

桑延的目光微頓：「怎樣？」

溫以凡評論：「是還滿帥的。」

周圍沉默下來。

溫以凡沒察覺到不妥，正想翻下一頁，看看能不能從其他照片裡翻到桑延時，旁邊的男人手一動，壓住她的動作。

她抬眼，桑延的唇線拉直，毫無情緒地說：「我沒聽清楚。」

「啊？」

「誰帥？妳再說一次。」

溫以凡瞬間閉嘴。

「所以，妳拿我的畢業紀念冊在這裡看了半天，」桑延停住，幾秒後，氣極反笑，「不是在看我？」

第五十七章　誰比較帥

溫以凡傻住，覺得突然間有一個大黑鍋砸到她頭上。她思考著他這句話，正想解釋，又覺得怎麼回答好像都不太正確。

要是肯定地說個「嗯」，就是肯定了他這句話——的確不是在看你，但要是否定地說「不是」，又好像是在接著他的那句話說——對，就是不是在看你。

溫以凡有點被繞進去了，有種桑延真是邏輯嚴密的感覺，能問出一個對方怎麼回答都理虧，都能被他抓出毛病的問題。

溫以凡想給出一個萬無一失的回答，非常謹慎地思考著。

對著桑延，她也不著急，溫溫吞吞的。她這遲遲不答的模樣，在桑延的眼裡就等同於，她剛剛的確就是做出了這樣的事情，但迫於他的壓迫，因此不敢實話實說。

桑延斂起唇角的弧度，直接把畢業相簿拿走。注意到這個動靜，溫以凡抬眼。

兩人的視線撞上。

桑延盯著她看了兩秒，收回視線站起身。他把相簿丟到一旁，沒再繼續這個話題，語氣略顯不痛快：「回去睡覺。」

溫以凡盯著他的臉，小聲說：「但我還沒看完。」

他的五官清俊，不太喜歡笑，平常顯露出來的模樣總是漠然又矜貴，與陌生人之間的隔閡感很強。此時生氣起來，這種感覺更加強烈，眉眼間的鋒利感像是加了倍。

雖然聽鐘思喬說過好幾次桑延冷著臉的時候格外嚇人，周圍的氣溫似乎都能因為他低了幾分，讓旁人連說句話都不敢，帶著十足的威懾感。

但好奇怪，溫以凡在這個時候才清晰地發現，自己一點都不怕他這個樣子，甚至有點想笑。感覺要是真的笑出來，就相當於在他這把火上繼續澆油，溫以凡沒立刻說話，打算先把情緒調整地平和一些，再好好哄他。

下一秒，桑延的手忽地放到她的腦袋上。力道不重，只是順著往後方壓，將她的臉抬了起來。他的目光投來，像是想看看她現在是什麼表情。

瞥見她嘴角的笑意，桑延的舉動定住，依然面無表情。

溫以凡立刻收斂。

「好，我還以為妳是低著頭在反省。」桑延收回手，冷笑了一聲，聲音也冷冰冰地，「敢情妳是看完帥哥在偷笑。」

溫以凡又想笑了，「不是。」

桑延不理她了。

溫以凡又湊過去了一點，明知故問：「你在生氣嗎？」

桑延懶得理她，開始裝聾作啞。

溫以凡溫和地說：「那我可以看你的畢業紀念冊嗎？我還沒看完。」

桑延又抬頭，身子稍稍後傾，居高臨下地看著她。他的指節在旁邊的相簿上輕扣了一下，雖是同意，但話裡警告的意味十足：「可以，妳拿。」

溫以凡彷彿聽不出來，真的當作他同意了：「那我拿了？」

桑延乾脆明顯一點：「妳敢就拿。」

溫以凡點頭，從桑延手下抽出被他稍微壓著的相簿。

桑延在旁邊盯著她的舉動，氣得胃都開始隱隱作痛。

拿完相簿，溫以凡又挪了一下位置，更靠近他了。

桑延冷不防地道：「離我遠一點。」

溫以凡沒聽，就著這個距離又翻開那張團體照。她看向上面的桑延，又看向他。看見他還冷冰冰的表情，忽地說：「你為什麼突然生我的氣了？」

桑延瞥她：「自己反省。」

溫以凡忍著笑，想了想：「你是不是心虛？」

桑延：「？」

溫以凡繼續往後翻：「我只是想看看我情敵長什麼樣子。」

桑延眨眨眼，皺眉，「說點人聽得懂的話。」

「你不是跟這個段嘉許傳緋聞嗎？」溫以凡回想了一下鐘思喬的話，慢吞吞地複述一遍，「聽說你們是，南大資訊系出了名的一對——」

「……」

「Gay 校草。」

「……」

話題漸漸被扯到另一個方面，桑延的表情卻也因此舒坦了不少，完全沒把這個「緋聞」放在心上。他若有所思地揚下眉，悠哉地說：「溫霜降，妳不是做新聞的嗎？」

溫以凡邊翻著相冊邊回應：「嗯？」

後面還有各間宿舍寢室的合照，很快她就找到桑延和另外三人的合照。這張照片上，他的眉眼才稍稍帶了點笑，漫不經心地看著鏡頭，看上去高貴又意氣風發。

「所以這種道聽塗說，還未經考證過的傳言，妳也信？」

溫以凡搖頭，「我沒信。」

「噢。」桑延按住她的手，很囂張地發出邀請，「那妳什麼時候來考證一下？」

因為他這個舉動，溫以凡無法認真翻相簿，耽誤了不少時間。最後只草率地把裡面的桑延都找到，匆匆地看了幾眼，之後就被他催著回去睡個回籠覺。

回到房間，溫以凡換了一身衣服，拿著桑延送的那支錄音筆躺到床上。她莫名有點緊張，過了好一會兒才找到裡面的錄音檔，點開來聽。

桑延的聲音從裡頭傳來。

他的聲線偏冷，說話時尾音總不自覺上揚，帶著特有的味道。

『溫霜降，工作注意安全，妳男朋友叫妳平安回家。』

溫以凡愣了一下，又點開聽了好幾次。

注意安全，平安回家。

溫以凡心臟停了好幾拍，下意識地摸摸自己耳後的位置，想起之前在北榆受的那個傷。

已經過了好一段時間，傷口早就已經痊癒，此時連疤都沒有留下。但桑延似乎總記得這件事情，每次她半夜外出加班，只要他在家，他似乎都會醒著等她回來。

溫以凡有點失神，過了好一陣子，才小心翼翼地把錄音筆放回盒子裡。

溫以凡躺到床上醞釀睡意。但剛剛醒著太久，她現在也有點睡不著了，腦子裡不斷浮現畢業相簿上桑延的模樣。

比高中的時候成熟了些，又比現在的模樣青澀不少，是她從沒見過，也從未參與過的階段。

溫以凡盯著天花板，神色愣愣地。

在這一瞬間，溫以凡非常清晰地感受到從前出現過無數次，卻從未捕捉到的一種情緒。

她後悔了。非常，非常地後悔。

◇

情人節過完沒幾天，春節隨之到來。

跟去年差不多，溫以凡只放了短暫的三天假。桑延的公司雖然平時也總是加班，但倒是十分有良心地放到大年初七，並且還提前兩天放假，假期比她多了不少。

除了除夕夜那一晚，桑延是在八九點的時候才回來。其餘的時間，他大多都回尚都花城這邊。整個春節假期，兩人幾乎都是一起過的。

年初三過完，溫以凡又開始到公司值班。所幸這個新年格外太平，這段時間台裡的事情不多，沒有想像中的忙碌，溫以凡每天都可以準時下班。

直到年初七，所有人都開始上班時，她才徹底忙了起來。

年初八那天晚上。溫以凡臨時加了點班，九點多才勉強把收尾的工作完成。她收拾好東西，裹上圍巾，之後便走出辦公室等電梯。

沒多久，溫以凡用餘光注意到有人站在她旁邊的位置。她下意識地望去，是穆承允。

這段時間，溫以凡再遲鈍也隱隱能察覺到，穆承允是在躲著她。她猜得到原因，不過沒影響到工作，對她來說也沒多大關係。

穆承允朝她笑笑，打了聲招呼：「以凡姊，妳準備下班了嗎？」

溫以凡點頭。

沉默下來。

兩部電梯都一層樓停十幾秒，等了半天都離這一樓距離很遠。在這個空隙，溫以凡拿出手機，傳訊息給桑延：我好了，現在過去。

桑延立刻回：我喝酒了，找人過去接妳？

溫以凡：不用。

溫以凡隨便扯了一句：我坐同事的車。

下一刻，穆承允又出聲：「以凡姊，我剛從下面上來的時候，看到有個男人在找妳。不過被警衛攔下了，妳是得罪了什麼人嗎？」

溫以凡愣住，抬眼：「誰？」

做這一行多多少少會得罪人，溫以凡先前就看過同辦公室的一位元老記者，被先前一名報導的當事人找上門——因為覺得他報導的內容影響到自己的生活。

這件事在台裡算是常態，也因此樓下的警衛也管得比較嚴。

「不知道，看起來四十多歲。」穆承允回想了一下，「不過他看起來好像也沒什麼惡意，可能是妳認識的人。」

溫以凡自顧自地思考著，但也實在想不出是誰，只好點點頭。

穆承允：「不過妳還是注意點比較好。」

溫以凡笑道：「我知道了，謝謝你。」

又沉默下來。

「以凡姊，我其實——」穆承允忽地吐出一口氣，模樣像是掙扎了許久，終於開始切入主題，「我有事情跟妳說。」

溫以凡看他：「怎麼了？」

「妳應該也看出來了，我之前……」穆承允不好意思說完，說到這裡就轉移了話題，「不過現在已經沒有了。」

溫以凡不懂他的話：「嗯？」

「我沒有過這方面的經驗，當時也是第一次想追人……所以就問了不少人，我姊之前教了我好幾招，我就都學著用了。」

「……」

「就是追人前，得先剷除情敵，抹黑情敵，並且要在氣勢上打敗情敵。」這句話說出來，穆承允似乎也有點尷尬，「不過現在你們已經在一起了，所以還是想跟妳解釋一下。」

他這句話來得突然，溫以凡有點愣住。

「我之前跟妳說的，畢業典禮上桑學長說的話，是我瞎掰的。」穆承允笑了笑，「他沒有說過這句話，他們畢業典禮時也沒有提過妳。」

這些話是頗久之前說的，溫以凡已經沒什麼印象了，她回想了一下。

「他們那天好像是提到，哪個學長當了幾年的備胎還是什麼的，我也記不太清楚了。」穆承允說，「然後桑學長就說話了，但他說了什麼，我是真的沒聽清楚。」

聽到「備胎」這個詞，溫以凡立刻抬頭，腦海裡浮現一個畫面。

穆承允：「我前段時間一直也不知道該怎麼面對妳，不過現在也想開了。」

溫以凡嗯了一聲：「怎麼突然跟我說這個？」

穆承允抓抓頭：「怕因為這句話影響到你們的感情。」

溫以凡失笑：「沒這麼嚴重。」

說完，穆承允也鬆了一口氣：「那就好。」

恰好電梯在這個時候到了，兩人走了進去。

裡頭人不少，他們只能站在最外面的位置。

穆承允抿抿唇，又不自覺看了一眼溫以凡，想到第一次見到溫以凡的那天。

她跟在錢衛華後面，進來時，黯淡的室內似乎都隨之被點亮。極為豔麗的五官，漂亮到能搶走所有人的注意力，完全挪不開眼。是第一眼驚豔，第二眼仍然覺得驚豔的長相，而穆承允只一眼就淪陷。

因此特地問了同班的付壯南蕪廣電還缺不缺人，還旁敲側擊地問出她有沒有男朋友的事情，之後，穆承允抱著勢在必得的心態，來到電視台，希望能藉此離她近一點。可相處的時間越多，穆承允越沒有靠近的勇氣。

因為她雖然溫溫和和的樣子，但實際上對任何人都是淡淡的，極其難以接近。看起來溫柔，本質上又極為涼薄，沒有任何事情能讓她感到在意，像個遙不可及的存在。但那天，穆承允看到溫以凡跟桑延在一起時的模樣，又好像不是這樣。

穆承允收回思緒，不再想這個。

即使這段時間已經調整好心情，但此時因為徹底失戀，穆承允心裡還是有點悶。他很清晰地知道這些話會讓她對自己的印象變得更差，卻也希望，他喜歡了快一年的人，能夠被好好對待，也能夠不受任何影響，跟她喜歡的人好好在一起。

◇

桑延再三推辭，依然還是被逼著喝了幾杯酒，此時在室內待久了還有點熱。他鬆鬆領帶，垂眸看了一眼手機訊息，回了個：到了叫我。

隨後便關掉手機螢幕。

旁邊的桑稚在這時湊到他旁邊，跟他說：「哥，我去跟錢飛哥說一句新婚快樂，然後我就先回去了？」

桑延瞥她：「自己可以回去？」

桑稚點頭：「出門就有公車站，我認得路。」

「嗯。」桑延語氣懶散，「自己注意一點。」

等桑稚走後，坐他對面的蘇浩安忍不住起鬨：「桑大哥，你女朋友到底來不來啊？」

桑延抬眼。

可能是酒喝多了，蘇浩安的情緒很高漲：「你是不是吹牛吹出一個女朋友來？」

桑延冷笑，懶得理他。

旁邊的陳駿文附和道：「我也覺得。」

說完，陳駿文抬眼，恰好看見桑延身後的人，便嬉皮笑臉地問了一句：「老許，你是不是也跟我們有相同意見啊！」

順著這句話，桑延往旁邊看了一眼。

男人也穿了一身正裝，打著暗紅色的領帶，像是剛從廁所回來。他的頭髮細碎落於額前，眼皮褶皺很深，眼眸綴著光，隨便看人一眼都像是在放電。

可能是沒聽到他們前面在說什麼，他彎著唇角：「嗯？」

「段嘉許，」見到他，蘇浩安很不爽地說，「你去哪裡了！這種日子你都不喝酒，你來幹嘛！趕快回你的宜荷去吧！真令人傻眼！」

段嘉許輕笑了一聲，語氣溫柔得像是在調情：「你怎麼還是對我有那麼多意見？」

桑延輕嗤了聲，又喝了口酒。

下一刻，段嘉許朝桑延旁邊的座位看了一眼，然後稍稍揚了一下眉，看向桑延。

「哥哥。」

被他這稱呼折磨了一整個晚上，加上前段時間溫以凡才提了「Gay」的事情，桑延皮笑肉不笑地說，「你是不是有毛病？」

段嘉許自顧自地笑了一會兒：「你妹人呢？」

桑延隨意道：「剛走。」

「這樣啊，你車鑰匙借我，」段嘉許拿起旁邊的外套，神色自然，「這個時間小女生自己回去不安全，我送她回去。」

桑延直接把車鑰匙丟給他：「你還真照顧這小鬼。」

段嘉許笑：「應該的。」

聽到這句話，桑延再度看向他。

眼前的男人膚色冷白，身材高瘦，生了一對桃花眼。五官極為出眾，笑時眼角微彎，嘴唇顏色也過豔，只看五官都極其搶眼，像個轉世而來的男妖孽，看起來的確很吸引小女生的注意。

桑延頓時想到溫以凡看完他的畢業照後，誇段嘉許帥的事情。他的眉心微動，目光自上而下，帶了審視的意味，然後忽地偏頭看向旁邊的陳駿文：「喂。」

陳駿文正看著手機，茫然地抬頭：「幹嘛？」

桑延：「問你一件事。」

陳駿文：「？」

桑延：「段嘉許長得帥嗎？」

段嘉許本想走人，聽到這句話又停住腳步，眉梢微揚。

陳駿文極其無語，「你有病吧？真的變成Gay了？」

桑延有些不耐，但也懶得繼續問他，看向蘇浩安。

「蘇浩安，你說。」

「段嘉許？」蘇浩安喝醉了，臉都是紅的。他盯著段嘉許的臉，搖搖頭，「一般般吧，還沒有我萬分之一的帥氣。」

段嘉許彎唇：「那你怎麼回事？」

蘇浩安：「？」

段嘉許慢條斯理地說完：「一看見我就臉紅。」

蘇浩安要吐了，「你真是過了幾百年都沒有變。」

感覺沒一個人能正常回答問題，桑延又把目光放到陳駿文身上：「趕快回答。」

陳駿文被他煩死了：「帥帥帥，你的對象最帥！行了吧！」

「噢，那麼，」桑延也不在意他這個稱呼，轉頭，意味不明地盯著段嘉許，「我跟段嘉許誰比較帥？」

第五十八章　我是妳的備胎嗎？

因為穆承允的話，走出公司時，溫以凡下意識地往四周掃了一眼。畢竟她見過這種上來鬧事的情況，內心總有點不安，大致回想了一下自己這段時間做的報導。

她完全沒有跟當事人鬧過不快的印象，基本上都是和平交流，近期也沒做過什麼揭發醜聞之類的新聞。

這個時間上安的人潮依然不少，再加上附近就是墮落街，此時街道上熱鬧喧囂。路燈大片覆蓋，在這黑夜裡，世界依然明亮如晝，溫以凡的擔憂也因此消散。

她冷得身子僵硬，把下巴縮進圍巾裡，直接攔了一輛計程車。錢飛舉辦婚禮的飯店就在上安附近，開車過去最多十分鐘。

坐上車後，溫以凡先傳了訊息給桑延。想到等一下可能會見到不少他的朋友，她思考了一下，從包包裡拿出口紅，淺淺地補了個妝。

溫以凡盯著窗外，思緒漸漸飄散，又想起穆承允複述的那些桑延畢業典禮的事情。

她從前一直不太敢回想，也從不曾跟桑延再提及這些。但現在跟他的關係越近，她越發覺得患得患失，總會擔心他們現在的關係，總有一天會因為從前的事情受到影響。

——『他們那天好像是提了，哪個學長當了幾年的備胎還是什麼的。』

——『然後桑學長就說話了。』

一瞬間，時間飛速前移，回到那個悶熱而暗沉，令人透不過氣的暑假。

少年站在她身前，細密的雨水砸在他的眼睫上，彙聚成斗大的水珠，然後墜落。他的喉結淺淺滑動，聲音很輕：「妳為什麼報了宜大？」

溫以凡已經不太記得當時的心情了，只記得自己想不到合適的理由，平靜地回了一句：「我跟別人約好了。」

桑延看著她：「那我呢？」

良久後，桑延眼眸垂下，裡頭似乎沒摻雜半點溫度。他第一次用稱呼將兩人的距離拉開，一字一字地問：「溫以凡，我是妳的備胎嗎？」

記憶被一陣鳴笛聲打斷。

前面的司機像是氣極了，立刻煞車把車窗搖下來，朝外頭吼了一句：「會不會開車啊！」

溫以凡身子順勢前傾，回過神向外望去。只見一輛跑車像是沒長眼睛一樣，極為囂張跋扈地從旁邊擦過，差點就與他們撞上。

罵完後，司機又發動車子。

溫以凡心有餘悸地問：「司機大哥，怎麼回事？」

「嚇到妳了吧，小姐？」溫以凡長得好看，說話又溫柔，司機的火氣明顯因為她消了幾分，「上安這邊就是這樣，一堆有錢人家的公子喝完酒，就在這裡酒駕飆車，都沒人管！」

這件事溫以凡倒是知道，組內已經因為這件事情做了好幾次報導。

但溫以凡現在的注意力被「酒駕」這兩個字吸引。她在頃刻間想起情人節的那個淩晨，到現場後，跟酒駕的車興德遇見的事情。也不知道他會不會因此知道自己在南蕪電視台上班，溫以凡又想起穆承允的形容：四十多歲的中年男人……

她也不太確定這個猜測，臉色越顯嚴肅。

◇

到了之後，溫以凡付錢下車。

還沒等她拿出手機，就注意到桑延站在飯店門口。他站姿懶散，身材高大清瘦，穿了一身不太耐寒的正裝。此時指尖上銜著根菸，神色看起來有點累。

溫以凡走到他面前：「你怎麼在這裡抽菸？」

聞聲，桑延低頭看她。他的身上帶著濃重的酒氣，也不知道是喝了多少。但眉眼清明，看不出半點醉態。

「你不冷嗎？」溫以凡碰了碰他的手，溫和地說，「我們進去吧，你這衣服看起來一點都不保暖。」

桑延應了一聲，在旁邊的垃圾桶上捻熄菸蒂：「冷，妳幫我暖暖。」

「你喝了很多嗎？」溫以凡觀察著他的模樣，握住他的手，塞進自己外套的口袋裡，「你不是說沒當伴郎嗎？怎麼還灌你酒？」

桑延盯著她的臉，悠悠地說：「有對象的都得被灌。」

溫以凡眨眨眼，思考了一下這個邏輯，「那我是不是也得被灌？」

「當然。」桑延拉著她往裡面走，「不過呢……」

「嗯？」

桑延唇角勾起，指腹在她的手背上輕輕摩娑，心情看起來很不錯。

「妳男友已經把妳的份也解決了。」

溫以凡被桑延帶到他坐的那一桌。

這一桌基本上都是錢飛的死黨，全都互相認識。見到被桑延牽著出現的溫以凡，一群原本吵吵鬧鬧的大男人們頓時消了音。

注意到所有人投過來的目光，溫以凡有點不自在。

最先打破寂靜的仍然是蘇浩安：「我的天，桑延，你女朋友是溫以凡？」

桑延抬眼：「怎樣？」

「這就是你說的那個，瘋狂想把你的女生？」蘇浩安服了，覺得自己果然不能聽信他的話，「這種話你都說得出來？」

溫以凡下意識看向桑延。

蘇浩安又對溫以凡說：「溫以凡，妳可不可以說句話打打這個狗的臉！我真看不慣他這副囂張到令人作嘔的嘴臉！」

「啊？」溫以凡並不覺得這句話有什麼問題，遲疑地回，「但我的確，不過也不是把……」

溫以凡覺得「把」這個字聽起來沒什麼誠意：「是追。」

這句話一出，酒席上又陷入一片靜默。

桑延沒出聲，只是沉默地把玩著她的手，神色悠哉至極。他偏過頭，盯著溫以凡認真解釋的表情，忽地低頭笑了幾聲。

蘇浩安有點無言：「妳太給桑延面子了。」

在場似乎沒有一個人相信溫以凡的話。

溫以凡也不太在意他們的反應，只是不自覺地往四周觀察了一圈。瞥見坐在桑延隔壁的人，她很快就認出也是桑延的大學室友，叫陳駿文。

「所以，」陳駿文恰好開了口，語氣極其八卦，「蘇浩安，你跟全世界說的那個，桑延高中時怎樣都追不到的女生，就是這位？」

蘇浩安是標準的損友，嘆了口氣：「對，所以還好意思吹牛說是女生追他呢！」

溫以凡有點納悶，湊到桑延耳邊問：「你要不要解釋解釋？」

桑延瞥她：「解釋什麼？」

溫以凡反倒很關心他的面子問題：「說你真的不是在吹牛。」

陳駿文又接話：「所以桑延，你大學是因為這樣才不交女朋友？」

「這你就想太多了，」蘇浩安嚷嚷道，「桑延就只是單純找不到女朋友好嗎？那狗脾氣誰忍得住！你說你可以忍嗎？要脾氣多好的人才能跟他過一輩子！」

陳駿文喝了口酒：「實不相瞞，剛剛桑延問我段嘉許帥不帥的時候，我真的以為他看上段嘉許了。」

又是這個「緋聞對象」，溫以凡下意識地聽著陳駿文的話。

「我服了，後來還說什麼，噢——」陳駿文模仿著桑延的語氣，慢悠悠地說，「那，我跟段嘉許誰比較帥？」

溫以凡立刻看向桑延，對上他居高臨下，而又意味深長的目光。像是姍姍來遲地，想跟她翻個舊帳。

這次溫以凡不打算渾水摸魚。她抿抿唇，思考了一下，湊到耳邊安撫他：「我投你一票。」

「不用。」桑延似乎不接受這麼敷衍的解決方式，語氣也輕飄飄地，「我從不強人所難。」

溫以凡有點想笑：「沒有，我是誠心誠意的。」

桑延噢了聲：「是嗎？」

「不然的話，」溫以凡頓了一下，重提剛剛蘇浩安的話，「我也不至於這麼瘋狂地追求你。」

婚宴即將結束。

桑延被幾個老朋友拉著去另一桌聊天，溫以凡不認識那些人，就不跟過去，只留在原來那桌等他回來。她低頭玩著手機，聽到附近的陳駿文跟旁邊的男人在聊天。

陳駿文感嘆著：「我沒想過老錢居然是我們裡面最早結婚的，我記得畢業時的聚會，他還哭訴了一下自己大學時當了多久的備胎。」

另一人笑：「我們也畢業好幾年了。」

陳駿文笑了：「是啊，我記得當時桑延喝醉了，不知道把我認成誰，說了句什麼去了……」

溫以凡下意識看了過去。

她還沒聽清楚陳駿文接下來的話，蘇浩安突然起身敬她一杯酒：「噯，溫以凡，為了慶祝妳跟我的好兄弟桑延成了一對，來，我們喝幾杯！」

溫以凡收回眼，想起桑延說的「有對象的都得被灌」。她笑了笑，抱著這樣的心情喝酒倒也心情舒暢，順從地接過酒喝下。

等桑延從另一桌回來，就見到溫以凡已經被灌了好幾杯酒。她身上帶了明顯的酒味，面容卻如常，除了臉頰比平時稍紅一些，看起來沒什麼不妥，但反應明顯慢了好幾拍，目光也有點呆滯。

桑延見過溫以凡喝醉的模樣，此時也大致看得出來她的情況。

他看向蘇浩安，有點火大：「你幹嘛？」

「好兄弟，」蘇浩安看起來也不太清醒，笑咪咪地說，「對的，就是你爸！你爸親自幫你創造了一個美好的夜晚！不必客氣！」

溫以凡還坐在原地，鎮定如常地喝著酒。

桑延不讓她繼續喝了，直接拿起她手中的杯子放到一旁。見時間也不早了，他乾脆把溫以凡抓起來，沉聲說：「回家。」

溫以凡盯著桑延的臉：「好。」

兩人都喝了酒，無法開車。

溫以凡雖然還一副淡定從容的樣子，但腳步已經走不直了。她被桑延半扶著走出飯店，之後站在原地看著桑延在馬路邊攔車。

到後來，溫以凡似乎是站累了，乾脆直接坐在旁邊的擋車石柱上。

這條街不算偏僻，但不知道為什麼，半天也看不到一輛計程車。

餘光瞥見溫以凡的舉動，桑延走回她面前，半蹲下來看她。他皺眉，伸手捏捏她的臉：「妳還真厲害啊。」

溫以凡點頭，接下誇獎：「謝謝。」

桑延又好氣又好笑：「誰讓妳喝酒的？」

溫以凡直勾勾地盯著他的臉，忽地抬手碰他，「桑延。」

「怎麼？」

不知道是想到了什麼，溫以凡抿抿唇，情緒有點低落。她吸吸鼻子，輕聲道：「你這幾年是不是過得不好？」

桑延的表情一頓：「誰跟妳說什麼了？」

溫以凡搖頭：「沒有。」

桑延笑：「那妳亂想什麼？」

「在想，」溫以凡歪了一下腦袋，表情格外困惑，似乎還對此感到極為難過，「你怎麼就去墮落街當紅牌了。」

完全沒想過會聽到這種話，桑延唇邊的笑意僵住。

「你不要那樣了，」溫以凡嘆了一口氣，很認真地說，「我幫你贖身，好不好？」

第五十九章　讓你變成我一個人的

桑延沒想過時隔一年多，他還能從溫以凡口中聽到這種話，而且這次還已經上升到「贖身」的程度。

他覺得荒唐，但又有點好笑：「我哪樣？」

溫以凡的手被凍得冰冰涼涼的，還觸碰著他的臉。她的目光專注，指尖從他的眉眼，順著臉側下滑，停在他右唇邊微微下陷的梨窩。

她不動了，視線也順勢下拉。

「說吧。」桑延任由她摸，伸手握住她另外一隻手，「想幫我贖身，然後呢？」

「然後嗎？」溫以凡慢一拍地抬眼，盯著他熟悉的眉眼，很誠實地說出內心的欲望，「讓你變成我一個人的。」

桑延眉梢輕佻：「那還用得著妳贖身？」

「要，因為我看到你，」溫以凡抿抿唇，輕聲抱怨，「對別的女生笑了。」

說完，她又自顧自地替他解釋：「不過這一定是你的工作要求……等我幫你贖身了，你就不用做這種事情了。」

「溫霜降，誰教妳喝醉了就抹黑別人的？」桑延握住她的力道重了一點，「今天這一桌不都是男人嗎？我對誰笑了？」

溫以凡搖頭：「不是今天。」

桑延：「不是今天是哪天？」

「我第一次去『加班』的時候，」溫以凡語速很慢，像是在回憶，「一個晚上，你對四個女生笑了，還給她們聯繫方式。」

這麼久遠的事情，桑延根本沒印象，但他極為肯定自己沒做過。他直直地盯著她，妥協般地從口袋裡拿出手機：「自己看。」

沒等溫以凡接過手機，身後就傳來車子的聲音。

桑延側頭瞥一眼，是一輛空的計程車。他直接把手機塞進溫以凡手裡，抬手攔下車子，然後把她拉起來，半抱在懷裡：「回家了。」

溫以凡拿著手機，還在叫他：「桑延。」

桑延：「嗯？」

溫以凡很嚴肅：「我已經在準備籌錢了，你不可以對別人笑。」

桑延與她對視幾秒，突然覺得無法這個醉鬼溝通了。他打開車門，邊把她塞進車裡，邊接下她的抹黑：「好好好，知道了。」

把車門關上，桑延走到另一側上車。

桑延跟司機報了地址，湊到溫以凡旁邊，幫她繫上安全帶。

盯著他的舉動以及近距離的眉眼，溫以凡不太習慣，再加上喝多了頭有點暈，也覺得有點不舒服：「為什麼後座也要繫安全帶？」

桑延抬眼：「坐哪裡都要繫。」

「喔。」看他坐回去，溫以凡看著他，「那你怎麼不繫？」

「我覺得不舒服。」

溫以凡又喔了一聲，看起來像是明白了他的意思。車內沉默下來，她的視線還放在他身上，幾秒後又問：「那你怎麼不繫？」

桑延沉默三秒，見她還一直看著自己，再度妥協，拉過安全帶繫上。

見狀，溫以凡才像是心滿意足了。她垂眸，目光定在桑延的左手上。他的袖子微微捲起，先前她送他的手鏈還戴在左手手腕上，像是一直沒摘下來過。

紅色的細繩，還帶了個小墜飾，跟他的氣質的確不太搭；但他戴上了之後，又覺得好像還滿合適的。

溫以凡去抓他的手，輕輕碰了幾下，腦海裡浮現今晚蘇浩安總是損桑延的畫面。她莫名又有點不開心，小聲道：「你戴這個會不會被笑說像小女生？」

「嗯？」桑延懶懶地說，「關他們屁事。」

「那我們怎麼這麼早就走了？」溫以凡費勁地想了想，說話慢吞吞地，「我剛剛聽到他們說，等一下還要鬧洞房……」

桑延學著她的語速，也慢吞吞地說：「因為有個酒鬼喝醉了。」

聽到這句話，溫以凡觀察著他：「你喝醉了嗎？」

「……」

「那我回去幫你泡蜂蜜水，」溫以凡喝醉就變得愛講話，但說話的邏輯尚存，「然後你早點一睡，明天不是還要上班嗎？」

桑延側頭：「那妳呢？」

溫以凡眨眼：「我明天輪休。」

「嗯，」桑延捏了一下她手心上的肉，語調悠哉，「妳有時間了，所以想找點事給我做。」

「我都打算幫你贖身了，你就得忘掉你紅牌的身分。」溫以凡又把話題繞回來，表情很正經，「幫我做什麼事情都是理所當然的。」

桑延第一次知道「紅牌」這個稱號，還是因為蘇浩安。當時蘇浩安不知道從哪裡聽到這件事，格外不服氣，還為了誰才是這墮落街的紅牌跟他爭執了一番。

他懶得理蘇浩安，也根本沒把這件事放在心上。但桑延沒想到，這個稱號還可以成為他跟溫以凡再度見面的一個契機，並且她對此還耿耿於懷。

沉默了好一陣子，像是終於忍不住了，桑延莫名笑出聲來。他的肩膀顫抖，笑時胸膛也隨之起伏，過了好半天才說：「好，妳說的有理。」

「……」

「還有，妳男友我還是清白之身。不賣藝也不賣身，僅靠才華賺錢。」桑延拉長尾音，吊兒郎當地道，「妳花這筆錢也不吃虧。」

溫以凡鄭重道：「我知道。」

桑延：「所以趕快來贖我，好不好？」

溫以凡點頭。

聽著他們的對話，前面的司機神色詭異，頻頻地看著後照鏡。直到尚都花城門口，接過桑延的錢後，他才忍不住出聲勸導：「小姐，我看妳長得這麼標緻——」

溫以凡看向司機：「嗯？」

「沒必要找個牛郎當對象啊！」

桑延直接把車門關上，似笑非笑地道：「大哥，還有您這樣妨礙生意的？」

尚都花城進出管得嚴，沒登記車牌的車子開進去得登記一些雜七雜八的東西，非常麻煩。所以桑延也沒讓司機把車子開進去，直接在門口停下。

但坐了一路，溫以凡的醉意似乎更濃了，現在連站都站不穩，桑延乾脆把她揹起來。

溫以凡把下巴放在他的肩膀上，雙手勾住他的脖子。她似乎有點睏了，但還一直嘀嘀咕咕地說著話：「所以，一定不能靠色相吃飯。」

桑延安靜地聽她說。

溫以凡：「這是最沒有前途的路。」

「嗯。」桑延順著說，「沒有人要妳靠色相吃飯。」

溫以凡搖頭：「有的。」

聞言，桑延的腳步一頓，回頭：「誰？」

溫以凡似是想說什麼，但對上他的側臉時，又把話都吞了回去。她思考了一下：「我之前在宜荷的時候，先是在報社實習了兩年多，後來去宜荷廣電了。」

桑延很少聽她提及以前的事情。

「我是通過社招，進了他們的招牌新聞節目。」溫以凡說，「我也沒想過會錄取，因為可以進去的基本上都是靠關係。我就是想試試看，所以投了履歷。」

桑延應了聲：「然後呢？」

「然後，」溫以凡的神情有點呆，似乎不是很喜歡這段回憶，「我在那裡待了好幾個月之後才知道，組裡很多人都在說，我是跟主任上床才錄取的。」

「……」

「我也不是很在意這些事情，畢竟嘴長在別人身上，我也管不住。」溫以凡說，「不過我也沒想過，我那個主任是真的想跟我上床。」

桑延的腳步停了下來。

「他說我這張臉不管做什麼都比當記者賺錢，而且還比較輕鬆，也不知道我在清高什麼，反正睡幾次對我也沒什麼損失。」溫以凡的話停住，過了半晌才道，「……我好討厭那個地方。」

桑延低聲哄道：「嗯，那我們以後不要去了。」

溫以凡低不可聞地道：「為什麼都要這樣說我？」

怕嚇到她，桑延壓著心底的戾氣，試圖讓自己的語氣平靜些：「因為他們有毛病。」

「桑延。」

「嗯？」

「我回南蕪之前，」溫以凡輕聲說，「夢到你了。」

「……」

「我夢到你來宜荷了，帶著你……」可能是說太多話了，有點睏，溫以凡說得有些艱難，「帶著你……嗯……你的妻子，你們是來蜜月旅行的。」

桑延笑：「妳做的這是什麼夢？」

溫以凡：「你很開心，還笑著跟我打招呼。」

很奇怪，那個時候，溫以凡其實已經很久沒想起桑延了。但醒來之後，她突然就想回南蕪了。她討厭宜荷，也討厭北榆，沒有一個城市是她喜歡的。但那一瞬間，她覺得，至少她爸的墓在南蕪；至少，南蕪還有一個，她想見卻不敢見的人。

「好吧。」桑延思考了一下，語調也多了幾分認真，「那我們以後也去宜荷蜜月。」

溫以凡愣愣地盯著他的側臉，莫名覺得有點想哭。她垂下眼，輕輕地吸了一下鼻子，很小聲地說：「桑延，對不起。」

「嗯？」桑延問，「對不起什麼？」

「我太重了。」

「我都還沒說什麼，妳就說自己重了？」桑延笑了，「想道歉前先掂掂自己有幾斤可不可以？妳的骨頭卡到我了。」

溫以凡沒說話，把臉埋進他的頸窩裡。

對不起，我以前說話語氣太重了。

溫以凡沒再說話，思緒漸漸飄遠，全副身心都被眼前的男人占據。眼皮漸漸垂下來，腦子有點重，回想起今天婚宴上陳駿文的話。

——『當時胖子在那裡哭訴，喝得像個傻子一樣。他把桑延當成他大學追的那個女生了，吼半天「萬琳！我是妳的備胎嗎！」桑延也喝了不少，也像個傻子一樣重複著他的話。』

——『啊？桑延說什麼了？』

也不知道究竟是自己沒聽清楚、幻想出來的話，亦或者真的就是那樣發生的。

可是桑延應該不會說那樣的話，他不能說出那樣的話。

他是那麼那麼驕傲的一個人，就應該一直是驕傲的，不會被任何事情打敗。所以，他絕對不能，就這樣一直在等她。

極為強烈的愧疚感幾乎要將她壓垮。溫以凡不希望這是真的，覺得自己無法承受這樣的對待。

——他說什麼了啊？

溫以凡不敢再去回想。

她疲倦到了極致，慢慢地，被這濃郁的睡意拉進夢境之中。

夢境裡，熱鬧滾滾的熱炒店內。

男人穿著白襯衫，領口的釦子解開幾顆，袖子也稍微往上捲。他的眸色漆黑，眉眼被醉意染上幾分潰散，漫不經心地重複著錢飛的話：「我是你的備胎嗎？」

陳駿文在一旁笑：「桑延，你被傳染了？」

「我是你的，」像是沒聽見一樣，桑延語氣很輕，「備胎嗎？」

周圍的一切似乎都在拉遠。熱鬧的場景喧囂，但似乎都與他毫無關係，像在兩個不同的世界。

桑延的喉結上下輕滾，眼角被酒染上點點殷紅。他垂下眼，自嘲般地扯扯唇角，聲音低啞至極。

「備胎……也可以。」

第六十章　幫我洗個澡

背上的人終於不再說話，呼吸聲也變得更輕，沒再發出聲響。像是一整天下來的疲倦都被這醉意放大，完全招架不住。

不知過了多久，直到快到家裡樓下時，桑延聽到溫以凡咕噥一句：「桑延……」

聞聲，桑延側頭看她。瞥見她緊閉著的眼睛，他的目光停住，然後收回視線，繼續看著前方，低聲笑：「說夢話啊？」

下一刻，勾住他脖子的力道似是不自覺地加重。

後來的一路，溫以凡都昏昏沉沉的。

她分不清楚夢境與現實，腦海裡閃過一段又一段的回憶，感覺自己在無盡的黑暗裡飄蕩。殘存的意識讓她隱約能感受到男人溫熱而寬厚的肩膀，像是能幫她驅散掉這冬日裡的寒意。

再有意識時，溫以凡是被桑延叫醒的。她坐在沙發上，盯著面前的男人，腦子混沌到想不通他想幹什麼，只覺得他像個惡霸，影響了她的睡眠。

她煩躁至極，定定地看著他，起床氣也不由自主地冒了出來。

「桑延。」

桑延端著一個碗，正想繼續說話。

溫以凡又道：「你不要吵我睡覺。」

桑延也看她，幾秒後把碗放在桌上，笑了：「妳還敢跟我發脾氣？」

溫以凡不理他，身子往旁邊挪了挪，往另一側倒，像是想繼續睡覺。但下一刻，她又被桑延拉了起來，固定在原來的位置。

桑延揚眉，語氣有點惡劣：「不准睡。」

「我為什麼不能睡？」溫以凡覺得他不講理，威脅道，「你再不鬆手我要罵你了。」

「好。」桑延把她拉到自己懷裡，倒是覺得很新鮮，「妳罵。」

「你這個……桑、桑，」溫以凡的氣勢一要罵人又矮了一截，結結巴巴，想了半天才擠出一個詞，「桑……桑家之犬。」

桑延低頭，目光放在她身上，被罵了反倒還笑，「妳說什麼？」

溫以凡沒吭聲。

桑延：「沒了？」

「沒了，我要睡了。」溫以凡抱著他，酒的後勁似乎徹底上來，讓她覺得不太舒服。她的眉眼還帶著暴躁，很認真地說，「你不要打擾我了，我不想罵你。」

「把這個喝了再睡，」桑延把她的腦袋抬起來，另一隻手又端起桌上的碗，直接送到她唇邊，「不然明天起來妳的頭會痛死。」

因為他的動作，溫以凡又睜開眼，卻沒半點要喝的意思。

等了片刻，桑延直接說：「不喝就不讓妳睡覺。」

兩人僵持了半天。

溫以凡歪頭，像是想到了什麼，慢慢地說：「你好像桑延。」

「……」

「他也這麼凶。」

桑延面無表情地說：「妳喝不喝？」

這次溫以凡沒再反抗，乖乖地就著他的手，小口小口地喝著碗裡的醒酒湯。她邊喝，還時不時抬眼偷偷看向桑延。

「妳知道我今晚喝了多少嗎？」桑延盯著她喝，語氣凶巴巴地，「本來想說喝多了也沒事，反正某個人能照顧我一下，結果呢？」

溫以凡順著問：「結果呢？」

桑延掐住她的臉：「結果某個人還跟我發脾氣。」

「喔。」溫以凡安慰他，「那你不要理她了。」

桑延也不知道這女人酒量怎麼會這麼差，喝幾杯就變成這樣。覺得自己說半天也沒什麼用處，她根本一句都沒聽進去。

溫以凡喝了半碗，就不繼續喝了。

桑延：「喝完。」

「不行。」溫以凡搖頭，「剩下的你喝，你今晚不是喝了很多酒嗎？」

桑延瞥她一眼，「妳喝成這樣還記得？」

溫以凡沒回答，把碗抬高，捧到他唇邊：「你喝。」

「鍋裡還有，我等一下喝。」桑延說，「妳把剩下的這一點點喝完。」

「那你得，」溫以凡怕他不喝，「在我面前喝。」

「妳還要看？」桑延笑，「妳不睏了？」

「喔。」被他一提醒，溫以凡又想起這件事，「桑延，我好睏。」

「嗯，喝完就去睡。」

溫以凡吸了一下鼻子，小聲嘀咕：「但是我身上好臭。」

桑延耐著性子說：「那等一下去洗個澡。」

「我不想動。」溫以凡抬頭，好聲好氣地請求，「所以你可不可以幫我洗澡？」

見他立刻看過來，溫以凡又意識到自己似乎麻煩他太多事情了。總覺得這樣對他不太公平，她怕被拒絕，又補充說：「等你不想動的時候，我也可以幫你洗。」

桑延眉心微動，深吸了一口氣，「不可以。」

一整晚不管自己提出什麼要求桑延都拒絕，溫以凡也有點不開心了。

「你幹嘛這麼小氣？」

「我小氣？」桑延很無奈，「好，我等著看妳明天清醒之後會多後悔。」

「那我不洗了。」溫以凡繼續威脅他，「我今晚要跟你一起睡覺，我要臭你。」

桑延把最後一口醒酒湯餵進她嘴裡，一字一字地說，「現在就給我回房間睡覺，我不跟妳睡，別想臭我。」

溫以凡覺得他說話不算話：「你之前才說，讓我抱著睡也可以的。」

「溫霜降，」桑延沒轍了，完全無法跟她溝通，又不能對她發火，「妳可以行行好，幫我留條活路嗎？我抱著妳要怎麼睡？」

溫以凡：「為什麼不行？」

桑延盯著她：「妳說呢？」

溫以凡搖頭：「我不知道。」

桑延眸色深了些，把她往自己身上壓，又問了一次。

「妳說為什麼不行？」

溫以凡沒說話，看起來像是沒聽懂。過了半晌，她垂下眼，突然像是感受到了什麼，神色有點愣住：「喔，這樣不行。」

桑延放開她。

「你喝醉了，」溫以凡認真地說，「我怕你醒來之後不認帳。」

桑延盯著她，半天後才決定放棄。他不再費唇舌跟這個沒神智的酒鬼繼續胡扯，直接抱起她就往主臥走。

溫以凡話還是很多，自顧自地說了半天，桑延安靜地聽著。

勉強替她把妝卸了，桑延盯著她被伺候得昏昏欲睡的模樣，又覺得好笑。

「還真是信得過我。」

她這狀態明顯無法洗澡。

桑延也不覺得她哪裡臭了，只幫她脫掉外套。他沒叫醒溫以凡，把她安置到床上便走出主臥。

◇

第二天早上。

溫以凡不知為何突然醒來，睡眼惺忪地睜開眼，瞬間對上桑延的臉。她的呼吸停住，腦海裡在頃刻間浮現昨晚發生的所有事情。

從頭想到尾，溫以凡最後的印象就是，桑延把她抱到浴室裡，替她把妝卸了，接下來她就徹底失去意識。

所以說，她現在為什麼會在桑延的床上！

溫以凡想起自己昨晚瘋狂撩桑延的話，僵硬地低頭看向自己身上的衣服，還是昨天的那套。她稍稍鬆了一口氣，又看向桑延。

認真地思考了一下可能性，好像就只能是，她又夢遊了。

桑延的手機就放在旁邊。

溫以凡拿起來打開螢幕，一眼就看到他的鎖定畫面是兩人在摩天輪上的合照。她眨眨眼，盯著看了好一會兒才看向時間。

此時才七點出頭。

昨晚沒洗澡，溫以凡現在覺得全身不舒服。她躡手躡腳地起身，正打算回去洗個澡再繼續睡的時候，身後的男人忽地有了動作。溫以凡的手臂被他抓住，用力往他的方向拉，然後抱在懷裡。

溫以凡毫無防備，總覺得這一幕有點熟悉。

她小心翼翼地回頭。

只見桑延還閉著眼睛，呼吸節奏規律平和，明顯還在睡夢當中。

溫以凡盯著他的臉，掙扎了好一會兒。良久後，她放棄掙扎，翻了個身，把臉埋進他的胸膛裡，回籠的睏意再度襲來，她重新閉上眼。

算了，晚點再洗也無所謂。她喜歡被他抱著，反正那是遲早的事，有名有份的，她也不算是占了便宜。

很快，溫以凡再度陷入睡意之中。

她沒注意到，在她看不到的角度，桑延緩緩睜開眼，盯著她的腦袋，唇角小幅度地勾了起來。

這一覺睡得徹底，比先前幾次還沉。迷迷糊糊之際，溫以凡感覺到桑延似乎起床準備上班了。

她費勁地睜開眼睛，含糊不清地囑咐：「你上班路上小心。」

「嗯。」桑延剛換完衣服，順帶把她拖起來，「起來吃了粥再睡。」

溫以凡還睏得要命，被他一拉，起床氣再度炸裂。她定定地盯著他，沒跟他爭執，過了三秒，重新鑽進被子。

「快一點，」現在她不起來，想必會睡上一整天都不吃東西，桑延沒心軟，「吃完粥再睡。」

溫以凡敷衍道：「我晚一點吃。」

桑延：「不行。」

溫以凡直接裝死。

「妳怎麼回事？」桑延笑，「脾氣還真大。」

溫以凡解釋：「我沒發脾氣。」

桑延：「那起來。」

「桑延，」溫以凡從被子裡露出腦袋，試圖心平氣和地跟他說話，語氣卻還顯得生硬，「我想睡覺，我現在不想起來。」

桑延稍稍揚眉，直接連同被子把她抱起來。

溫以凡毫無防備，對上他的目光。

沒等她再說話，桑延垂頭盯著她，悠悠地說：「怎麼？怕我跟妳聊昨晚的事情？」

溫以凡的起床氣瞬間消了大半。她頭皮發麻，清醒過來後才想起這件事。她強裝鎮定：「人喝醉酒的時候，總會說一些匪夷所思的話，這是正常的，你不用太放在心上。」

桑延噢了一聲，自顧自地說：「墮落街紅牌？」

「……」

「贖身？」

「……」

「要我幫忙洗澡？」

「……」

「怕我不認帳？」

溫以凡聽不下去了，窘迫到了極點。她神色淡定地捂住他的嘴，提醒道：「不是說要吃粥嗎？再不吃等一下就要冷掉了。」

桑延停下話語。

「你不是也沒幫我洗澡嗎？」溫以凡看他，「就……你還是把自己保護得滿好的。」

等桑延出門後，溫以凡把碗筷收拾好，回房間洗了個澡。她脫掉衣服，此刻才後知後覺地想到陳駿文的話，真切地確認，她確實聽清楚了。

陳駿文就是這樣複述的。

溫以凡的心裡有點悶，她不確定桑延說的那句話跟她有沒有關係。可她希望沒有。

她希望那只是桑延醉酒時，隨意跟朋友調侃的一句話。她希望這麼多年來，桑延過得都很好。不曾為任何事情停下腳步，人生也沒有任何的牽絆。

也不會，因為她而受到任何影響。

◇

短暫的假日在眨眼間結束。

接下來一段時間，因為穆承允的話，溫以凡離開公司時總會不自覺地往四周掃一眼。她問過警衛，似乎除了那一次就沒有人來找過她。

確定沒發生什麼異樣和不妥後，溫以凡才放下心來。

隨著幾場細密的小雨，春天也在不知不覺間來臨。南蕪市的氣溫漸漸升高，褪去了冬日的寒冷，沿途的枯樹也漸漸泛起綠意。

溫以凡剛從編輯室回辦公室，正準備開電腦時，旁邊的蘇恬又湊過來跟她聊起八卦。

「噯，我聽說，小狼狗好像遞辭呈了。」

聞言，溫以凡看了過去。

蘇恬繼續道：「我聽大壯說，好像是不打算做這一行了。說是他本來就對記者這一行沒什麼興趣，一直比較想當演員，然後剛好有經紀公司想簽他，就辭職了。」

溫以凡啊了聲：「那很好啊，可以做自己喜歡的事情。」

「真好，當演員應該很賺錢吧。」蘇恬托著腮幫子，「妳說他之後會不會爆紅啊？我們要不要先跟他要個簽名啊，說不定以後還可以賣錢。」

溫以凡笑：「可以。」

恰好手機響了。溫以凡收回視線，拿起手機看了一眼，是桑延的訊息。

桑延：什麼時候下班？

溫以凡回：馬上。

注意到她的舉動，蘇恬忍不住說：「我何時能見見妳的這個鴨中之王？」

溫以凡彎唇：「下次。」

「好吧。」蘇恬嘆息，有點羨慕，「妳說妳作為一個記者，怎麼能談戀愛談得如此甜蜜？我覺得我已經該換男朋友了，等著下一個毫不知情的可憐蟲天天被我放鴿子。」

溫以凡一頓：「這麼嚴重嗎？」

蘇恬：「是的。」

再低下頭，她看見桑延直接傳了兩封語音訊息過來。

『那等一下來加班一趟？』

『我喝酒了，不能開車。』

溫以凡眨眼，回了個「好」。

注意到桑延的舉動，蘇浩安格外無言：「你何必瞎扯這些話？直接說一句『我在跟朋友聚會，妳要不要過來』不就得了！」

桑延抬眼，輕碰了一下杯子：「我沒喝？」

「誰不知道你是什麼心態！」蘇浩安實在受不了了，「一天到晚就知道炫耀女朋友，自從胖子結婚，你把溫以凡帶過來之後，你還有別的好說嗎？」

桑延沒說話，又喝了口酒。

蘇浩安指著他手上的紅繩，又道：「還有你這手鏈……」

「對。」桑延打斷他的話，身子靠在沙發上，懶洋洋地說，「情侶款，你嫂子送的。」

「……」

「也沒辦法，人家女生就喜歡跟我戴同款的。」桑延下巴微揚，說話拉長語尾，格外欠揍，「我總不能掃了她的興。」

蘇浩安服了，不再搭理他。

等時間差不多，注意到訊息，桑延便起身。他拿起旁邊的外套，笑容漫不經意：「走了。不好意思，有人來接呢。」

蘇浩安往他身上扔紙巾：「滾吧！不要再回來了！」

走出公司，溫以凡直接走向墮落街。到「加班」門口的時候，她傳了封訊息給桑延，也沒在外頭等，直接往裡面走。

溫以凡走到吧檯前等著。調酒師何明博已經認得她了，見到她來，還倒了杯水給她。

「妳要不要直接上去找延哥？」

溫以凡笑著道了聲謝。她想想，覺得這樣似乎也可以，就不用讓桑延特地下來一趟了。她轉頭看向樓梯：「那我直接上去……」

她的話還沒說完，手腕突然被人抓住。

溫以凡很明顯感覺到身後的氣息完全不熟悉。她下意識地甩開手側過頭去，下一刻，就對上車興德醉醺醺的面容。

她的呼吸停住。

車興德毫不受影響，再度抓住她的手臂，面容明顯不清醒：「噯，真的是霜降啊。我就說我沒認錯……」

男女間的力氣懸殊，溫以凡想掙脫，卻完全抵不過他的力氣。她閉了下眼又睜開，沒再浪費力氣。她盯著他，說話的語氣毫無溫度：「你有事嗎？」

「怎麼問我有事嗎？我不就是想找妳敘敘舊，上次看到舅舅怎麼當作沒看見？」車興德嘖了一聲，「妳真是太沒良心了，這麼久沒看到舅舅也不——」

下一瞬間，車興德的手臂被突然出現的桑延用力拉開。

那股難纏的，無力至極的感覺隨之消散。

溫以凡感覺到自己被桑延拉進懷裡，整個人被他的氣息再度占據。精神一放鬆，她才察覺到自己的身體在不受控制地發抖。

她完全沒想過會在這裡遇到車興德。她強壓著內心的厭惡，試圖讓自己平靜下來。

溫以凡抬起頭，對上桑延稍帶了戾氣的眉眼。她動動嘴巴，卻說不出話來。

桑延唇線平直，指腹在她的手腕輕撫了一下：「沒事吧？」

溫以凡輕輕地嗯了聲。

見狀，桑延才放下心來，他轉頭上下打量著車興德，臉上的情緒外露，在此刻完全壓不住，語氣也像是摻雜著冰塊。

「你哪位？」

第六十一章　什麼都行

因桑延這突如其來的動作，車興德往後退了幾步。他勉強穩住身子，醉醺醺地指著溫以凡，大舌頭地說：「我……我哪位？我是她舅舅！」

聽到這句話，桑延又看向溫以凡，似乎是在詢問她這句話的真實性。

溫以凡抿唇：「不是。」

「嘿！霜降，我不是？什麼叫不是！」車興德氣惱地走上前來，「這種話妳都說得出來，妳有沒有良心？舅舅以前還幫妳買過吃的穿的，不記得了？」

溫以凡抬頭，眼裡的厭煩完全藏不住。她不想讓自己太失態，也不想把太多的情緒放在眼前這個跟自己現在的生活毫不相干的人身上。

「我不認識你。」

可能是覺得溫以凡的話讓他沒面子，車興德更加惱火，又想過來拉她。

察覺到他的意圖，桑延立刻把溫以凡護到身後。他抓住車興德的手臂，低著眼，目光像是在看什麼髒東西一樣。他手上的力道漸漸收緊，直至聽到車興德的呼痛聲才鬆開。

桑延的語氣很平靜：「聽不懂人話是嗎？」

「你有病吧！我跟我外甥女說話關你屁事！」車興德來過這間酒吧好幾次，也認得桑延，只以為是老闆來管事，「滾滾滾！別人的家務事你管什麼！有毛病吧！」

桑延懶得跟他多廢話。

注意到這頭的動靜，何明博問道：「延哥，怎麼回事？」

「喝醉了在這裡發酒瘋，叫大軍進來把他帶出去。」桑延壓根沒把車興德這個人當成一回事，隨意道，「別影響到其他客人了。」

「我做什麼了叫我滾？」車興德身上的酒氣熏天，因桑延的態度極為惱火，開始撒野，「老闆打人還趕客是吧！老闆了不起是吧！」

車興德的行為舉止，讓周圍的顧客漸漸把目光投向這邊。

「怎麼？」桑延完全不在意其他人的眼光，似笑非笑地說，「你都這麼說了，我不動手是不是還很對不起你這句話？」

溫以凡緊張地抓住桑延的手。

桑延回握住她，指腹輕抹了一下她的指尖，視線仍放在車興德身上。

見他的語氣似乎不是在開玩笑，車興德的氣勢也弱了，不敢再出聲挑釁。他再度看向溫以凡，注意到他們親密的舉動，忽地明白過來：「霜降，妳跟這老闆有關係啊？」

溫以凡沒出聲。

「喔，老闆啊。」車興德變臉速度很快，堆起笑容，「我是她舅舅，沒惡意。自己人哪用得著這樣針鋒相對？我就是太久沒見我外甥女了，所以有點激動……」

沒等車興德說完，外頭值班的兩個警衛就已經進來，架著他往外走。

其中一人還隨口說了一句：「別鬧事了。」

「什麼啊！我鬧什麼事了！」車興德又嚷嚷起來，「你們幹什麼！」

桑延的眉眼動了動，在某個瞬間覺得車興德的模樣有些熟悉，但那個念頭只閃過片刻，很快就消失不見，他也不記得自己什麼時候見過這個人。

原本的好心情都因這件事消散，桑延低眸盯著溫以凡：「回家了？」

「嗯？」溫以凡回過神來，勉強露出個笑容，「好。」

桑延有點後悔今晚叫溫以凡過來了。他側頭又囑咐何明博幾句話，然後牽著溫以凡走出酒吧。

他低聲問：「剛剛有沒有弄痛妳？」

溫以凡心不在焉地回應：「嗯？」

「那個男的，」桑延揉揉她的手腕，「有沒有弄痛妳？」

溫以凡這才抬頭，彎起唇：「不痛。」

桑延能明顯地察覺到溫以凡的情緒，也能明顯察覺到，從碰到那個男人開始，她的狀態就不太對勁。他的神色不明，又問：「那個男的妳認識？」

溫以凡沉默幾秒，誠實回答，「是我大伯母的弟弟，跟我沒什麼關係，也算不上是舅舅。」

桑延：「他一直都這樣？」

溫以凡：「什麼？」

桑延：「對妳的態度。」

溫以凡又垂下頭，儘量讓自己的聲音平靜一點：「我跟他不熟。他也不是什麼好人，你如果再碰到他，不用管他，就當成是陌生人就好了。」

她根本沒想過還會再遇到這些人，也一點都不希望，自己家裡的事情會影響到桑延。

安靜下來。

過了一會兒，桑延忽地出聲：「溫霜降。」

溫以凡：「怎麼了？」

「妳有什麼事情都可以跟我說。」桑延說，「什麼都行。」

似乎是察覺到自己的反應影響到了他的心情，溫以凡笑了笑，聲音裡也帶了安撫的意味：「不是什麼大事。」

然後，她收回視線，語氣平和：「都是我自己可以解決的事。」

兩人回到家。

就開車回來的這麼一段時間，溫以凡的狀態又恢復過來。她神色如常，像是沒見到剛剛那個男人一樣，只像平時一樣跟桑延聊天，卻不再提剛剛的事情。

溫以凡幫桑延泡了一杯蜂蜜水，忍不住說：「你不要總是喝酒了，你好多毛病。又抽菸，又喝酒，還熬夜，你這樣身體遲早會壞掉。」

桑延挑眉，覺得自己被她說得像個混混一樣：「我只喝了兩口。」

「那也不行，」溫以凡繼續挑他毛病，「你還老是喝冰水。」

桑延笑：「我喝冰水也不行？」

溫以凡：「對胃不好。」

「好，」桑延平時最討厭被人管，現在倒是覺得這滋味還不賴，「知道了。」

「那你喝完早點睡，」溫以凡睏了，懶懶地打了個呵欠。她坐在旁邊看著桑延喝水，忽地湊過去抱住他，「我去睡覺了。」

桑延回抱住她：「心情還是不好？」

溫以凡搖頭：「我只是睏。」

看她一副什麼都不想說的樣子，桑延也沒再多問，伸手揉揉她的腦袋。兩人的目光對上，他又親了一下她的唇，「去睡吧。」

溫以凡回房間後，桑延又在客廳待了一會兒。他垂著頭，指尖在杯壁上輕敲了幾下，像是在思考著什麼。

良久，桑延才起身洗漱，然後回到房間。

半夜，桑延從夢中醒來。他的神色有些難看，在這瞬間，終於想起了先前自己到底是在哪裡見過車興德這個人。

在此之前，桑延只見過一次這個人——在他最後一次去北榆見溫以凡的那一天。

那天，桑延從公車上下來，習慣性地沿著小巷往前走。來之前，他提前傳了訊息給溫以凡，卻依然遲遲沒有得到她的回覆。

他想直接到溫以凡家樓下等她。但還沒走到那裡，桑延就在小巷子路口，看到溫以凡被一個男人糾纏著。

男人的歲數看起來比溫以凡大了一輪，身材有點發胖，拉著她說話，臉上帶著極為放肆的笑容，格外不懷好意。

那一刻，桑延的所有好心情也隨著這個畫面消失殆盡。他立刻上前把溫以凡拉到自己身後，少年的心性完全不受控制，暴戾之氣甚至讓人覺得他想直接殺了眼前的男人。

男人長得不高，身體也不是很好，沒幾下就倒在地上發出哀求的聲音。

桑延的情緒還未褪去，他就被溫以凡拉住，往另外一個方向快步走著。他盯著溫以凡白皙的後頸，立刻問道：「那個人是誰？」

溫以凡沒回頭，語氣很平：「我不認識。」

那個男人的面容，漸漸與今天見到的車興德重合在一起。

桑延在此刻絲毫不想相信自己的記憶，他不斷在回憶裡搜刮當時溫以凡的表情和情緒，卻又都記不太清楚了。

桑延閉上眼睛，但睡意全無。他起身走出房間，正想去廚房拿瓶冰水喝的時候，就見到此時客廳的沙發上，溫以凡正安靜地坐在那裡。

見狀，桑延瞬間明白了什麼。他沒再往廚房走，換了方向。像之前的每一次那樣，拉過沙發旁的小板凳，坐在她面前。

彷彿沒察覺到他的存在，溫以凡呆滯地看著時鐘。

桑延伸手握住她的手，彎了一下唇：「妳為什麼每次都要看著掛鐘？」

溫以凡眼睛眨也不眨，一句話都沒有說。

「半夜自己待在客廳不覺得可怕嗎？這裡烏漆抹黑的。」桑延說，「不然我以後睡覺不關門，妳直接進我房間，好不好？」

溫以凡沒有任何反應。

桑延坐在她面前，之後也沒再說話，只是安靜地陪著她。

不知過了多久，桑延看到溫以凡把視線從掛鐘上挪開，垂下腦袋。她盯著自己放在膝蓋上的雙手，其中一隻手還被桑延握著。她的神色愣愣地，跟之前每一次她打算起身回房間的前兆差不多。

他看不清楚她的模樣。

正當桑延以為她的夢遊就要結束時，他忽地感覺到，有什麼東西砸到自己的手背上。

桑延表情一愣，目光順勢下挪，看到自己握著溫以凡的手上沾了一滴水。

他再次抬眼，唇邊的笑意漸收。

溫以凡的眼神空洞，安安靜靜地坐在原地。周圍悄然無息，有什麼東西在一顆一顆地，接連不斷地砸下。

墜落在他的手背，像星點的光——是她的眼淚。

《下集待續》

高寶書版集團
gobooks.com.tw

YH 052
難哄（中）

作　　者　竹已
特約編輯　米　宇
責任編輯　陳凱筠
封面設計　Ancy pi
內頁排版　賴姵均
企　　劃　何嘉雯

發 行 人　朱凱蕾
出　　版　英屬維京群島商高寶國際有限公司台灣分公司
　　　　　Global Group Holdings, Ltd.
地　　址　台北市內湖區洲子街88號3樓
網　　址　gobooks.com.tw
電　　話　(02) 27992788
電　　郵　readers@gobooks.com.tw（讀者服務部）
傳　　真　出版部(02) 27990909　行銷部 (02) 27993088
郵政劃撥　19394552
戶　　名　英屬維京群島商高寶國際有限公司台灣分公司
發　　行　英屬維京群島商高寶國際有限公司台灣分公司
初　　版　2021年9月

本著作物《難哄》，作者：竹已，由北京晉江原創網絡科技有限公司授權出版。

國家圖書館出版品預行編目(CIP)資料

難哄/竹已著. -- 初版. -- 臺北市：英屬維京群島商高寶國際有限公司臺灣分公司, 2021.09
　面；　公分. --

ISBN 978-986-506-231-6(上冊：平裝). --
ISBN 978-986-506-232-3(中冊：平裝). --
ISBN 978-986-506-233-0(下冊：平裝). --
ISBN 978-986-506-234-7(全套：平裝)

857.7　　110014563